Estrela da Sorte

ALEXANDRIA BELLEFLEUR

Estrela da Sorte

Tradução:
Alda Lima

HARLEQUIN
Rio de Janeiro, 2024

Título original: *Count Your Lucky Stars*

COPIDESQUE Marina Góes
REVISÃO Natália Mori e Ingrid Romão
ADAPTAÇÃO DE CAPA Beatriz Cardeal
DIAGRAMAÇÃO Abreu's System
ILUSTRAÇÃO DE CAPA Elizaveta Rusalskaya

Dados Internacionais de Catalogação na Publicação (CIP)
(Câmara Brasileira do Livro, SP, Brasil)

B383e
Bellefleur, Alexandria
Estrela da sorte / Alexandria Bellefleur ; tradução Alda Lima. – 1. ed. – Rio de Janeiro : Harlequin, 2024.
368 p. ; 21 cm.

Título original: Count your lucky stars.
ISBN 978-65-5970-394-4

1. Romance americano. I. Lima, Alda. II. Título.

CDD: 869.3
24-89050 CDU: 82-31(81)

Meri Gleice Rodrigues de Souza – Bibliotecária – CRB-7/6439

Rua da Quitanda, 86, sala 601A – Centro,
Rio de Janeiro/RJ – CEP 20091-005
Tel.: (21) 3175-1030
www.harpercollins.com.br

Capítulo um

Ao longo dos sete meses em que Olivia Grant trabalhou como coordenadora-assistente de eventos na Eventos Urbanos Esmeralda, precisou lidar com uma série de exigências estranhas. Mas a cláusula dos Roberts para que o cardápio do casamento fosse ovo-lacto-pescetariano-vegetariano e compatível com a dieta Keto era inédita.

— OTP? Que diabo é isso?

— O aplicativo de namoro. One True Pairing. Em que mundo você vive?

Olivia bebeu o restante do chá, que já havia esfriado, e tentou ignorar a conversa das colegas de trabalho.

— Uhm, não sei, talvez um mundo em que se é *casada* há vinte e cinco anos? — respondeu Naomi.

— Isso não é desculpa. Tem anúncio deles em tudo quanto é canto. Qual é? Aposto que até a Olivia sabe do que eu estou falando.

— O que tem eu?

Olivia terminou de ler o e-mail do responsável pelo bufê do casamento dos Roberts — que se resumia basicamente a dúvidas e receios sobre o que ele deveria servir, no fim das contas — e fechou o notebook. Ela poderia expressar sua solidariedade mais tarde.

— Desculpe, até eu sei o quê?

Kira, diretora de marketing da Eventos Urbanos Esmeralda, apoiou o queixo na mão.

— OTP. Por favor, me diga que já ouviu falar.

Olivia deu de ombros.

— Claro. Existe alguém que não?

Kira olhou incisivamente para Naomi e sorriu.

— Viu?

— Como eu disse... — Naomi balançou os dedos da mão esquerda, a aliança de platina brilhando contra a pele escura. — Casada.

— A Liv também era.

A marca de sol no dedo anelar de Olivia desbotara meses antes, diferente do hábito de passar o polegar pelo espaço onde a aliança de casamento costumava ficar. Ela escondeu a mão sob a coxa e sorriu.

— Achei que você estava saindo com aquele barista. Como era o nome dele? Blake?

— Eu estou mesmo, só conheço o aplicativo porque todo mundo fala. Uma prima minha conheceu o namorado por meio dele, mas é só isso. — Kira sorriu para Naomi. — Ainda assim, pelo menos eu sei que ele existe.

— OTP, MDS, ASMR, BDSM. Vocês, jovens, e suas abreviações. — Naomi estalou a língua. — Quer saber qual é a única sigla que me importa? — Ela tocou no pin em sua lapela e sorriu. — COO, muito obrigada.

Kira uivou de satisfação.

— *BDSM?* Naomi, sua safadinha, que tipo de conteúdo você tem consumido?

Olivia escondeu o sorriso com a mão.

Imperturbável, Naomi deu de ombros.

— Gosto é gosto.

— Tenho outra sigla para você.

Kira girou a cadeira de um lado para o outro, seu ritmo acompanhando cada letra que enunciava:

— VIP.

Ela esperou pela continuação, que Kira ou Naomi explicassem o que aquelas três letras significavam no contexto da conversa.

— VIP o quê?

A Eventos Urbanos Esmeralda, principal empresa de gerenciamento de eventos em Seattle, atendia a uma carteira ampla de clientes, desde festivais de rua a organizações sem fins lucrativos e empresas de tecnologia da Fortune 500. Olivia ainda não havia trabalhado em nenhum evento para os clientes grandes, mas sabia que eles existiam.

— Brendon Lowell — esclareceu Kira. — Criador e dono do OTP.

Aquilo explicava por que Kira e Naomi estavam falando do aplicativo de namoro.

— Ele quer contratar a gente para um evento?

— Aham. O casamento dele. — Kira apoiou os cotovelos na mesa e continuou: — A Lori está surtando lá em cima.

Olivia franziu a testa.

— Ela não deveria estar animadíssima?

— Ela estaria — afirmou Naomi —, se ele não tivesse ligado para ela de última hora.

Ah.

— Casamento às pressas? — Olivia franziu a testa. — Daqueles que vêm com uma surpresinha daqui a nove meses? Se é que alguém ainda *se importa* com esse tipo de coisa hoje em dia.

— Foi você que cresceu no meio do nada, Liv. O que você acha? — Kira riu, voltando a falar sério rapidamente. — Desculpa, na verdade, não é engraçado. Brendon Lowell tinha planos de se casar na Península Olímpica, aqui em Seattle.

O local tinha tudo incluído, produtor de eventos, bufê, DJ, decoração, bolo, tudo lá mesmo. Parece ótimo, né?

Chame de palpite, mas Olivia diria que *não*.

— Só que aparentemente houve um incêndio no local ontem. Os danos ao imóvel e ao espaço da cerimônia foram bem grandes, então eles cancelaram todos os eventos até o final do ano. — Kira fez uma careta e continuou: — Brendon recebeu o reembolso total do depósito, obviamente, mas eles estão começando do zero, e faltam só três semanas para o grande dia. Os hóspedes já reservaram os voos, então eles não querem alterar a data de jeito nenhum.

Três semanas não era o ideal, mas era viável. Com o orçamento certo, Olivia provavelmente conseguiria planejar um casamento na metade desse tempo. Dinheiro fala mais alto e abre muitas portas. Fato.

— Lori conseguiria.

— A Lori *poderia* conseguir *se* já não estivesse reservada para o mesmo dia — explicou Naomi, erguendo as sobrancelhas. — Se bem que… Ela *ainda assim* vai conseguir, mesmo que isso custe a vida dela. Nesse momento ela está lá em cima tentando encontrar uma forma de contar ao outro cliente que vai perder o grande dia deles.

— Ela já me fez assumir antes.

Kira fez um biquinho.

— Sim, só que o outro cliente? É *uma* cliente. A *filha* dela.

O queixo de Olivia caiu.

— Calma, você está me dizendo que a Lori vai faltar ao casamento da própria filha?

— Aham. — Naomi franziu os lábios. — VIP.

— O *Seattle Times* vai cobrir a cerimônia de Brendon Lowell para a seção de casamentos — explicou Kira. — Pode ser enorme para a empresa. Lori não quer perder essa oportunidade.

E ela não precisava.

— Eu posso assumir.

Kira e Naomi a encararam.

— O quê? Eu *posso.*

Olivia se levantou e alisou a frente da saia.

— Vou falar com a Lori.

Aquela era a chance de Olivia de provar seu valor, a oportunidade pela qual vinha esperando e *rezando* desde que pegara seu Subaru e partira de Enumclaw há oito meses.

Kira e Naomi se entreolharam, e Naomi baixou a cabeça.

— Boa sorte.

Apesar da audácia, Olivia tinha a sensação de que precisaria mesmo de toda a sorte do mundo.

A Eventos Urbanos Esmeralda ficava em um charmoso armazém de dois andares no bairro de Ballard, em Seattle. O escritório de Lori abrangia a maior parte do extenso andar de cima, amplamente reformado e sem paredes.

A mesa de Lori era visível do alto da escada, mas ela não estava sentada. Não, ela estava perto da janela com a testa pressionada no vidro respingado de chuva, com os ombros curvados. Normalmente, Lori era o auge da calma e da serenidade, impassível mesmo sob pressão. Então, para os parâmetros dela, aquela postura era praticamente um colapso.

Olivia bateu os nós dos dedos na parede.

— Oi. Eu, er, ouvi dizer que temos um probleminha com agenda.

Lori endireitou a coluna e levantou a cabeça, se afastando da janela. Ela se virou e sorriu de orelha a orelha com uma leveza falsa, os olhos quase sem vincos nos cantos.

— Probleminha algum. Confio plenamente em você.

O coração de Olivia parou de bater por um breve instante.

— Sasha estará em ótimas mãos no casamento dela.

Sasha. Tipo, Sasha, a *filha* da Lori. Olivia não sabia se encarava isso como o maior elogio ou o maior insulto do mundo. Lori estava confiando a ela o casamento de sua filha quando havia outra solução *bem* ali, gritando seu nome.

Olivia juntou as mãos, atravessou a sala e parou ao lado de Lori.

— Ou...

A expressão de Lori mal se alterou, exceto pela leve elevação da sobrancelha esquerda.

— Ou?

Olivia respirou fundo.

— *Ou* você poderia ir ao casamento da sua filha e me deixar planejar o casamento de Brendon Lowell.

Lori baixou os olhos e suspirou.

— Olivia...

— Eu sou *boa*, Lori.

— Claro que você é. — Lori cruzou os braços e fungou. — Se não fosse eu não teria contratado você.

Olivia prendeu a respiração.

— Mas sinto que o casamento de Lowell pode ser um pouco demais para seu primeiro voo solo.

Todos os eventos desde que Olivia começou a trabalhar na empresa eram *um pouco demais*, segundo Lori.

Olivia murchou.

— Ah.

Lori se virou, olhando pela janela, onde lá fora uma névoa fina caía do céu cinzento. Ela tamborilou os dedos no próprio braço e suspirou profundamente pelo nariz.

— Já trabalhei com Brendon Lowell em diversos eventos antes. Festas da empresa, retiros corporativos, esse tipo de coisa. Ele é fácil de lidar, sabe do que gosta e conhece a região. O melhor de tudo é que ele *ama* casamentos.

— Parece um sonho — murmurou Olivia, tentando esconder a decepção.

— Se não fosse o péssimo timing, eu estaria nas nuvens com um casamento desses caindo no meu colo. — A aflição de Lori estava refletida no vidro. — É o tipo de casamento que praticamente se planeja sozinho. Com um orçamento como o dele, como não?

Olivia franziu a testa. Se Lori estava tentando fazê-la se sentir melhor, não estava funcionando.

— Hum?

Lori estalou a língua.

— E a cobertura do *Seattle Times*? Isso pode ser *fantástico* para a gente. É verdade que o casamento teria que ser impecável... — Lori olhou para ela de soslaio. — O que significa: não estrague tudo, Liv.

O queixo de Olivia caiu.

— Espera. O quê? Você... *Lori*.

Os olhos de Olivia ardiam com o turbilhão de emoções.

As pulseiras finas de ouro no pulso de Lori tilintaram quando ela agitou as mãos.

— Ah, por favor, não me venha com choro. Meus nervos já estão à flor da pele. Se você começar a chorar, *eu* vou começar a chorar, e eu *detesto* chorar.

Olivia apertou os lábios, contendo uma risada.

Lori virou a cabeça para o lado e sorriu.

— Você tem razão. Você *é* boa e é por isso que vou deixar o casamento do Brendon nas suas mãos.

Com os lábios ainda apertados, seu gritinho escapou num som estridente.

— Obrigada, obrigada, obrigada...

Lori levantou a mão, interrompendo os agradecimentos efusivos de Olivia.

— Se você conseguir fazer isso dar certo, considere o termo *assistente* coisa do passado, ok? — Lori contornou a mesa e pegou os óculos, subindo-os pela ponta do nariz. — Podemos falar sobre um aumento no seu salário mais tarde. — Lori levantou a cabeça e sorriu. — Tudo bem?

Tudo *ótimo.*

— Perfeito.

— Excelente.

Lori arrancou uma folha de um caderno e entregou para Olivia.

— Segunda-feira. Seis da tarde em ponto. Brendon e a noiva, Annie, gostariam de visitar o The Ruins, aquela joia escondida no Queen Anne. Você se lembra, certo? Fizemos um evento lá há alguns meses. Foi para as…

— Bodas de ouro dos Martin. — Olivia assentiu. — Eu me lembro.

Lori arqueou uma única sobrancelha ao mesmo tempo que subia o canto da boca, parecendo satisfeita. Olivia se derreteu ligeiramente com o elogio não dito. Ela de fato tinha uma memória afiada, muito necessária numa profissão como aquela.

Lori apontou para a folha na mão de Olivia.

— Bom. Os números de Brendon e Annie estão listados no topo. As madrinhas dos noivos estão abaixo. Apenas por precaução.

Listados no papel abaixo de B. Lowell e A. Kyriakos estavam D. Lowell e M. Cooper.

M. Cooper.

Olivia traçou o nome impresso com a ponta do dedo. Numa cidade de quase quatro milhões de habitantes, quais eram as chances *dessa* M. Cooper ser a mesma M. Cooper que Olivia conhecia do ensino médio? Seu rosto se aqueceu; e o restante dela também. Mínimas. As chances eram mínimas.

— Vou te encaminhar o e-mail dele com os detalhes sobre orçamento e lista de convidados. Para nossa sorte, já temos o número fechado.

Sorte mesmo.

— Bem, mãos à obra — disse Lori, expulsando Olivia da sala. — Você tem muito trabalho pela frente.

— Só estou dizendo que talvez seja hora de sondar e começar a procurar alguém novo para dividir o apê. Já se passaram seis meses.

Como se Margot Cooper precisasse de um lembrete de quanto tempo se passara. Aquele era o período mais longo que havia morado sozinha, um fato do qual estava dolorosamente consciente.

— Eu *sei*, Elle.

— O silêncio não te incomoda? — A melhor amiga de Margot franziu a testa e encostou o ombro no poste da faixa de pedestres. — A mim, incomodaria.

Elle não precisava se preocupar em voltar para casa e encontrar um apartamento vazio. Havia pouco mais de um ano, ela saíra do apartamento que dividia com Margot e fora morar com a namorada, Darcy, enquanto Annie — a melhor amiga de Darcy — fora morar com Margot. Um acordo que durou *dois* breves meses, já que Annie foi morar com seu agora noivo, Brendon, irmão de Darcy.

Nada daquilo teria acontecido se Margot e Elle, criadoras do astronomicamente bem-sucedido negócio de astrologia das redes sociais Ah Meus Céus, não tivessem feito parceria com o aplicativo de namoro de Brendon, One True Pairing, para incorporar compatibilidade astrológica ao algoritmo de correspondência dois anos antes. Não só foi uma estratégia inteligente e benéfica tanto para o OTP quanto para o Ah Meus Céus, como Margot também teve sorte, visto que Brendon se tornou um bom amigo. E, graças a Brendon, Elle conhecera Darcy. Todo mundo saiu ganhando.

Exceto pela parte em que Margot não tinha ninguém com quem dividir o apartamento e agora voltava para um lar vazio, jantava sozinha na maioria das noites e começara a dar boa-noite para as plantas. E ela se arrependia amargamente de ter confessado isso para Elle, a razão por trás de toda aquela conversa.

— Talvez eu adote um gato — refletiu, começando a atravessar assim que o sinal ficou verde.

Elle bufou.

— Ótima ideia, exceto pelo fato de você odiar gatos.

— Eu não *odeio* gatos. — Ela fungou. — Tenho só um… respeito saudável por qualquer coisa que possa cravar as garras na minha cara.

Era uma questão de bom senso. Autopreservação. Instintos de sobrevivência.

Elle bateu em Margot com o quadril.

— Está mais para um *medo* saudável.

— Chame como quiser. — Margot deu de ombros. — Estou pensando seriamente em adotar um gato.

Elle pegou o celular, alternando a atenção entre a tela e o prédio à frente.

— E eu acho que você deveria pensar seriamente em arranjar alguém *humano* para dividir o apartamento. Alguém com quem dê para conversar de verdade, sabe?

Margot abriu a boca para responder.

— Alguém que seja capaz de *responder* — interrompeu Elle, mordendo o lábio e diminuindo o passo até parar na entrada do local do evento. — Sei que você está um pouco receosa depois da última pessoa.

Estava mais para depois da última *série* de pessoas.

Margot zombou do tato de Elle.

— Não estou receosa. Estou sendo seletiva, e por um bom motivo. Mas já estou sondando, Elle. Eu *sei* que preciso de alguém. — Ela riu sarcasticamente. — De preferência alguém que não tenha o hábito de tomar zolpidem, entrar sonâmbula no meu armário e fazer xixi nos meus sapatos às três da manhã.

Elle se encolheu.

Isso sem contar com a colega de quarto que roubou o cartão de crédito de Margot ou a que tinha formigas de estimação. Formigas sobre as quais Margot *nada* sabia até pisotear uma família inteira naquela inesquecível manhã de domingo.

A sorte de Margot com colegas de apartamento ultimamente não tinha sido apenas ruim, tinha sido péssima.

Elle a encarou com aqueles olhos arregalados e cheios de comiseração que davam nos nervos de Margot — vantagens e desvantagens de ter uma melhor amiga que a conhecia tão bem a ponto de ser capaz de entender o que Margot *não dissera.*

— Olha, podemos só... combinar de conversar sobre isso mais tarde? — Margot virou o pulso para ver a hora em seu Fitbit. Faltavam cinco minutos. Não era hora nem lugar para Margot ter pena de si mesma. — São quase seis — concluiu.

Elle deu outra olhada no celular e sorriu.

— A Darcy mandou mensagem. Eles já estão lá dentro.

As duas entraram, Elle indo na frente pelo corredor sinuoso e repleto de portas de cada lado. O som da risada barulhenta de Brendon ficava mais alto à medida que se aproximavam. Margot enfiou a cabeça por uma porta aberta e se encolheu diante da decoração. Entre os balões em forma de coração cheios de glitter flutuando sem rumo pela sala e os confetes cor-de-rosa espalhados pelo chão, era como se o Cupido tivesse tido um orgasmo bem no meio do salão da recepção.

No final do corredor, Elle parou abruptamente e arfou.

— *Nossa.*

Margot correu para alcançá-la e seguiu o olhar de Elle até o teto.

— Puta merda.

O teto do salão era deslumbrante, pintado em tons de lilás e lavanda que se tornavam azulados e rosados, acompanhando os tons mais suaves do crepúsculo, pouco antes da noite e das estrelas surgirem. Pequenos pontinhos em prata e champanhe pontilhavam o teto, e o brilho dos lustres tornava tudo etéreo e mágico. *Perfeito* para Brendon e Annie.

Do outro lado da sala, Brendon sorriu.

— É ótimo, não é?

Aninhada ao seu lado, Annie sorriu para ele.

— Gosto do que vejo.

Elle cumprimentou Darcy com um beijo rápido antes de entrelaçar os dedos nos dela.

— Parece saído de um conto de fadas. Se vocês não se casarem aqui, *eu caso.*

Darcy olhou para Elle como se ela fosse a fonte de toda a luz da sala.

Margot sentiu uma pontada agridoce no peito, que roubou o seu fôlego.

Ela nem sempre se sentia a vela — seus amigos eram bons em conter demonstrações públicas de afeto, mesmo que, em pequenas quantidades, elas não a incomodassem —, mas isso estava acontecendo com mais frequência ultimamente.

Um casamento era só uma festa, e o matrimônio, um pedaço de papel e permissão para declarar impostos em conjunto. Brendon e Annie, e Darcy e Elle, já estavam unidos, comprometidos e loucamente apaixonados. Era bobagem deixar um evento que era, acima de tudo, simbólico perturbá-la, mas Margot não conseguia evitar a sensação de que seus amigos estavam formando um clube para o qual não fora convidada.

A menos que ela fosse acompanhada.

— Elle tem razão — disse Margot, tentando repetir o entusiasmo. — Acho que este pode ser *o* lugar.

Brendon riu.

— Você só está dizendo isso para não precisar visitar outro.

Era *isso* mesmo que ele pensava? Meu Deus.

— Sei que nem sempre sou um poço de simpatia, mas isso não significa que eu não me importo.

É claro que ela se importava. Flores e músicas para a primeira dança não eram seus temas favoritos, mas Brendon e Annie se importavam com a coisa toda, então *ela também* se importava com a coisa toda. Ela era a madrinha. Se importar com Brendon era basicamente a descrição da função. E, mesmo que ela não fosse a madrinha, Margot ainda assim se importaria, porque ele era seu amigo. Ele não tinha como escapar dela.

— Confie em mim — disse Brendon, os olhos ainda enrugados de tanto rir. — Ninguém espera que *você* seja um poço de simpatia.

Margot juntou as sobrancelhas. O que ele queria dizer com aquilo?

— Não é uma acusação — acrescentou Brendon, arregalando os olhos como se percebesse que dissera a coisa errada. — A gente gosta de você exatamente como você é.

Annie assentiu na mesma hora, mas Margot não pôde deixar de sentir que talvez não fosse verdade. Que talvez seus amigos gostassem mais dela se ela estivesse um pouco mais próxima de um poço de simpatia.

Margot vasculhou a bolsa atrás do protetor labial. Ela teria que se esforçar mais, atuar melhor.

— Quem estamos esperando?

Brendon pôs a mão no bolso.

— O administrador do salão teve que sair para fazer uma ligação, e a organizadora do casamento mandou uma mensagem há alguns minutos avisando que estava tentando encontrar uma vaga para estacionar. Ela deve estar chegando daqui a…

— Oi, pessoal. Desculpem pelo atraso. Achar uma vaga foi uó.

A tampa do protetor labial de Margot escorregou de seus dedos e caiu no chão antes de rolar para longe. Ótimo. Ela se agachou, apressando-se para pegá-la ao lado do pé de Darcy.

Brendon sorriu.

— Sem problemas. Olivia, certo? Brendon.

— É um prazer conhecer você, Brendon.

— Igualmente. Esta é minha noiva, Annie; minha irmã, Darcy, e a namorada dela, Elle.

— Oi — cumprimentou Elle.

Margot se levantou, espanando a poeira dos joelhos.

— E essa é minha amiga e madrinha…

— *Margot?*

Margot deu um suspiro profundo que a fez perder todo o ar assim que ela olhou nos olhos da loira escultural do outro lado da sala.

Olivia Grant. Puta merda.

Olivia separou os lábios exuberantes e carnudos, reproduzindo o choque de Margot. A massa abundante de cabelo se espalhava por baixo do gorro vermelho-escuro, descendo pelas costas em ondas suaves, mais longas do que Margot se lembrava. Por um momento, Margot ficou desorientada demais para falar.

Até que Elle franziu a testa e Margot tossiu.

— *Olivia* — Sua voz chegou a falhar. Ela queria morrer.

— Isso. Bem que você não me era estranha.

Estranha. Haha. *Estranha* não podia estar mais longe da verdade, principalmente depois de seja lá o que droga elas haviam sido.

— É, hum, Olivia Taylor agora, certo?

Não que Margot tivesse procurado Olivia na internet ou algo do tipo. E não que ela especificamente *não* tivesse procurado também. *Talvez* ela tivesse dado uma olhada em seu perfil no Facebook, mas só porque ele apareceu nos *amigos sugeridos*. Margot não enviou pedido de amizade nem nada assim. Elas não eram amigas. Não mais. Olivia, qualquer que fosse o sobrenome dela, era apenas alguém que Margot conheceu um dia.

Alguém com quem Margot uma vez passou quase uma semana inteira nua, enrolada nos lençóis da cama de infância de Olivia, arrancando orgasmos múltiplos, até a mandíbula de Margot começar a doer e Olivia ficar sem voz. Cinco dias que foram, sem dúvida, os melhores da vida de Margot, cheios de sexo inesquecível e risadas de fazer doer a barriga. O início de *algo*, um novo capítulo entre elas, no qual Margot não precisava passar mais um segundo desejando secretamente a melhor amiga porque tudo o que ela sentia era correspondido.

Ou assim ela pensou.

— Era.

Olivia tossiu e entrelaçou os dedos na frente do corpo por um instante, antes de soltá-los e levar as mãos de volta para o lado do corpo, onde ficaram paradas frouxamente, como se ela não soubesse o que fazer com elas.

— É Grant de novo.

Margot olhou para a mão esquerda de Olivia, para o dedo anelar descoberto.

Hum.

Interessante.

— Espera. — Brendon apontou de uma para a outra, parecendo confuso. — Vocês se conhecem?

Quando as bochechas de Olivia coraram, Margot se lembrou de percorrer a extensão daquele rubor para baixo, com as pontas dos dedos, saboreando-o com a língua, a pele de Olivia macia como cetim e quente sob seus lábios. Por uma fração de segundo, Margot ficou tonta, o sangue subindo à superfície da pele, vermelha como a de Olivia estava.

Vocês se conhecem? Margot engoliu em seco. Pode-se dizer que sim.

— Olivia e eu nos conhecemos há *muito* tempo.

Da época de escoteiras, das festas do pijama, dos desafios e de promessas feitas sob as estrelas. Promessas havia muito esquecidas, quebradas.

— Já se passaram, o que, onze anos?

Olivia arregalou os olhos castanhos ao encontrar os de Margot, do outro lado da sala.

— Por aí. Nós, hum, estudamos juntas — respondeu Olivia, as palavras saindo desajeitada e apressadamente. — Em Enumclaw.

— Caramba. — Os olhos de Brendon dispararam entre as duas. — Parece coisa do destino, hein?

Margot forçou uma risada.

O destino estava pregando uma peça cósmica nela, isso era certo.

Capítulo dois

Contrato assinado e depósito feito, Olivia atualizou com rapidez a planilha detalhando o orçamento do casamento de Annie e Brendon — *e que orçamento* —, preenchendo o campo ao lado de *local do evento*. O restante da coluna foi ajustado automaticamente, com o sistema fazendo as contas para ela. Olivia salvou e depois abriu seu calendário para encaixar um horário para a prova de bolo. A confeitaria com quem a EUE e Lori trabalharam muitas vezes estava disposta a seguir o cronograma apertado. Tarefas imediatas cumpridas, Olivia olhou rapidamente pelo pátio do local. Annie e Brendon haviam se afastado alguns minutos antes, de mãos dadas, anunciando que queriam "explorar o terreno para as fotos". Do outro lado do pátio, a irmã de Brendon corou quando a namorada sussurrou algo em seu ouvido, as duas perdidas no próprio mundinho. Olivia deu outra olhada ao redor, esticando o pescoço para espiar além da fonte e pela porta de vidro. Ela franziu a testa.

Margot não estava em lugar algum.

Margot Cooper.

Olivia conteve o impulso de estremecer, os dedos se fechando junto às laterais do corpo ao mesmo tempo que um rubor subia pelo pescoço sem permissão.

Ela chamaria aquilo de destino se não tivesse suas reservas sobre ainda acreditar nesse tipo de coisa. Quatro milhões de pessoas na cidade para *M. Cooper* e a Margot dela acabarem sendo a mesma pessoa. Olivia engoliu em seco. Margot *dela*, não. Não mais.

Olivia estufou as bochechas, acalmando-se. Não era hora de se perder no passado, mexer em velhas feridas que deveriam estar curadas. Tinha um casamento para planejar; Lori estava contando com ela para isso. O futuro de Olivia dependia do sucesso da cerimônia, de sua capacidade de colocar as próprias habilidades em prática e fazer acontecer. Estragar tudo estava fora de cogitação.

Olivia fechou a capa do tablet, guardou-o na bolsa e saiu do pátio em busca de Brendon e Annie.

Não estavam na sala de jantar nem no salão de dança. Olivia ajeitou a bolsa no ombro e dobrou à esquerda no corredor sinuoso, que mais parecia um labirinto com suas inúmeras interseções e portas. Era um lugar onde ela poderia facilmente se perder se não tomasse cuidado, visto que já tinha se esquecido um pouco do layout do espaço desde quando ajudara Lori no aniversário de casamento meses antes.

Por fora o espaço chamava zero atenção. Era despretensioso, construído de tijolos simples como qualquer outro armazém da região. Mas, ao entrar, era como atravessar um portal e ingressar em um mundo todo novo, um país das maravilhas com candelabros luxuosos, murais ornamentados, trepadeiras por todas as paredes e os tijolos expostos do velho mundo. Era inacreditavelmente romântico, digno de um conto de fadas, o tipo de lugar onde Olivia sonhava em se casar quando era pequena.

Ela esfregou a pele nua sob a articulação do anelar enquanto espiava por uma porta aberta. Então parou, com o coração acelerado, e pigarreou.

— Oi.

Margot virou-se para ela, os olhos escuros arregalados por trás das lentes dos óculos de armação gatinho.

— Temos um elefante na sala.

Uma risada borbulhou da garganta de Olivia.

— Você *acha*?

Margot ficou vermelha, o tom combinando com a camisa xadrez desabotoada que estava usando sobre um top preto tão justo que poderia muito bem ser uma segunda pele. A faixa de pele exposta da barriga era pálida e plana, e Olivia se arrepiou por inteiro.

— Haha. — Margot gesticulou em direção ao elefante em tamanho real, enrugado e cinza com enormes presas de marfim, posicionado no canto da sala. — Quem, em sã consciência, resolve colocar um elefante em uma sala de jantar?

Olivia entrou, mantendo uma distância segura de Margot enquanto levantava o braço para enrolar os dedos em volta da presa direita do animal.

— Foi construído em 1931 para a Exposição Colonial de Paris.

Margot a seguia com os olhos, observando-a como um falcão.

— Desde quando você se tornou uma fonte de conhecimento aleatório?

— Onze anos é muito tempo — respondeu Olivia, odiando como sua voz falhou no meio da frase, embora a intenção fosse parecer uma piada. Sua seriedade escorreu como sangue de uma ferida.

Olivia se arrependeu de ter deixado o casaco no carro. Ela daria tudo por mais uma camada, mais uma defesa diante do olhar inabalável de Margot, que conseguiu despir Olivia e deixá-la nua, apesar do suéter. Ela baixou os olhos e estremeceu. O suéter estava coberto de pelos de gato. *Fofo.*

— O gerente, Chris, mencionou no início da visita — explicou, tentando tirar disfarçadamente os pelos de gato. — Acho que você não estava prestando atenção.

Margot engoliu em seco.

— Talvez eu estivesse distraída.

Olivia abaixou o queixo, travando uma batalha perdida contra o movimento dos próprios lábios. *Distraída.* Já era… *alguma coisa.*

— Você cortou o cabelo. Ficou ótimo.

Margot passou os dedos pelo cabelo em corte Chanel na altura dos ombros, fazendo a camisa xadrez se abrir e revelar mais de sua barriga nua.

— Obrigada.

Ela também escurecera os fios, que agora eram pretos em vez de castanhos. As pontas roçavam de leve a gola quando ela mexia a cabeça.

Olivia soltou a presa do elefante e cruzou os braços sob o peito.

— Como foram esses últimos anos?

Margot deu de ombros.

— Você sabe.

Não, na verdade, não. Margot continuou:

— Bem. E você? Como tem passado? Por onde andou?

— Quanto tempo você tem? — brincou Olivia.

Margot apoiou o ombro na parede.

— Então você e o Brad, hein?

Que típico de Margot ir direto ao ponto, sempre sem medo de mergulhar de cabeça.

— Divorciados. Na última primavera.

— Meus pêsames. — Margot levantou as sobrancelhas por trás da armação preta dos óculos. — Ou meus parabéns? Nunca sei direito o que dizer nessa situação.

Olivia já havia superado a separação, mas falar sobre o assunto não costumava fazê-la rir, não como fez naquele momento. Divórcio não era nada engraçado. A maioria das pessoas tratava o assunto como algo do que se envergonhar, como se ela devesse ter *vergonha* de si mesma.

— Nós só, hum... queríamos coisas diferentes.

Ela poderia dizer mais. Começar pelo início em vez de pelo fim. Poderia contar a Margot tudo sobre largar a faculdade quando Brad sofreu a lesão que pôs fim à sua carreira no futebol americano. Sobre como ela voltou com ele para Enumclaw e como os dois se casaram porque ele pediu e isso era o que ela sempre quis... certo? Sobre os anos entregando partes de si, mais e mais e mais, até o dia em que Brad lhe pediu a única coisa que ela não daria a ele.

Mas ela preferia não contar tudo isso. Não fazia sentido.

Margot não passava de alguém que Olivia conheceu, e agora Olivia estava planejando o casamento dos amigos dela. Seria melhor para ambas manter as coisas estritamente profissionais.

Ou o mais profissionais possível para alguém que sabia exatamente como tocar em Margot até fazê-la balbuciar e implorar.

— De onde você conhece o noivo? Brendon — perguntou Olivia, antes que Margot pudesse sondar mais.

— Elle e eu criamos o Ah Meus Céus.

— Eu sigo vocês no Twitter. — E no Instagram. Ela acompanhava o Ah Meus Céus desde o início, anos atrás, quando Margot ainda estava na Universidade de Washington e Olivia acabara de se tornar a sra. Brad Taylor. — Você sempre se interessou por astrologia.

A pele entre as omoplatas de Olivia coçou, uma lembrança de Margot traçando constelações na pele nua de suas costas vindo à tona.

Margot assentiu.

— Há alguns anos fizemos uma parceria com o OTP, o aplicativo dele, para acrescentar compatibilidade astrológica ao algoritmo de correspondências. Brendon apresentou Elle à Darcy, irmã dele, e nós dois ficamos amigos.

— Que ótimo, Margot. — Olivia sorriu. — Parece que tudo saiu do jeito que você queria.

Como se todos os seus sonhos tivessem se realizado. Que bom, não é mesmo?

Margot baixou o olhar, traçando o chão de mosaico com a ponta da bota, sem revelar nada. Margot sempre fora ótima nisso, em guardar tudo, em ser indecifrável. Olivia havia tentado, *Deus*, como ela havia tentado, mas toda vez que pensava ter entendido Margot, ela fazia algo que a levava a contestar tudo que Olivia achava que sabia. Tudo que ela acreditava ser uma certeza.

— E há quanto tempo está em Seattle? — perguntou Margot, mudando de assunto.

— Desde o verão passado.

Nem um ano.

— Aí estão vocês. — Brendon enfiara a cabeça pela porta e estava sorrindo. — Estávamos nos perguntando onde vocês duas tinham se metido.

Ele entrou, com Annie ao lado e Elle e Darcy logo atrás.

Margot se afastou da parede, enfiando os polegares nos bolsos da frente. Com o movimento, a calça jeans preta desceu um pouco, revelando mais um centímetro de pele lisa e pálida e um leve toque de tinta preta curvando-se ao redor do quadril. A boca de Olivia ficou seca. Aquilo era novidade.

— Tudo certo?

— Certíssimo. Estávamos pensando em ir jantar. Talvez naquele indiano que gostamos, já que estamos relativamente perto da casa da Darcy e da Elle — disse Brendon. — Olivia, por que não vem com a gente?

Olivia piscou devagar, se forçando a tirar os olhos daquela extensão de pele nua, levantando-os e pousando no rosto de Margot, que agora estava com um sorriso malicioso nos cantos da boca. Um calor subiu pelo rosto de Olivia, até a testa, sua pele provavelmente combinando com seu gorro vinho. Ela engoliu em seco e sorriu, se desculpando.

— Eu adoraria, mas realmente preciso ir. Tenho que enviar um e-mail para o florista e…

— São quase sete — disse Annie, passando o braço pelo de Brendon. — Quais são as chances de o florista responder um e-mail agora?

— Annie tem razão. — Brendon sorriu e insistiu: — Vamos. Tenho certeza de que você e Margot têm muito o que conversar.

Ela encontrou os olhos de Margot, que ergueu uma das sobrancelhas como se a desafiasse a… o quê? Dizer que sim? Não? Olivia mordeu o lábio. Margot parecia mais misteriosa do que nunca.

Jantar. Brendon e Annie também estariam lá, pelo menos como proteção, e no final das contas, tudo aquilo se resumia aos dois. Ao casamento dos dois. Contanto que ela mantivesse isso em mente, ficaria tudo bem.

— Está bem.

Olivia desceu a alça da bolsa pelo ombro, e a pendurou na dobra do cotovelo. Ela pegou o celular, querendo ao menos criar um lembrete para si mesma sobre mandar o e-mail para o florista logo pela manhã.

— Vou só…

Como deixara o celular no silencioso durante a visita, perdera uma ligação da sra. Miyata, sua senhoria, que morava a três apartamentos de distância. Ela deixara uma mensagem de voz.

Olivia conteve um suspiro. Considerando a hora, Cat provavelmente estava dando um escândalo. Quando não ganhava seu jantar até as sete, ela começava a uivar como se estivesse morrendo; uma verdadeira diva. Felizmente, a sra. Miyata tinha a chave reserva para poder abrir um sachê e acalmar a fera. Ela já tinha feito isso antes e, com sorte, não se importaria em fazer de novo.

— Vou só fazer uma ligação rapidinho.

Olivia mal havia saído quando Brendon acuou Margot com um sorriso idiota no rosto.

— *E aí?*

— *E aí* o quê?

Brendon balançou a cabeça lentamente, estreitando os olhos, estudando-a minuciosamente. Como se ela fosse um quebra-cabeça que ele planejava montar.

— Ela parece legal.

Ótimo. Margot já devia ter imaginado: seus amigos, sendo o adorável bando de patetas intrometidos que eram, a interrogando. Só que não. Chame de destino ou sorte, acaso ou apenas uma maldita coincidência, mas Olivia aparecera do nada. Nada poderia ter preparado Margot para *isso*.

— Ela é. — Margot cruzou os braços, lutando contra a vontade de transferir o peso de um pé para o outro. — Ou era, eu acho. Sei lá. Muita coisa pode mudar em onze anos.

E claramente mudara. Olivia se casara com Brad e se divorciara naquele meio-tempo. *Nós só queríamos coisas diferentes.* Uma resposta rápida que não revelava *nada*. Como quando celebridades se separam por conta de diferenças irreconciliáveis e mais tarde se descobre que essas diferenças irreconciliáveis eram uma traição ou um rombo nas contas. Quem resolveu terminar? Olivia? Fazia diferença?

— Sabe, acho que você nunca me contou sobre o seu ensino médio — continuou Brendon. — Nem uma vez.

Elle assentiu.

— Você quase não falava sobre isso nem quando estávamos na faculdade.

— Porque era o ensino médio — rebateu Margot. — Ensino médio em *Enumclaw*. Não é algo tão fascinante assim. Não há nada para contar.

Nada que ela quisesse ou tivesse intenção de contar, pelo menos.

— Sabe... — os lábios de Brendon se curvaram —, quando alguém diz isso, geralmente tem muita história para contar.

Brendon era perspicaz. Às vezes um pouco perspicaz *demais*. Isso e sua tendência de enfiar o bedelho onde não devia eram uma combinação perigosa.

— Nós éramos amigas — disse Margot com indiferença, jogando para Brendon o menor dos ossos, aquele com menor probabilidade de se voltar contra ela. — Nos afastamos depois do colégio. Muita gente faz isso. Eu fui para a Universidade de Washington e ela foi para a Universidade Estadual de Washington. Fim.

Brendon continuou encarando, coçando o queixo.

— Deixa a Margot em paz, Brendon — interrompeu Darcy, poupando Margot do incômodo de ter que fazer isso ela mesma. — Se ela não quer falar a respeito, não precisa.

Margot suspirou. Finalmente alguém razoável.

— Além disso, você *conhece* a Margot? Quando foi que a viu fazer algo que não queria?

Margot franziu a testa.

— Quer dizer...

— Ela ergue muralhas mais altas que o Everest — continuou Darcy, ignorando-a. — Se Margot não quiser falar sobre um assunto, boa sorte em arrancar alguma informação dela.

— Eu? — Margot apontou o polegar para o peito. — Quando foi que você me viu evitando dizer o que penso?

Aquilo era muito bonito vindo de Darcy, ainda mais considerando o quanto ela se fechara a respeito do que sentia por Elle no início do relacionamento das duas.

Darcy se dirigiu para Brendon:

— Viu? Teimosa.

Annie deu uma risadinha e Elle contraiu os lábios como se tentando não rir também. O esforço, embora nitidamente em vão, foi notado e apreciado.

— Nossa — entoou Margot. — Estou me sentindo amada aqui, pessoal. Sério.

Brendon abriu a boca para dizer alguma coisa.

— Margot tem razão — interveio Elle, que olhou nos olhos de Margot e sorriu. — Se ela disse que não há nada para contar, não há nada para contar e pronto.

Margot relaxou a postura e o aperto no peito foi substituído por um calor. Elle a entendia. Margot murmurou um rápido *obrigada*, e a amiga retribuiu com uma piscadinha.

Três semanas. Sendo a madrinha, com que frequência ela toparia com Olivia, afinal? Margot só precisava aguentar esta noite e depois… o quê? Ainda tinha o ensaio e o casamento em si. Bem, era do interesse das duas garantir que o casamento ocorresse sem incidentes. Elas poderiam deixar o passado de lado por um mês. Um mês e Margot poderia esquecer Olivia Grant. O que os olhos não veem o coração não sente.

Olivia na certa estava no corredor pensando o mesmo.

Falando no diabo. Olivia voltou, com o rosto pálido, apertando o celular com força na mão direita, parou e limpou a garganta.

— Gente, me desculpa, mas vou ter que furar o jantar. Preciso resolver um pepino.

Margot franziu a testa ao ouvir a voz trêmula de Olivia. Ela abriu a boca para perguntar se Olivia estava bem, mas se segurou. Não era da conta dela.

Brendon não tinha as mesmas reservas.

— Está tudo bem?

Olivia começou a assentir antes que o movimento aos poucos se transformasse em uma sacudida de cabeça, de um lado para o outro.

— Acabei de falar com minha senhoria. Aparentemente houve um… um problema com o encanamento da unidade que fica acima da minha que inundou o banheiro. Meu teto meio que… O dano foi bastante extenso, eu acho. Eles vão ter que colocar ventiladores para não dar mofo, e depois vão ter que substituir as vigas e o… Acho que o *drywall* ou o gesso, ou… — Olivia fechou os olhos. — Eu nem sei direito. Foi muita informação para absorver.

— Putz — murmurou Margot, imaginando o pesadelo.

— Imagino que você vá precisar de um lugar para ficar — concluiu Darcy, o rosto fechado de preocupação.

Olivia assentiu.

— Acho que o teto já era. Está vazando e… — Ela riu, cansada. — Enfim, um desastre.

Annie pressionou os dedos nos lábios.

— Que merda.

— Disseram quanto tempo vai levar para consertar? — perguntou Brendon, passando a mão pelo cabelo.

— Não. Meu contrato é mensal. — O lábio inferior de Olivia começou a tremer e ela rapidamente franziu a boca, formando uma dúzia de pequenas covinhas no queixo. — Tenho a sensação de que não vou poder voltar tão cedo.

Uma pontada aguda de compaixão percorreu o peito de Margot.

— Sinto muito — disparou Olivia, gesticulando como se não fosse nada. — Vocês não querem ouvir sobre isso, não é problema de vocês. Eu estou, er… Eu só vou…

— Você tem para onde ir?

Os olhos de Brendon se voltaram para Margot e depois para Olivia.

— A casa de um amigo, talvez?

O quê?

Não.

Droga.

Os olhos de Olivia ficaram brilhantes e cheios de lágrimas.

— Vou dar um jeito.

O estômago de Margot embrulhou.

Merda.

Brendon se virou, erguendo as sobrancelhas incisivamente, conseguindo comunicar o suficiente sem precisar abrir a boca. "Vou dar um jeito" não era resposta. Ou não era exatamente o que Margot esperava ouvir.

Claramente, quer Olivia estivesse disposta a admitir ou não, ela precisava de um lugar para ficar, e Margot… estaria *ferrada*, mas tinha um quarto vago. Todos os amigos dela *sabiam* que ela tinha um quarto vago. E para eles, ela não tinha motivo para *não* para oferecê-lo a Olivia… a garota que ela conhecia do ensino médio.

Uma velha amiga.

Aquele "nada para contar" estava se virando contra ela em tempo recorde.

Margot engoliu um gemido porque, *inferno*, ela provavelmente — não, ela *definitivamente* — se arrependeria daquilo. Era uma catástrofe só esperando para acontecer, mas não podia *não* oferecer, não quando Olivia estava bem ali, à beira das lágrimas, mesmo que se recusando a deixá-las cair para fingir estar bem.

Era tão típico dela, da garota que Margot conheceu. Olivia era tão rápida em enxugar as lágrimas de todos, em oferecer o ombro para o outro chorar, mas nunca deixava ninguém ver quando era *ela* desmoronando.

A dor no peito de Margot ficou mais aguda, mais difícil de ignorar. Não conseguiria dormir direito se pelo menos não fizesse o convite.

— Ei. — Ela cruzou os braços, ficando mais ereta, embora Olivia ainda fosse vários centímetros mais alta. — Se precisar, pode ficar lá em casa. Se quiser.

Olivia abriu a boca de leve, arregalando os olhos castanhos.

— Ah, é muita gentileza sua oferecer, mas não quero incomodar.

Annie puxou o braço de Brendon, conduzindo-o pela sala. Elle e Darcy a seguiram, dando a Margot e Olivia ao menos uma sensação de privacidade. Só a sensação mesmo, porque os quatro estavam muito quietos, sem olhar, mas claramente ouvindo.

Margot se concentrou em Olivia e tentou ignorar seus amigos bem-intencionados mas intrometidos.

— Você não estaria. Incomodando, eu quis dizer. Tenho dois quartos e ninguém morando comigo, e já vinha pensando em mudar isso.

Margot jamais imaginara que o universo lhe daria tamanha rasteira, mas enfim. *Acontece.*

Olivia manteve os olhos arregalados em Margot, sem piscar.

— *Dividir um apartamento?* — perguntou ela, incerta.

— Não estou sugerindo que seja permanente. Não que isso esteja fora de cogitação…

Caramba. Por que tinha que ser tão difícil? Com qualquer outra pessoa, Margot teria zero problemas em dizer exatamente o que queria.

— Pode ser um experimento. Ou se você só precisar de um lugar para dormir até encontrar outro canto, tudo bem, também. — A garganta de Margot estava apertada, porém mais e mais palavras brotavam sem o seu consentimento. — Não é como se você fosse uma desconhecida. Nós... A gente se conhece. Quer dizer, acho que meus pais até tentaram colocar você como dependente na declaração de imposto de renda deles uma vez.

Um sorriso se esgueirou nos cantos da boca de Olivia e, sem saber para onde olhar, Margot de repente estava... olhando para os lábios de Olivia. Ela cruzou os braços, mas o gesto pareceu defensivo, então os deixou cair junto às laterais do corpo, onde permaneceram, imóveis. Margot não tinha ideia do que estava fazendo.

Os olhos de Olivia dispararam para onde estavam os amigos de Margot, que seguiu sua atenção. Brendon se virou, olhou para o teto e, pelo amor de Deus, começou a *assobiar*. Olivia soltou uma risadinha e baixou a voz, sussurrando:

— Eles são sempre assim? Seus amigos?

Margot arqueou a sobrancelha.

— Sempre o quê? Fofoqueiros?

— Não. — Os lábios de Olivia se curvaram. — Bem, sim. Isso também. Mas eles são sempre tão ruins em disfarçar?

Olivia sorriu com ternura.

— O truque é deixar acreditarem que são discretos. Assim nunca vão tentar melhorar.

— Sagaz — elogiou Olivia. Ela engoliu em seco, e seu sorriso perdeu força. — Olha, eu não quis dizer que não quero... aceitar sua oferta. — Um leve rubor surgiu em seu rosto. — Só fiquei surpresa com o convite, só isso.

Margot franziu a testa. Ela não tinha nenhum desejo de relembrar o passado das duas, nunca tivera, e sem dúvida não ali, onde seus amigos podiam ouvir.

— São águas passadas, Liv — murmurou ela, coçando o nariz para impedir que Brendon, curioso que só ele, tentasse ler seus lábios. — Que tal a gente deixar o passado morto e enterrado?

E daí que elas tiveram um caso de uma semana depois que Olivia e Brad terminaram nas férias do último ano? Brad voltou do México, com a pele bronzeada e o cabelo descolorido pelo sol, e, quando implorou a Olivia que o aceitasse de volta, ela simplesmente disse sim.

Tudo bem, Margot havia pensado, sim, que aquela semana juntas tinha *significado* alguma coisa, mas era óbvio que não tinha, e agora aquilo não passava de um capítulo no passado. Capítulo não, uma *nota de rodapé*. O tempo cura todas as feridas, blá-blá-blá, *que seja*. Margot não guardava rancor, a chama tinha se apagado, e ninguém precisava mais falar sobre isso.

Olivia puxou o gorro até as orelhas e assentiu breve e enfaticamente.

— Ok. Posso fazer isso.

Claro que ela podia. Não foi *Olivia* quem se deixou levar.

— Legal. — Margot pigarreou. — E então?

— Você... tem certeza?

Não, nem um pouco. Mas não estava disposta a voltar atrás. Não depois de oferecer, não com seus amigos esperando. Não quando Olivia não era apenas alguém do passado de Margot, e sim quem estava planejando todo o casamento de Brendon e Annie.

Ela mostraria a Brendon como podia ser um poço de simpatia.

— Eu não teria oferecido se não tivesse.

Olivia abriu um sorriso hesitante.

— Obrigada.

Margot enfiou as mãos nos bolsos e apontou para a porta com o queixo.

— Acho que é melhor irmos encaixotar suas coisas antes que seja tarde demais.

— Encaixotar minhas coisas. *Oba.* — Olivia suspirou. — Juro que parece que acabei de desencaixotar tudo.

— Encaixotar? — Brendon deu um pulinho sem tirar os pés do chão. — Ouvi você dizer *encaixotar*? A gente pode ajudar com isso. Posso pedir uma pizza.

Com um brilho de alegria na expressão, Olivia mordeu o lábio inferior. Então olhou para Margot, nada mais do que um breve piscar de olhos, mas que a deixou com um nó estranho na garganta porque era o começo de algo novo, mesmo com a absoluta falta de sutileza de Brendon.

Margot revirou os olhos e deu um passo na direção da porta. Olivia estendeu a mão e com os dedos frios roçou o dorso da mão de Margot. Apesar de ser um toque quase inexistente, fez a pulsação de Margot rugir em seus ouvidos.

Um suave rubor cor-de-rosa subiu pelo queixo de Olivia quando ela afastou a mão e sorriu timidamente.

— Você não é alérgica a gatos, é?

Capítulo três

Olivia estava parada no hall de entrada de Margot com Cat choramingando baixinho dentro da caixinha aos seus pés. A pobrezinha devia estar confusa, sem entender por que foi enfiada na caixa de transporte, colocada em um carro e levada para o outro lado da cidade. Olivia se agachou para deslizar os dedos pela grade de plástico. Cat se inclinou, cheirando os dedos antes de esfregar o rosto neles.

— Eu sei, eu sei. Foi um longo dia.

E não estava nem perto de acabar.

Margot veio ao corredor, com Elle atrás, e apontou o polegar por cima do ombro.

— Eu não sabia qual seria o melhor lugar para colocar a caixa de areia. O banheiro é muito pequeno, então coloquei no seu quarto.

O quarto de Olivia. O quarto dela no apartamento que agora dividiria com Margot pelo futuro próximo. Parecia mentira.

Olivia se levantou, ganhando um miado magoado de Cat, que provavelmente estava cansada de ficar na caixa, por mais espaçosa que fosse.

— Obrigada. Tenho um tapete que vai embaixo para ela não espalhar areia.

Elle se abaixou, espiando dentro da caixa. Era difícil ver o interior, ainda mais com Cat enroscada como uma bolinha apertada de pelos escuros e fofos e olhos verdes luminosos.

— Qual o nome dela?

Olivia corou.

— Cat.

Elle inclinou a cabeça, claramente confusa.

— Há quanto tempo está com ela?

— Hum. — Ela fez as contas. — Quase oito meses.

Elle franziu a testa.

— Então… *Cat* não é um nome provisório?

Quando Margot soltou uma risada silenciosa, o estômago de Olivia deu um salto mortal. Margot explicou:

— É de *Bonequinha de Luxo*. A protagonista, Holly Golightly, chama o gato dela de… Bem, ele não era *dela*, esse é o ponto principal. Ela chama o gato de *Cat*. — A boca de Margot tremeu. — Então o nome vem daí.

Era o filme favorito de Olivia. Não importava quantas vezes ela o assistisse, aquele beijo na chuva ainda a fazia estremecer, assim como o discurso de Paul Varjak sobre pertencer deixava uma dor em seu peito que persistia por muito tempo depois de rolarem os créditos. A mesma dor que sentiu todas as vezes que pensou em Margot ao longo da última década.

Olivia não ficou surpresa por Margot captar a referência. Ela a forçara a assistir ao filme uma dúzia de vezes, no mínimo.

— Eu a encontrei no lixo do lado de fora do prédio uma semana depois de me mudar. — As duas estavam sozinhas na cidade grande, e Olivia decidiu que poderiam ficar sozinhas juntas. — Pareceu certo.

Margot sorriu e ofereceu:

— Pode deixar ela sair da casinha, se quiser.

Olivia lançou um olhar para a porta aberta que dava para o salão principal. Brendon, Annie e Darcy haviam feito uma última viagem até o estacionamento, se oferecendo para buscar a caixa que faltava, mas a maioria já estava empilhada em seu novo quarto.

— Pronto. — Margot apoiou a palma da mão na porta, fechando-a com um leve clique. — Ela não vai fugir.

— Obrigada.

Apesar das perninhas atarracadas, Cat era astuta. Tinha uma tendência a explorar e, desde que coubesse, não deixava nenhum espaço passar em branco. E até isso era passível de interpretação, porque Olivia uma vez a encontrara presa entre a geladeira e a parede. Cat era melhor em se meter em problemas do que em sair deles. Olivia se identificava.

Quando ela se ajoelhou e abriu a porta da caixa de transporte, Cat se desenroscou e se aproximou. Levantou o nariz, cheirou, espirrou. O cheiro de patchuli era fraco, um bastão de incenso acinzentado apoiado em um suporte de cerâmica em forma de flor de lótus. Cat deu um passo hesitante para a sala de estar, avaliando o novo ambiente.

— É aqui que a gente mora agora, Cat. — Olivia acariciou o pelo entre as orelhas da gata. — Gostou?

Cat miou baixinho e circulou os tornozelos de Margot antes de continuar, furtivamente, sua exploração do apartamento. Ela pulou no sofá e deu batidinhas em uma almofada com miçangas azul vibrante.

— Espero que ela não incomode — disse Olivia tardiamente, encolhendo-se um pouco de vergonha. — É difícil mantê-la longe dos móveis.

Estava mais para impossível. Cat fazia o que queria fazer. Olivia podia até brigar, mas a gata não tinha dono.

Margot deu de ombros.

— Por mim, tudo bem.

Quando a porta da frente se abriu, Brendon entrou com duas caixas de papelão empilhadas nos braços. Annie entrou atrás dele, segurando o vaso de flores. Olivia havia tirado a água, mas os cravos roxos eram novos, comprados no dia anterior, e ela ficou com pena de jogá-los fora. Annie deixou-os em cima da copa e sorriu.

— Isso é tudo.

— Muito obrigada. — Olivia ajeitou o cabelo atrás das orelhas. — Não sei nem como agradecer toda a ajuda de vocês. Não precisava.

— Você está ajudando a realizar o casamento dos nossos sonhos, e em menos de um mês — contestou Brendon. — Transportar algumas caixas por alguns quarteirões é o mínimo que podemos fazer.

— Bom, realizar o casamento dos seus sonhos é o meu *trabalho*.

Ela riu. Estava sendo paga para ajudar. Bem, *Lori* estava, e Lori estava pagando a ela, mas dava no mesmo.

— Mesmo assim. Se você é amiga da Margot, então é nossa amiga.

Margot desviou os olhos.

Amigas. Então aquela era a história que Margot estava contando. Tudo bem. Bom saber.

— Bem, obrigada. — Ela tamborilou os dedos nas coxas. — De verdade.

Brendon sorriu, enrugando os cantos dos olhos, e se dirigiu a Margot.

— É melhor a gente ir e deixar vocês em paz para arrumarem tudo.

— Foi um longo dia — disse Annie em solidariedade.

— E vocês têm muito papo para colocar em dia — acrescentou Elle. — Ainda mais agora que...

Que dividiam um apartamento.

Engraçado como anos antes, antes de se afastarem e *muito* antes de irem para a cama, Olivia e Margot conversavam sobre como seria se morassem juntas. Aquele era o plano. Depois da formatura elas se mudariam juntas para Seattle. Margot narrava uma linda história com suas palavras. Noitadas e bibliotecas e a vista do sol nascendo do telhado, lanchonetes e cafeterias vinte e quatro horas e festas que ofereciam mais do que cerveja e álcool puro. Uma cidade onde todos os seus sonhos poderiam se tornar realidade. Olivia ainda tinha um quadro de cortiça escondido em seu armário na casa em que crescera, coberto de recordações no roxo e dourado da Universidade de Washington.

Ela nunca sonhara que um dia morariam juntas nas atuais circunstâncias. Para isso, ela teria que ter imaginado, no auge de seus 15, 16, 17 anos, um futuro no qual não conseguisse a bolsa de estudos de que precisava. Um futuro no qual fosse para a Universidade Estadual de Washington para não sobrecarregar financeiramente o pai. No qual ela e Margot parassem de se falar, no qual ela se casasse com Brad e passasse uma década em ponto-morto, perdendo tempo antes de se divorciar e voltar para casa — um milhão de decisões erradas pelas quais tentava não se culpar porque passado era passado.

O grupo foi migrando pouco a pouco em direção a porta.

— Vejo vocês na degustação do bolo, então — disse Brendon.

Olivia assentiu e respondeu:

— Estou ansiosa!

Depois de um último aceno de Elle, todos desapareceram no corredor. Margot fechou a porta, mantendo os dedos na fechadura, de costas para Olivia. Nesse momento a realidade se instalou e, com ela, uma mortalha opressiva de silêncio.

Pela primeira vez em onze anos, ela e Margot estavam a sós. Verdadeiramente a sós. Sem ninguém para se intrometer, sem interrupções.

Olivia pigarreou.

— Obrigada por me deixar ficar aqui.

— Sem problemas. — Margot passou por ela, roçando levemente seus braços. — Quer beber alguma coisa?

Ela poderia tomar uma margarita do tamanho da própria cabeça, mas não estava disposta a fazer pedidos. Além disso, destilados provavelmente seriam má ideia. Poderia até aliviar o estresse, mas a última coisa que Olivia precisava era se sentir mais instável do que já se sentia perto de Margot.

— Claro.

Olivia ficou na porta da cozinha. Margot olhou o conteúdo da geladeira e, depois de fechar a porta com o cotovelo, se virou com uma cerveja em cada mão.

— Aqui.

Olivia olhou para a garrafa, o gargalo pendurado entre as pontas dos dedos de Margot, as unhas curtas e bem cuidadas, pintadas em um tom de vermelho tão escuro que Olivia a princípio pensou que fosse preto. Sentiu a mão trêmula ao estendê-la para pegar a garrafa, mas só porque havia sido um dia longo e a adrenalina estava passando.

— Obrigada.

Margot levou a própria cerveja à boca, inclinando-a para trás e engolindo. Então baixou a garrafa e lambeu o lábio inferior. Uma mancha de batom rubi ficara no gargalo do vidro marrom.

Margot virou subitamente a cabeça para a direita, o cabelo balançando junto à mandíbula, e foi para a sala de estar. Olivia a seguiu, tropeçando na franja emaranhada de um tapete surrado com uma única marca chamuscada em um dos cantos. Ela segurou a garrafa suada entre as palmas das mãos e deu uma olhada no apartamento, observando os detalhes que não havia notado quando entrou.

Como o bastidor de bordar preso na parede ao lado da cozinha com uma frase em ponto-cruz que ela precisou estreitar os olhos para ler. *Sinta-se em casa, mas lembre-se que não está.* Ela riu baixinho e se virou, inclinando a cabeça, estudando as pinturas emolduradas na parede de tijolos expostos. Seu queixo caiu.

Uau. As flores de Georgia O'Keeffe pareciam radicalmente sutis em comparação. Esses desenhos eram... realistas e... Olivia semicerrou os olhos com mais força, o rosto em chamas. Ela se considerava bastante flexível, mas não *tanto*. Olivia se sentou no sofá ao lado de Cat e pressionou a mão no rosto, tentando se refrescar, os dedos úmidos com a condensação da garrafa de cerveja.

Margot ergueu as sobrancelhas e contraiu os cantos da boca enquanto observava Olivia.

— Seus quadros são... hum, bem...

Margot sorriu.

Olivia corou, procurando a palavra certa.

— *Eróticos?*

Exatamente isso. Eróticos. Pinceladas largas e pretas impediam que a estética se desviasse para um território vulgar.

— São uma adição um tanto novas. Comprei para deixar Brendon desconfortável depois que Elle se mudou e Annie surgiu. — Ela deu de ombros. — Você para de reparar depois de um tempo.

Quanto sexo alguém precisava fazer para se tornar insensível a pinturas de *outras* pessoas fazendo sexo? Mais do que Olivia estava fazendo, isso era certo. Ela abaixou a cabeça, tentando afastar o rubor, sentindo as bochechas tão quentes que poderia jurar que estava soltando vapor. Olivia deu uma espiada furtiva para Margot, observando-a inclinar a cabeça de lado para examinar a série de desenhos na parede. Margot tocou o pescoço com seus dedos finos e longos, demorando-se na cavidade entre as clavículas, o esmalte escuro e o corte afiado do cabelo contrastando fortemente com a pele pálida, fazendo-a parecer um pouco com um dos quadros, como se estivesse ganhando vida.

Quando Margot se virou e a viu olhando, o coração de Olivia parou de bater e depois disparou, enviando outro jorro de sangue para a camada mais superficial da pele.

— Então. — Ela soltou uma risada. — Isso é estranho.

O conhecido elefante na sala triplicara de tamanho.

— Não precisa ser. — Margot colocou a cerveja na mesa, sem usar porta-copos, e apoiou os pés ao lado, cruzando os tornozelos, totalmente relaxada. Tudo o que Olivia não era. — Como eu disse, é passado, Liv. Eu superei.

Superei. Olivia franziu a testa. Superou o *quê*? O que Margot teve que superar para início de conversa? Foi Olivia quem viu suas esperanças frustradas e seu coração partido por Margot, não o contrário.

Ou talvez tenha *sido* culpa dela. Afinal, foi ela quem beijou Margot.

Olivia não sabia exatamente quando seus sentimentos por Margot haviam mudado. Não era como se ela tivesse acordado um belo dia e se dado conta de que sentia-se atraída pela melhor amiga. Não houve nenhum grande momento de filme em que seus olhos se encontraram e a respiração de Olivia ficou presa e uma lâmpada se acendeu dentro de sua cabeça. Foi gradual, tão lento que os próprios sentimentos a pegaram de surpresa. Pequenos toques começaram a fazê-la corar. O olhar de Margot ganhou uma nova dimensão. Não era algo que Olivia pudesse tocar, mas era algo que certamente podia sentir percorrendo sua pele, fazendo cócegas no espaço entre as omoplatas, arrepiando sua nuca, apertando sua garganta e reprimindo palavras que antes sempre vinham tão naturalmente. O *saber.* Seguido de confusão e incerteza, não apenas de que era Margot, mas de que, *uau*, Olivia também era menos heterossexual do que pensava. Ela enlouquecia ao considerar se a mão de Margot em sua perna era intencional, lendo cada olhar, cada toque, cada mensagem. Imaginando se Margot sentiria o mesmo.

Mas Margot — que era abertamente bi desde o nono ano, e dois anos depois esclareceu que, se tivesse que colocar um rótulo em si, *pansexual* combinava mais — nunca dissera nada, e Olivia tinha muito medo de verbalizar alguma coisa, de arriscar estragar a amizade entre elas.

Até as férias de primavera do último ano.

Brad havia terminado com ela antes de partir para Cancún — um dos muitos términos ao longo do relacionamento — e Margot foi visitá-la com um monte de junk food e uma garrafa de vodca que roubara dos pais. O pai de Olivia tinha viajado para pescar, então elas estavam sozinhas na casa. Encorajada por alguns goles a mais e pela maneira como os olhos de Margot permaneciam em seus lábios, Olivia arriscou e a beijou e... Margot a beijou de volta. E aí um beijo levou a outro, que levou a roupas no chão que levaram ao sexo. A um ótimo sexo e risadas, e pela primeira vez Olivia não teve que se impedir de fazer todas as pequenas coisas que queria fazer, como entrelaçar os dedos nos de Margot ou roçar os lábios bem na ponta do ombro dela. Ela teve a chance de olhar para Margot abertamente, *vorazmente*, feliz e sem medo do que aconteceria se fosse pega. Se existia uma semana perfeita, tinha sido aquela.

Mas a realidade desabou sobre ela na segunda-feira seguinte. Brad agiu como se o rompimento não tivesse acontecido, como se fosse mais um *tempo* do que um término definitivo. E quando Olivia não caiu imediatamente nos braços dele, Brad ainda teve a audácia de parecer confuso. Ela mandou uma mensagem para Margot.

Dá pra acreditar? O que digo a ele?

Olivia esperava que Margot respondesse que Brad podia ir se foder. Que ele estava delirando. Ela queria que Margot dissesse que Brad não poderia tê-la.

Não se preocupa que eu não vou contar nada para ninguém. O que aconteceu naquela semana fica naquela semana, certo? ☺, escrevera Margot em vez disso.

Depois dessa mensagem, não conversaram mais sobre aqueles dias, mas Margot sempre tinha uma desculpa quando Olivia a chamava para sair, geralmente alegando estar ocupada demais estudando para as provas finais. Brad, por sua vez, não desistiu, enchendo o celular de Olivia com uma enxurrada constante de mensagens, implorando que o aceitasse de volta. Duas semanas depois, ela aceitou e, uma semana mais tarde, recebeu uma carta do departamento de bolsas da Universidade de Washington avisando que seu pedido havia sido negado. A formatura chegou e passou, Margot se mudou para Seattle e o resto é história.

No final, a culpa foi de Olivia por presumir que aquela semana juntas tinha significado alguma coisa. Independentemente disso, Margot estava certa. Era parte do passado, e relembrar velhas mágoas não ajudaria em nada; pelo contrário, só a faria sentir mais pena de si mesma.

— Certo. Você tem razão. Devemos deixar o passado no passado. Não arranjar sarna para se coçar. — Ela prendeu o cabelo atrás da orelha e riu. — Nós transamos. Grande coisa.

Assim que as palavras saíram, Olivia se encolheu de horror, o calor envolvendo seu pescoço e se espalhando pela mandíbula. Ok, então talvez dê para ser sincera *demais*. Pelo menos ela não disse que aquele tinha sido o melhor sexo de sua vida, por mais que fosse verdade.

— Pois é, nada de mais. — Um músculo na mandíbula de Margot se contraiu quando ela sorriu. — *Sério.*

Olivia sentiu o corpo todo arder. Ok, essa doeu.

— Certo.

Margot levantou a garrafa de cerveja pelo gargalo e a virou, bebendo tudo em um gole só. Então ela se levantou, o equilíbrio perfeito, e se espreguiçou, com as calças indecentemente baixas, presenteando Olivia com mais um vislumbre da tatuagem subindo pelo quadril. Ela recuou um passo antes de dar meia-volta e ir até a cozinha. Depois, veio o som dela procurando alguma coisa e, em seguida, de uma gaveta fechando. Margot voltou chacoalhando duas chaves, que colocou na mesinha de centro, lado a lado.

— A prateada é da porta do prédio, a de latão é do apartamento.

Olivia estendeu a mão e passou o dedo pelos dentes da chave mais próxima. Alguma coisa em ter a própria chave tornava isso tudo oficial.

— Obrigada.

— Sem problemas.

Margot enfiou os polegares nos bolsos e olhou pelo apartamento.

— Eu vou dormir, mas podemos marcar um horário e... sei lá, combinar sobre... Deus, eu não sei. A *logística.*

Certo. Logística. Se elas não podiam manter as coisas estritamente profissionais, seria melhor não trazer o passado à tona. Teriam que limitar as interações a interesses em comum — o casamento de Brendon e Annie — e ao espaço que dividiriam. Limites. Bastava de mencionar a semana juntas ou os sentimentos de Olivia. Melhor manter tudo civilizado e distante.

Distância era absolutamente fundamental.

Olivia assentiu.

— Parece uma boa. Amanhã?

— Claro. Tenho uma reunião à tarde, mas devo estar de volta no início da noite. — Margot olhou para a cozinha. — Fique à vontade para atacar a geladeira, se quiser. Nós… a Elle e eu, e a Annie também, éramos muito tranquilas em relação a dividir a comida e as compras, mas se você tiver algum problema com isso…

— Não, não. Tranquilo por mim também.

Margot estalou os dedos.

— O chuveiro é meio exigente. Se quiser tomar um banho, precisa puxar o registro antes de abrir a água. Ele emperra se tentar fazer o contrário.

— Bom saber, obrigada.

Mas tudo o que Olivia queria era desabar na cama. Ela só dera uma breve olhada no quarto, mas o colchão era uma nítida melhoria comparado ao sofá-cama que arruinara suas costas nos últimos oito meses. Seu antigo apartamento, embora mais próximo do trabalho, era bem pequeno. A sala de estar funcionava como quarto *e* escritório. O apartamento de Margot — e agora também de Olivia — era bastante espaçoso em comparação.

— Até amanhã, então — disse Margot, recuando em passos lentos em direção ao corredor.

Olivia acenou e imediatamente desejou não ter feito isso. Que gesto idiota.

— Boa noite.

Margot deu um sorriso quase imperceptível antes de se virar e desaparecer no corredor. Quando a porta fechou, Olivia caiu de volta no sofá.

Que dia.

Não que tudo tivesse sido ruim. Com certeza poderia ter sido pior. Ela e Cat poderiam estar dormindo em um hotel ou em um saco de dormir no chão da casa de Kira. Ou até no carro. E Olivia só teria tido essas opções por alguns dias enquanto procurava um novo apartamento. Se Margot não tivesse aparecido…

Olivia pensou que era melhor avisar ao pai sobre a mudança de cenário. Não que ele fosse enviar uma carta ou coisa parecida para ela, mas poderia. Coisas estranhas aconteciam.

— Livvy, oi — disse ele. Atendeu no primeiro toque.

— Oi, pai. — Ela mexeu no rótulo da cerveja. Estava encharcado, fácil de descascar nos cantos. — Não é uma hora ruim, é?

Seu pai bufou.

— Nunca.

Uma saudade agradável irradiou de seu coração. Ao fundo, dava para ouvir o que parecia ser a televisão. Futebol, provavelmente.

— Então. Você se lembra da Margot?

— Margot? — Ele cantarolou baixinho. — Que comia toda a nossa comida?

— *Pai.*

Ela riu. Ele também.

— O que tem ela?

Olivia empurrou a garrafa de cerveja para o centro da mesa e se recostou no sofá, cruzando as pernas sob o corpo.

— Estou meio que morando com ela agora.

— Como é que *meio que* se mora com alguém?

Ela esfregou os olhos.

— É que… é recente. Só liguei para avisar que estou em outro endereço. Vou mandar por mensagem para você, tá?

— Está tudo bem, Liv?

Sua garganta escolheu o pior momento possível para ficar incrivelmente apertada.

— Aham. Estou bem. Está tudo bem.

Seu pai ficou quieto.

— Está precisando de dinheiro? Eu não tenho muito, mas posso te mandar...

— Não, não, eu estou bem. Foi só um longo dia. Tive um problema no encanamento lá de casa, por isso precisei sair. Mas eu... eu estou muito bem. Juro.

Seu pai fez um *hum* do outro lado da linha.

— Certeza?

— Tenho. — Ela forçou uma risada. — Na verdade, estou ótima. Lori me encarregou de cuidar de um casamento, e é... é bem importante, pai.

— Que bom, filha. Tenho certeza de que vai ser excelente.

Cat pulou do outro lado do sofá e se espreguiçou, soltando um miado fofo e contente. Pelo menos uma delas estava se sentindo em casa.

— Mas chega de falar de mim. Como você está? Quando é sua próxima consulta?

— Na próxima terça, acho. Ou quarta, talvez? Anotei em algum lugar.

Anotei em algum lugar. Olivia balançou a cabeça em desaprovação.

— Falando em anotar as coisas, como vai seu diário alimentar? Você continua registrando tudo, né?

Seu pai grunhiu.

— Aham.

Não soou muito promissor.

— Pai.

— Eu estou. Juro.

— E você está anotando *direito*?

Sem supervisão, o pai viveria muito bem à base de torresmo e comida congelada, fazendo as refeições diante da TV, ingerindo sódio suficiente para uma cidade inteira.

Ele riu.

— É incrível como você consegue me sondar a duzentos quilômetros de distância. É um talento, de verdade.

— Que exagero. — Ela sorriu. — São só oitenta.

— Estou bem, filha. Fazendo tudo que o médico pediu. E estou até trabalhando menos horas, sabia? Você se preocupa demais.

Ela se preocupava o bastante. Ataque cardíaco não era brincadeira, mesmo que fosse leve.

— Que bom que está trabalhando menos, fico aliviada. Você não pode se estressar.

— Por que não deixa a preocupação comigo? Esse é o *meu* trabalho. Eu é que deveria estar me preocupando com você.

— Mas, como eu disse, você não precisa se preocupar comigo. Voltando ao assunto, esse casamento que estou organizando pode ser enorme. Se eu me sair bem, Lori vai me promover. Isso significa um aumento e mais eventos e… foi para isso que vim para cá.

Planejar eventos. Transformar os sonhos das pessoas em realidade, dar vida a eles. Era *isso* que Olivia queria.

— Certo, mas e de resto? — Ele tossiu. — Você, er, conheceu alguém?

— *Pai.*

— Só quero que você seja feliz, Livvy.

Ela poderia ser — ela *era*. Estava indo muito bem sozinha. Ótima.

— Estou bem.

— Pelo menos deve ser legal ter um rosto conhecido por perto agora. Margot.

Legal não era bem a palavra que ela escolheria. Confuso, talvez. Definitivamente surreal.

— Aham. — Ela afastou o telefone do ouvido e olhou a hora. — Pai, vou desligar, tá? Estou supercansada.

— Tudo bem. Te amo, filhote.

— Também te amo, pai. Até mais.

Capítulo quatro

De acordo com seu signo, qual é o seu drinque?

Áries – Dirty Vodka Martini
Touro – French 75
Gêmeos – Long Island Iced Tea
Câncer – Old Fashioned
Leão – Espresso Martini
Virgem – Gim-tônica
Libra – Cosmopolitan
Escorpião – Manhattan
Sagitário – Negroni
Capricórnio – Vesper
Aquário – White Russian
Peixes – Mojito

A Cervejaria Bell & Blanchard, uma pequena cervejaria local, era a mais recente — e maior, exceto pelo OTP — parceira da Ah Meus Céus até o momento. No passado, Elle e Margot diversificaram o fluxo de receita aceitando patrocínios e anúncios pagos de marcas voltadas para a temática da astrologia das quais as duas gostavam o suficiente para representar — perfumes, roupas esportivas etc. —, mas isso era dar um passo além. A marca estaria agora colaborando com a cervejaria para lançar uma série de cervejas inspiradas nos astros, uma para cada signo, durante a temporada astrológica correspondente, começando em Áries e terminando em Peixes.

Margot estava animada com a parceria. Já quanto a liderar a parceria sem Elle, não tanto.

Não que Elle não estivesse envolvida — era um empreendimento da Ah Meus Céus, afinal, e a marca era e sempre seria administrada igualmente por ambas —, mas, à medida que o negócio crescia, *explodia*, também surgia a necessidade de delegar. Vinham fazendo algumas variações disso desde o primeiro dia: Elle cuidava da maioria das leituras de mapa oferecidas por telefone ou Zoom, em parte porque os clientes respondiam melhor à sua personalidade extrovertida e alegre, e também porque Elle gostava mais da interação pessoal do que Margot. Margot preferia trabalhar nos bastidores: manter o site, criar conteúdo para os canais de mídia social, pesquisar e, agora, degustar cerveja.

Margot estava vivendo o sonho.

Ela só queria poder fazer isso com Elle. Atualmente, ocupadas como as duas estavam, Margot tinha sorte se conseguisse ver Elle fora do bate-papo semanal de planejamento do Ah Meus Céus... Isso acontecia o que, uma vez? Duas? Mais vezes quando o grupo todo se reunia na casa de Elle e Darcy para a noite de jogos, que estava se aproximando. Então, enquanto Margot se encontrava com os mestres cervejeiros para discutir lúpulo, fermento e intensidades de amargor, experimentando as cervejas atuais da Bell & Blanchard ao mesmo tempo que discorria sobre cada signo do zodíaco e características que poderiam ser representadas pela cerveja, Elle cuidava de reuniões ininterruptas com clientes.

As coisas estavam mudando, o que não era *ruim*, ela só estava demorando um pouco para se acostumar.

Margot equilibrou uma caixa com seis cervejas que ganhara de cortesia na degustação — a primeira de muitas prometidas pelo pessoal da cervejaria — e folheou a correspondência ao entrar em casa. Extrato do cartão de crédito, conta de telefone, lixo, lixo, *mais* lixo, cupom de desconto na Sephora para o aniversário dela no mês seguinte. Ela jogou a pilha na mesa da entrada com as chaves, colocou a cerveja no chão, se abaixou para desamarrar as botas e...

— *Jesus.*

Margot deu um pulo para trás e engasgou. Cat estava sentada no meio do hall de entrada, com a cabeça inclinada de lado, olhando para ela com aqueles olhos superverdes.

Também ia levar um tempo para se acostumar com *aquilo*. Ela pigarreou.

— Oi, Cat.

A gata piscou para ela.

Espera. Merda. Contato visual era proibido. Se bem que, na verdade, o apartamento era dela, *Margot*. Ela realmente aceitaria aquilo no próprio território?

Cat abriu a boca e bocejou um miado que exibiu seus muitos dentinhos afiados e... Margot desviou rapidamente os olhos. *Aceitaria.*

Ela passou por Cat apressadamente, ainda com as botas nos pés, e seguiu pelo corredor até seu quarto, fechando a porta assim que entrou. Aquilo que ela dissera a Elle sobre talvez adotar um gato? Mentira. Margot tinha pavor de gatos desde que o persa branco e fofo de sua tia-avó Marlena caiu do dossel da cama de Margot e a acordou de um sono profundo pousando sobre ela... de garras para fora e uivando. Ambos ficaram bem, mas as cicatrizes — em sua maioria apenas emocionais, graças a *Deus* — permaneceram.

Talvez morar com um gato pudesse ser bom para ela. Uma espécie de terapia de choque, a dessensibilizando com o tempo. Ou isso, ou Cat ia matá-la com suas garras durante a noite. Margot não pôde deixar de encarar aquilo como uma analogia sobre ela e Olivia. Morar juntas ou seria muito bom para as duas, ou explodiria na cara de Margot. Uma coisa ou outra. Margot sempre foi oito ou oitenta, tudo ou nada, especialmente quando se tratava de Olivia.

Ela pegou o celular e enviou uma mensagem rápida para o irmão mais velho, Cameron.

MARGOT (17h14): Gatos: o que preciso saber sobre eles?

Cameron era veterinário, então na certa teria algumas dicas valiosas. Dicas, truques, avisos, *qualquer coisa.*

ANDREW (17h16): pq pergunta
ANDREW (17h16): vc odeia gatos

Ela fechou os olhos com força. *Ótimo.* Ela clicara na conversa errada e enviara a mensagem para o grupo da família.

MARGOT (17h17): Desculpa, era para eu ter enviado só para o Cam.
MARGOT (17h17): E eu não ODEIO gatos, só tenho um respeito saudável por eles.
ANDREW (17h18): "respeito"
MARGOT (17h19): 🖕😘
CAMERON (17h20): De que tipo de gato estamos falando?

Margot franziu a testa.

MARGOT (17h21): Do tipo de pelo preto, rosto amassado e perninhas atarracadas? Você é o especialista.
CAMERON (17h22): 🤦
CAMERON (17h22): Parece um Scottish Fold.
CAMERON (17h23): Macho ou fêmea? Castrado? Idade? Fica em casa ou fica solto? É de rua? Arisco?

A cabeça de Margot começou a rodar. Uma nova mensagem apareceu antes que ela pudesse digitar a resposta.

ANDREW (17h24): vc ainda não respondeu pq a pergunta
MARGOT (17h25): Ah, perdão. Foi uma pergunta? Não vi o ponto de interrogação

Ela respondeu às perguntas de Cameron uma por uma.

MARGOT (17h26): Fêmea, não sei, não sei, em casa, não mais, e espero sinceramente que não.
CAMERON (17h27): 🤦🤦🤦
CAMERON (17h28): Estou com o Andrew nessa. Por que o repentino interesse por gatos?
MARGOT (17h30): Estou pensando em adotar um?
ANDREW (17h31): isso foi uma pergunta????

Jesus. *Irmãos.*

MARGOT (17h32): Minha colega de apartamento tem um gato.

— Não, não, *não*.

Margot se encolheu, desejando que houvesse um botão de *cancelar o envio*. Tarde demais. A revelação estava feita, disponível para toda a sua família ver.

ANDREW (17h33): colega de apartamento

ANDREW (17h33): ?!

MÃE (17h33): Eu não sabia que você tinha uma nova colega, meu amor.

Margot espalmou o rosto.

MARGOT (17h34): Podemos, por favor, nos concentrar no gato?

CAMERON (17h35): Qual é o nome dela?

Margot não entendeu *por que* importava, mas tudo bem.

MARGOT (17h36): Cat.

CAMERON (17h37): Não, da colega de quarto.

ANDREW (17h38): ou da gata

CAMERON (17h38): 🤦

ANDREW (17h39): o que

ANDREW (17h39): foi mal se eu também quero saber o nome da gata, cara

Margot suspirou. A conversa estava escalando para uma disputa sobre *quem perguntou primeiro*.

MARGOT (17h40): Não, o nome da gata É Cat.

Ela mordeu o lábio.

MARGOT (17h40): O nome da colega de quarto é Olivia

ANDREW (17h41): quem chama o gato de CAT

CAMERON (17h42): Olivia, claramente. Continue assim, Andrew.

Margot olhou para o teto, se arrependendo de toda a sua vida.

CAMERON (17h43): Onde vocês se conheceram?
ANDREW (17h44): acho que o cam tá perguntando da colega de quarto, não da gata 😂
MARGOT (17h45): Quer saber, deixa. Eu só queria saber como evitar ser devorada no meio da noite, mas tudo bem. Eu vou ficar bem. Se não tiverem notícias minhas, presumam que morri e virei jantar.
ANDREW (17h46): é o ciclo da vida ✌️
MÃE (17h47): Isso me lembra: tem tido notícias da Olivia Grant?

Margot engoliu em seco. Ninguém, nem mesmo sua família, sabia dos detalhes de seu relacionamento — ou *não* relacionamento — com Olivia. A mãe de Margot *talvez* soubesse sobre a quedinha da filha, mas, no que dizia respeito a todos, ela e Olivia sempre foram amigas. Melhores amigas. Margot nunca viu sentido em dizer o contrário. Não havia nada que valesse a pena contar.

MARGOT (17h49): É engraçado, na verdade. Minha nova colega de apartamento É a Olivia Grant.
MARGOT (17h49): Mundo pequeno, né?
ANDREW (17h50): uau, que bizarro
CAMERON (17h51): Pensei que ela era casada com o Brad Taylor
PAI (17h52): Não, eles se separaram no ano passado.

Margot fechou os olhos. Ok, chega de família.

MARGOT (17h53): Desculpa, gente, preciso ir! Tenho planos. Até mais. ♡

ANDREW (17h54): "planos"

CAMERON (17h54): Evite acariciar a barriga e a região posterior.

ANDREW (17h55): que porra é essa

ANDREW (17h55): limites mano

MÃE (17h57): Acho que Cameron estava se referindo à gata, querido.

Margot jogou o celular na cama e pressionou as palmas das mãos nos olhos até ver um caleidoscópio de cores brilhantes e formas estranhas dançando por trás das pálpebras. *Evite acariciar a barriga e a região posterior.*

E *nossa, que ótimo*, agora Margot estava pensando em tocar em *Olivia*, em como Olivia gostava de ser tocada, em *onde* Olivia gostava de ser tocada.

O que era *errado*. Olivia estava no quarto ao lado. Margot não tinha nada que pensar em como a pele de Olivia era incrivelmente macia ou em como ela ficava vermelha até o umbigo quando Margot a despia. Era errado pensar em como o lábio inferior de Olivia tremia quando ela sussurrava *por favor*? Ou como sua respiração falhava quando Margot encostava a boca na dobra de sua coxa? Em como seus dedos se enroscavam no cabelo de Margot, sem medo de puxar, e como sua voz ficava entrecortada ao dizer o nome dela enquanto gozava. Em como ela ficava roxa com facilidade, e as marcas da boca de Margot permaneciam um longo tempo na curva suave da barriga e do quadril e na lateral dos seios. Em como Margot se perguntou, dias depois, se Olivia tinha se masturbado com uma das mãos pressionada naquelas marcas e a outra aninhada entre as coxas.

No final do corredor, a porta do banheiro se fechou. Margot tirou as mãos dos olhos e piscou com a luminosidade do quarto.

Porra.

A tentativa de não pensar naquilo obviamente fracassara.

Margot apertou as coxas e sentiu o rosto tão quente que foi um milagre que seus óculos não tivessem embaçado. O latejar entre suas pernas era persistente e difícil de ignorar, ainda mais porque ela não tinha certeza se queria ignorá-lo.

As coisas já estavam estranhas o suficiente entre as duas sem Margot ter que encarar Olivia durante o café da manhã ciente de que havia se tocado pensando nela. Não anos antes, mas *agora*.

Havia um limite, e isso certamente seria ultrapassá-lo.

Mesmo que Margot não se importasse — se ela jogasse a toalha e dissesse *foda-se*, pensamentos são pensamentos e não significam nada a menos que a gente permita —, as paredes eram finas como papel.

Ela olhou para o celular. Dava para usar a velha estratégia de colocar uma música para abafar o som do vibrador ou...

A porta do banheiro se abriu e o som de alguma música da Taylor Swift ecoou pelo corredor antes de desligar. Um segundo depois, a porta do quarto de Olivia se fechou.

Margot tamborilou os dedos na colcha. *Ou* ela poderia matar dois coelhos com uma cajadada só e resolver o assunto no chuveiro, onde a água abafaria seus ruídos. Parecia um plano muito melhor.

Margot alcançou a mesa de cabeceira, vasculhou, procurando por... não, não qualquer vibrador, ela queria... aquele. Sem sinos ou assobios, apenas o bullet à prova d'água, testado e aprovado.

Margot levou-o até a cômoda, vasculhando rapidamente as gavetas atrás de um moletom, uma camiseta e algumas roupas íntimas. Ela enfiou o vibrador no meio das roupas limpas e atravessou metade da sala, mas deu meia-volta para pegar o celular e abrir o Spotify. Com as roupas emboladas junto ao peito, Margot abriu a porta e pisou no corredor...

— *Opa.*

Olivia e ela colidiram com força suficiente para desequilibrá-la, fazendo-a soltar tudo no chão para se apoiar na parede. Seus óculos também escorregaram, mas ela rapidamente os deslizou para cima pela ponte do nariz.

Olivia estava descalça, as unhas dos pés pintadas de lilás, mas as dos dedões em um tom mais profundo de roxo. Suas pernas compridas também estavam nuas, uma ponta da toalha mal cobrindo o topo das coxas, a outra pressionada contra os seios. Margot sentiu tudo dentro de si se contorcer e a boca ficou seca com a imagem de Olivia parada no meio do corredor, quase nua.

— Desculpa. — Olivia corou, abraçando o próprio corpo. — Deixei as minhas, hum, minhas roupas… — Seus olhos, já desviados, se arregalaram até ficarem do tamanho de dois pires. — No meu quarto…

Margot franziu a testa e seguiu o olhar de Olivia até o chão, onde a trouxa de roupas havia caído e, ao lado, jazia seu chamativo vibrador azul.

— Er…

Margot estufou as bochechas, um rubor perverso subindo por seu maxilar.

As palavras não vinham. Era impossível confundir o vibrador com outra coisa e… ela não ficaria *envergonhada*. Ela se masturbava, e daí? Margot era a amiga que seus amigos e amigas procuravam quando queriam recomendações de brinquedos. Ela ficava *feliz* em falar sobre sexo e masturbação. Mas havia uma grande diferença entre recomendar a Elle um vibrador com tecnologia de sucção mágica que mudaria a vida dela para sempre, e Olivia — *Olivia* — saber que Margot estava prestes a se masturbar, não em algum momento indefinido no futuro, mas *aqui* e *agora*, no chuveiro que atualmente compartilhavam.

Merda. Se ela não conseguia falar, deveria pelo menos ser capaz de *se mexer*. Pegá-lo do chão. Fazer *alguma coisa* além de ficar ali olhando para o vibrador como se ele fosse criar pernas e voltar para o quarto. Hum. Até que seria um recurso bacana.

Certo. *Mexa-se.* Margot pigarreou e se afastou da parede na qual estava grudada. Os olhos de Olivia percorreram o corredor antes de se arregalarem ainda mais.

— *Cat, não!*

Margot seguiu o olhar de Olivia bem a tempo de testemunhar Cat agachar, balançar o traseiro de um lado para o outro — uma, duas vezes — e saltar para atacar o vibrador.

Um zumbido baixo ecoou pelas paredes do corredor quando o brinquedo foi ligado e Cat sibilou, como se tivesse levado um susto, antes de envolver as patas dianteiras ao redor da vibração e começar a se contorcer em uma bolinha apertada, chutando sua presa.

Olivia bateu palmas rapidamente.

— Cat, para já com isso. *Para.* — Ela apertou a toalha contra o peito e se aproximou de Cat com cautela. — Solta. *Safada.*

A gata congelou e se enroscou ainda mais, os dentes afiados cravados no silicone.

— Sai. — Olivia fez um gesto de enxotar. — *Sai.*

Cat soltou um miado indignado e disparou pelo corredor em uma velocidade vertiginosa, fugindo da cena do crime. A vibração fez o bullet deslizar pelo chão de madeira, zumbindo mais alto, mas de alguma forma não tão alto quanto a pulsação rugindo no crânio de Margot.

— Hum.

Olivia se abaixou, vacilou por uma fração de segundo e pegou o vibrador de Margot do chão. Ela o virou, mordendo o lábio enquanto estudava a base do objeto, e disse um "Ah, aqui" baixinho ao encontrar o botão de ligar e desligar e o apertar. Então ela pigarreou e estendeu o brinquedo, agora silencioso, para Margot.

— Você, er… — Ela se encolheu. — Talvez seja melhor lavar ele?

Margot teve certeza de que sua alma deixara o corpo. Havia uma estranha leveza em seus braços quando estendeu a mão, pegou o vibrador e o apertou desajeitadamente. Lavar. Certo. Havia pelo preto grudado no silicone, sem contar a saliva de gato.

Ela olhou para Olivia, mas as palavras continuavam fugindo. Olhando de volta, o rosto corado como neon, os lábios contraídos, Olivia apontou o queixo para o vibrador.

— Acho que podemos dizer que a… *bixana* aprovou.

Quando Olivia bufou, foi a gota d'água. Margot dobrou o corpo, convulsionando de tanto rir.

Ela não conseguia parar. Cada vez que parecia que ia parar quando conseguia respirar por um segundo, ela olhava para Olivia, com o rosto vermelho, estremecendo, e começava tudo de novo, a gargalhada crescendo e crescendo e crescendo. Ela nem sabia direito *por que* estava rindo, só que estava, e ofegando, cuspindo e engasgando com a própria saliva, e parecia que lhe faltava ar.

— Eu… não acredito que você… *disse isso* — gaguejou Margot. — Isso foi péssimo.

Tudo doía, desde o fundo da garganta até os músculos da barriga, mas não de um jeito *ruim*. Assim que ela conseguiu respirar de novo, o aperto em seu peito se desfez e foi quase refrescante. Revigorante.

Olivia caiu contra a parede, enxugando as lágrimas do canto dos olhos.

— E *eu* não acredito que minha gata tentou matar seu vibrador.

As chances de Margot conseguir usar de novo aquele vibrador sem pensar no episódio eram mínimas. Além disso, havia marquinhas de dentes no silicone. O brinquedo estava basicamente arruinado.

Mas ela não disse isso. E não disse muita coisa de modo geral, as palavras morrendo em sua garganta quando Olivia se mexeu e a toalha se abriu, revelando a curva nua de seu quadril e as estrias cor-de-rosa. Margot nunca quis tanto correr a língua pela pele de alguém em toda a sua vida e, ao mesmo tempo, derreter no chão de tanta humilhação. Chegou a ficar zonza.

Olivia foi parando de rir, o rosto ainda rosado e os olhos brilhantes. Ela umedeceu o lábio inferior, seu peito subindo e descendo um pouco mais rápido quando encarou Margot nos olhos.

— Bem. — Margot desviou os olhos e apertou os lábios. — Agora preciso... sei lá... ir me enfiar em um buraco e nunca mais sair.

Olivia abaixou o queixo, fazendo um péssimo trabalho para esconder o sorriso.

— Bem, você tem que admitir que foi uma maneira incrível de quebrar o gelo.

Margot soltou uma risada.

— De fato.

— Se não estiver ocupada... — Olivia olhou de novo para o vibrador, e outra onda de calor se abateu sobre Margot —... quer ter aquela conversa?

— Conversa?

Olivia ergueu as sobrancelhas.

— Você sabe. Logística.

Certo. *Logística.* Ela assentiu depressa.

— Claro. Na sala?

Olivia sorriu.

— Vou só me vestir e já vou.

Capítulo cinco

Olivia se sentou no espaço vazio ao lado de Margot, dobrando as pernas. Na televisão, passava a reprise de uma série antiga.

Margot equilibrou o notebook sobre os joelhos enquanto se inclinava para pegar o controle remoto da mesinha de centro e silenciar a televisão.

— Um segundo. Preciso tuitar isso aqui. Pronto.

— Se estiver ocupada, tudo bem. Podemos conversar depois.

— Não, nada disso. Viu?

Ela girou o notebook para mostrar a tela a Olivia. Seu navegador estava aberto no Twitter. Olivia olhou mais de perto.

De acordo com o signo do seu roommate, qual série vocês deveriam ver juntos?

Áries – *2 Broke Girls*
Touro – *MasterChef*
Gêmeos – *Two and a Half Men*
Câncer – *Modern Family*
Leão – *Friends*
Virgem – *Gilmore Girls*
Libra – *The Golden Girls*
Escorpião – *Don't Trust the B– in Apartment 23*
Sagitário – *The Big Bang Theory*

Capricórnio – *Will & Grace*

Aquário – *Supernatural*

Peixes – *Atypical*

— Criação de conteúdo para o Ah Meus Céus — explicou Margot.

— Eu sempre me perguntei como vocês inventavam essas listas.

— Basicamente é destrinchar todos os itens da lista em suas características principais. Então, nos programas de TV, seria pelo tema ou pela relação entre os personagens, a ambientação ou... a vibe. — Margot abriu um sorriso. — Não é uma ciência exata. — Olivia sorriu de orelha a orelha e ouviu Margot continuar: — Depois eu combino com os signos de acordo com as características mais marcantes de cada um. Não estou dizendo que, se você é geminiano, seu programa de TV favorito sobre pessoas que dividem um apartamento tem que ser *Two and a Half Men*, só apontando que é o programa que mais capta as características daquele signo. E, se você achar que não tem a ver, é só ler o do seu ascendente. O mesmo vale para horóscopos. Na verdade, é *melhor* ler o do seu ascendente, porque é ele que determina as casas no mapa. Seu horóscopo para o dia, semana, mês ou qualquer período considera os trânsitos dos planetas e como eles se movem pelas diferentes áreas do seu mapa. O signo ascendente dá um panorama mais completo.

Olivia examinou a lista, parando em Libra.

— *Golden Girls*. Justo.

Por algum motivo, Margot riu.

— Desculpa. É só que essa reação foi bem, hum, bem libriana. "Justo."

Ela sentira falta da risada de Margot, de como o som começava no peito e parecia explodir na boca, uma risada rouca e profunda.

— Pergunta: sempre quis saber como funciona a compatibilidade na astrologia.

Ela esperava que aquilo fosse mais sutil do que perguntar "Qual é o seu signo?". Além disso, ela já sabia que Margot era de Áries.

— Sinastria? É... Bem, existem alguns aspectos a se observar. Aspectos são os ângulos entre os planetas e outros corpos celestes e pontos de interesse em um mapa. Existem aspectos difíceis, que podem representar um desafio, e aspectos mais fáceis, que são... harmoniosos, acho que essa é a palavra. Com a sinastria, a gente pode sobrepor os mapas. Existe um software que faz isso, e assim a gente pode ver como os planetas de uma pessoa se aspectam com os de outra pessoa e quais casas do mapa eles ativam e vice-versa.

Olivia manteve os olhos na tela. Seu coração parecia prestes a perfurar as costelas, mas ela rezou para sua voz não tremer.

— Então, por exemplo, Áries e Libra? Que tipo de aspecto fazem? Eles são, hum, compatíveis?

Margot deu de ombros. *Ela deu de ombros.* Olivia reprimiu o suspiro.

Não se tratava tanto de querer saber a compatibilidade astrológica delas, mas Olivia esperava que a pergunta servisse como uma espécie de trampolim. A reação de Margot poderia dar a ela uma ideia do que se passava naquela cabeça — não só naquele momento, mas anos antes. Explicar por que tudo que havia rolado entre elas tinha sido tão bom, repleto de possibilidades, com todo um futuro pela frente, até que Margot a afastou.

Olivia só queria um pouco de clareza. Ela até chamaria de encerramento de ciclo, mas algo naquela expressão deixava um gosto amargo na boca.

— São signos diametralmente opostos, o que pode trazer equilíbrio, já que cada um possui qualidades que faltam ao outro. Mas é um pouco mais complexo do que isso. Todo mundo pensa na compatibilidade entre os signos solares, mas isso é uma peça minúscula, *mínima*, do quebra-cabeça. Existe a relação Sol-Lua, Lua-Lua, Vênus-Marte, Lua-Vênus... Tudo depende do que você está procurando, como boa comunicação, ou valores e interesses semelhantes. A sétima casa é onde tendemos a procurar informações sobre parcerias, como o casamento, mas a quinta é sobre paixão. Não só sexo, embora inclua isso também. A oitava casa também rege o sexo, mas num sentido transformacional, ou até mesmo transacional. Tem muita coisa para ver. — Margot fez um biquinho. — Mas compatibilidade não é minha especialidade. — Ela se encolheu. — Compatibilidade *astrológica*, digo.

Olivia se aproximou mais da beirada do sofá e seu joelho encostou suavemente no braço direito de Margot.

— Você explicou muito bem.

Margot virou a cabeça e, como não estava usando maquiagem, Olivia conseguiu distinguir as pequenas sardas na ponta do nariz. O canto esquerdo de sua boca se levantou em um sorriso indiferente.

— Obrigada.

Ela fechou o notebook e o deixou na mesinha de centro.

— Certo. Vamos à logística de colegas de apartamento.

— Vamos. — Olivia assentiu. — Fiz uma lista.

Margot levantou as sobrancelhas.

— Você fez uma lista?

— Só para organizar meus pensamentos. Eu não queria esquecer nada. — Olivia alisou as pontas do papel sobre a coxa nua. — Não divido apartamento desde o primeiro ano da faculdade. Morei com o Brad, mas era diferente, então tudo isso é meio novo.

— Fique à vontade para me mandar à merda, mas posso fazer uma pergunta pessoal?

Algo na maneira como Margot falou, ultrapassando a linha entre a franqueza e o decoro, fez Olivia rir. Era tão perfeitamente Margot…

— Acho que passamos do *pessoal* há algum tempo, não?

Foi só depois que as palavras foram pronunciadas que ela percebeu como Margot as receberia. Olivia só estava se referindo ao episódio em que pegou *o vibrador de Margot do chão depois que sua gata tentou comê-lo*. Não pessoal no sentido: *sei qual é a cara que você faz quando goza*. Mas isso também.

Margot passou a língua pelo lábio inferior.

— Você disse que você e Brad queriam coisas diferentes. O que isso significa?

Olivia tirou os olhos da boca de Margot antes de ser pega encarando.

— É uma longa história.

Margot fechou a cara.

— Se não quiser falar a respeito…

— Não, não é isso.

Ela não gostava de falar a respeito, é verdade, mas não era só isso. Ela não sabia por onde começar. Foi um desastre. Um desastre repleto de drama.

— Resumindo: Brad queria ter filhos e eu não.

Filhos nunca foram e nunca seriam o que Olivia queria, e ela deixara claro para Brad desde o começo, mas, quando ela completou 26 anos, ele começou a fazer insinuações. No início as chamava de piadas, e ela apenas revirava os olhos e ria — o que claramente foi um erro. E então continuou acontecendo até que um dia Brad perguntou, sem rodeios, quando eles começariam uma família. A parte mais triste é que o tempo todo ela pensara que eles já eram uma família.

Margot franziu a testa.

— Você nunca quis ter filhos.

— Acho que ele pensou que eu mudaria de ideia.

Olivia havia cedido a praticamente tudo que ele pedira; ele presumiu que nesse assunto — um bebê — seria igual.

— Brad pensou que você mudaria de ideia. — Margot estreitou os olhos. — Ou que *ele* poderia fazer você mudar de ideia?

Olivia forçou uma risada, apesar do nó na garganta.

— Está tão óbvio assim?

Ela sempre admirou a confiança tranquila de Margot, o jeito como ela sabia o que queria e não deixava ninguém a impedir de ir atrás. A facilidade com que conseguia ignorar as opiniões dos outros sobre ela e os sonhos que tinha. Olivia não era assim, não era corajosa como Margot, não sabia como *fazer o que você ama e foda-se o resto*. Olivia demorava uma eternidade para tomar decisões e se importava demais com o que as pessoas pensavam. Não era motivo de orgulho, mas nunca se sentiu tão envergonhada como naquele instante, vendo Margot a olhar como se sentisse pena dela.

— Acho que eu só te conheço. — Margot encostou a cabeça no encosto do sofá. — Ou conhecia.

Conhecia. Olivia odiava que toda a amizade delas existisse no passado. Quando estavam na escola, ela nunca teria imaginado passar uma *semana* sem falar com Margot, muito menos *anos*. Mas é claro que ela não teria imaginado. Ninguém sonha com seus problemas quando pensa no futuro.

— Enfim, Brad queria um filho e eu não, e quando deixei isso bem claro ele pareceu aceitar. Ou foi o que pensei. — Por uma fração de segundo, ela sentiu um aperto no peito, dificultando a respiração. — Eu não contei os detalhes para o meu pai, mas ele sabia que as coisas não estavam bem entre nós e que eu não estava feliz. Sugeriu que fizéssemos terapia de casal, o que fizemos, *uma vez*. Não adiantou muito porque Brad era diferente durantes as sessões. Mais aberto, mas menos sincero, se é que isso faz sentido. — Margot mordiscou o lábio, ouvindo com atenção. — Quando isso não funcionou, meu pai finalmente me disse que se eu não estivesse feliz, era melhor... reavaliar minhas opções. O que me surpreendeu, porque ele sempre se deu bem com Brad. Eles se dão bem até hoje, o que é ótimo. Fico feliz que papai tenha alguém na cidade para quem possa ligar se precisar de alguma coisa. Mas, de todo modo, eu não queria. Reavaliar minhas opções, sabe? Eu assumi um compromisso. Concluí que todo casal passava por uma fase difícil.

Olivia mordeu um pouco a pele em volta das unhas. Como é que *ainda* podia ser difícil falar sobre isso?

— Então Emmy Caldwell... Você se lembra dela, da escola? Um belo dia Emmy apareceu na minha porta e disse que ela e Brad estavam tendo um caso há seis meses e que ela tinha certeza de que estava grávida dele.

— Meu Deus, Liv. Isso... Nossa, que *merda*.

Olivia fungou e depois riu, embora não fosse engraçado. Era rir ou chorar, e ela já havia chorado o bastante por Brad. O suficiente para uma vida inteira.

— Foi horrível. Mas fiquei chocada e... talvez eu não devesse ter ficado. Provavelmente havia sinais, e o fato de eu não ter visto nenhum só mostra o quanto as coisas estavam ruins. Enfim, depois disso eu voltei para a casa do meu pai e pedi o divórcio. Não tínhamos muitos bens, já que estávamos alugando a casa dos pais dele, e ele não contestou o pedido, então tudo aconteceu muito rápido. Em um mês e meio estávamos separados.

— Nossa, que droga, Liv. Eu nem sei o que dizer.

Margot estendeu a mão e apertou o ombro de Olivia.

Olivia não queria, mas ficou mexida com o toque de Margot, ao sentir o calor de sua mão atravessando o algodão fino da camiseta.

Ela recebera muitos avisos e conselhos antes de se mudar para Seattle, tanto do pai quanto da internet. Ninguém nunca a aconselhara sobre a solidão muito específica de morar em uma cidade onde não se conhece ninguém, sobre como era fácil ficar sedento por um toque. É *claro* que ela ficaria mexida com o toque de Margot. Na verdade, ela ficou surpresa por não correr para o colo dela e *ronronar*.

— Não tem muito o que dizer, na verdade. Foi uma merda. — Ela bufou. — Mas quer ouvir a melhor parte?

Margot afastou a mão e se encolheu.

— Quero.

— No final, Emmy nem estava grávida. Foi um alarme falso. Ela descobriu e não disse nada a Brad por medo de que ele... Sei lá, mudasse de ideia ou algo assim.

O que de fato aconteceu. Brad ligou e deixou mensagens de voz e finalmente bateu na porta de Olivia, implorando para voltar, alternando entre pedir desculpas e ficar irado quando ela não cedeu. Era tarde demais para isso.

— Para encurtar a história, eu me casei com o cara errado. Com a pessoa errada. — Seu coração disparou quando tudo que Margot fez foi a encarar. — De qualquer forma, chega de falar de mim. — Olivia apertou o canto da folha com a lista, deixando impressões digitais úmidas que tornaram o papel translúcido. — Vou começar do começo. Lavanderia.

— Talvez ajude se eu te disser onde fica, né? — Margot revirou os olhos para si mesma. — É no subsolo, mas é bem menos assustador do que parece. Eu juro. Só dá para entrar com a chave, que é a mesma da porta do prédio, então é bastante seguro. A luz fria é péssima, mas ano passado instalaram novas lavadoras e secadoras. Tudo é de ponta, então não precisa esperar muito para suas coisas secarem.

Olivia já estava satisfeita por ter máquinas de lavar no prédio.

— Acho que vou lavar algumas roupas antes de dormir. Posso juntar as suas com as minhas, se quiser.

Por alguma razão inexplicável, as pontas das orelhas de Margot ficaram rosadas.

— Não precisa.

— Tem certeza? Porque eu não me importo.

Lavar roupa era uma daquelas tarefas das quais ela realmente gostava, ao contrário de lavar louça, o que ela fazia, mas não sem reclamar um bocado internamente.

Margot mordiscou o lábio por um segundo antes de rir baixinho.

— Quer saber? Vou aceitar, sim. Você pegou no meu vibrador há dez minutos. Acho que mexer nas minhas calcinhas é bem inofensivo em comparação.

Pegar não era bem a palavra que Olivia teria usado. Em um mundo perfeito, seu cenário ideal de como pegaria no vibrador de Margot incluiria muito menos roupas.

— Beleza.

Ela se forçou a focar novamente na lista em vez da fantasia que se desenrolava em sua cabeça.

— Vejamos. Eu, er, pesquisei no Google uma lista de conversas importantes para ter quando se começa a dividir um apê, mas agora algumas parecem tão bobas… — Ela molhou o lábio inferior. — Como você disse, a gente se conhece, né. A menos que você tenha desenvolvido alguma alergia que eu desconheça…

— Seria novidade para mim.

— Acho que não precisamos falar sobre animais de estimação, já que você já está *mais do que* ciente da minha gata.

Margot bufou.

— Não sei. Perguntei ao Cameron o que eu precisava saber sobre gatos. Ele não me ajudou muito, mas algo me diz que *nada* poderia ter me preparado para o que aconteceu no corredor.

Pelo menos ela conseguia rir da situação. Seria terrivelmente constrangedor se Margot tivesse ficado chateada.

— A propósito, como estão seus irmãos? Cameron é veterinário, né?

Margot já tinha dado uma pista, mas Olivia tinha certeza de ter visto o nome dele na placa do lado de fora de uma clínica veterinária alguns anos antes.

— É. — Um sorriso suave cruzou o rosto de Margot. — Ele é. E Andrew está em San Diego fazendo mestrado em biologia marinha. Eles estão bem. Meus pais também.

Mesmo que passassem mais tempo na casa de Olivia quando eram mais novas, Olivia sempre gostou da família de Margot. Eles eram barulhentos e expressivos e sempre a fizeram se sentir bem-vinda.

— Que bom ouvir isso.

— Aliás, minha mãe perguntou se eu tinha notícias suas. Contei que você estava morando aqui agora.

Não pela primeira vez, Olivia se perguntou se Margot também teria contado à família, a *qualquer um*, o que acontecera. Mesmo deixando de fora os detalhes, apenas que *algo* acontecera. Era improvável.

— Aposto que isso surpreendeu ela.

— Meio que sim. Acho que ela pensou que você ainda era casada. Sei que o Cam pensou. Papai sabia. — Margot torceu o nariz. — Aquele fofoqueiro.

Olivia riu.

— Ele continua dando aula?

— Não. Ele se aposentou há ... uns dois anos? Ficar em casa o tempo todo deixa ele maluco, pelo menos é o que minha mãe diz. Então, o que ele decidiu fazer? Entrar em clubes, incluindo um clube do livro cheio de avôs e avós. Juro que ninguém pode espirrar naquela cidade que meu pai já fica sabendo.

Olivia tapou a boca com a mão.

— Acho que sei qual é esse clube do livro. A avó do Brad, aquela que me adorava, participa.

Ela tinha certeza de que eles nem *liam* os livros que selecionavam; apenas se reuniam para beber e fofocar.

— *Isso* explicaria como ele sabia sobre você e Brad. — Margot fechou os olhos e riu baixinho. — Só meu pai, mesmo. — Ela abriu os olhos, o cabelo tocando no contorno afiado de seu maxilar quando inclinou a cabeça de lado. — A propósito, como está o seu pai?

— Bem. — Olivia engoliu em seco. — Quer dizer, melhor agora. Ele infartou na época em que eu estava me divorciando. Então, acho que faz quase um ano?

— Nossa, Liv. Sinto muito em ouvir isso.

Falar naquilo formou um nó inesperado em sua garganta, mas que Olivia talvez devesse ter previsto. Margot era a primeira pessoa para quem ela contava, a primeira pessoa com quem conversava a respeito, fora os médicos, enfermeiras, funcionários do hospital e Brad. Todos os seus amigos da escola tinham se mudado, e os que voltaram ou nunca chegaram a sair da cidade agiram como se divórcio fosse algo contagioso. Tratavam-na com educação, mas só. Tudo fachada.

Margot nunca foi assim. Ela era honesta, autêntica. Olivia *sempre* foi fã daquilo.

— Obrigada. — Olivia prendeu o cabelo atrás das orelha e coçou a lateral do pescoço. — Foi leve. Tão leve quanto um ataque cardíaco *pode* ser, eu acho. Eu tinha planejado me mudar para Seattle logo após a finalização do divórcio, mas aí isso aconteceu, então acabei ficando mais alguns meses até meu pai praticamente me expulsar. Disse que eu ficava rodeando e que estava deixando ele maluco. — Ela mordeu a pele das cutículas outra vez. — Mas eu não teria nem sonhado em ir embora antes de os exames de sangue dele voltarem perfeitos.

Mesmo assim, uma voz lá no fundo, que soava muito parecida com a de Brad, ainda sussurrava que ela era egoísta por ter ido embora, por se colocar em primeiro lugar, mesmo que seu pai estivesse bem.

— Que bom que ele está bem.

— Pois é.

Elas trocaram um sorriso e Olivia baixou os olhos, examinando a lista novamente.

— Espaços comuns. Como prefere fazer em relação à faxina e esse tipo de coisa?

— Tento aspirar e varrer pelo menos uma vez por semana. O mesmo com lavar o banheiro. — Margot passou a mão pela frente da canela, alisando o tecido da legging. — Podemos alternar?

— Eu lavo o banheiro essa semana e você limpa o chão, semana que vem trocamos. Pode ser?

— Claro, super. — Margot tamborilou os dedos nas pernas. — Além disso, tenho certeza de que já reparou, mas tem um quadro branco na lateral da geladeira, caso esteja faltando alguma coisa, tipo leite ou algo assim. Quer dizer, podemos avisar por mensagem, obviamente, mas às vezes é bom ter um lembrete ali na cozinha.

— Perfeito. — Olivia pegou uma caneta da mesinha de centro e fez uma anotação rápida. — Quadro branco para anotações. Entendi. Ok, vamos ver… Lixo. Precisamos levar até a lixeira lá embaixo?

— Temos uma janelinha para o descarte. No final do corredor, à esquerda.

Margot apoiou o queixo no joelho.

— Tem alguma mania irritante que você odeie e eu deva saber? — perguntou Olivia.

— Alguma que você ainda não conheça? — Margot riu e continuou: — Não sei. Nada me ocorre.

— Nada? Nada mesmo?

Margot deu de ombros.

— Eu trabalho em casa... Bem, às vezes vou na casa da Elle, mas quase sempre estou aqui, e não me distraio facilmente. Não preciso de um silêncio sepulcral para me concentrar nem nada. De vez em quando gravo para nossa série de vídeos e às vezes faço lives no Instagram de perguntas e respostas, mas gravo no meu quarto, então, contanto que você não coloque música ridiculamente alta, tudo bem.

— Sem música alta, entendi.

— E você? Algo que te incomoda e que eu deva saber?

Olivia sorriu.

— Bem, não acho que você vai deixar o assento do vaso levantado, então, na verdade, não.

— Sinto que há uma história por trás disso.

Infelizmente.

— Brad sempre se esquecia de abaixar o assento. Uma vez, me levantei para fazer xixi no meio da noite e caí. Com direito a pernas para o alto e bunda batendo no fundo do vaso.

— Putz, que merda.

— Foi horrível. Eu tinha colocado uma daquelas pastilhas de limpeza no vaso, sabe, que deixam a água azul? Manchou minha pele toda. Andei por aí parecendo um Smurf da cintura para baixo por dois dias até comprar uma bucha melhor.

Margot tapou a boca com a mão, abafando a risada.

— Não é engraçado. É só que... imaginei a cena.

— É um pouco engraçado, sim — admitiu Olivia.

— Não que eu imagine que seja um problema, mas vou me lembrar: nunca deixar o assento do vaso levantado. Algo mais?

Olivia dobrou a lista ao meio e passou a unha pela dobra, formando um vinco acentuado.

— Não devíamos conversar sobre trazer pessoas aqui?

Margot quase deixou cair o celular.

— O quê?

— Se eu quiser convidar alguns amigos.

Ela não tinha muitos amigos próximos, não mais, mas convidara Kira para beber uma ou duas vezes, e Margot obviamente tinha um círculo de amigos muito unido.

— Amigos. — Margot assentiu depressa. — Ah, sim. Isso... Tudo bem.

— Legal. Eu mandaria uma mensagem para você primeiro, se você não estivesse em casa, é claro. Para você não entrar e levar um susto com estranhos na sua casa.

— Eu também.

Margot deu um suspiro que bagunçou a franja, mas não apaziguou por completo o rubor em seu rosto.

— Eu, hum, também vou avisar. Se eu for receber amigos.

Ela não parava de enfatizar aquilo: *amigos*, em oposição à alternativa.

Uau. Ok, Olivia percebeu que sua pergunta inicial era passível a outra interpretação. Não que ela planejasse ter encontros. Olivia tivera algo *casual* só uma vez, e veja no que deu. Não que ela soubesse que era casual na época. Não que importasse.

Ela não levaria ninguém para casa, a menos que fossem amigos, e o que Margot fazia era problema de Margot. Olivia não precisava saber nem ia perguntar.

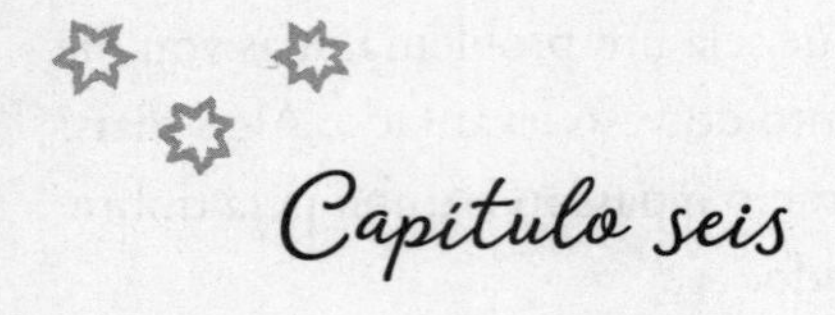

Capítulo seis

— Está aberta!

Margot entrou no apartamento de Darcy e Elle pronta para a noite de jogos, deixando as botas na porta. Tirar os sapatos ao entrar era uma regra de Darcy, não de Elle, mas Margot a seguia de bom grado. Por mais que ela gostasse de irritar Darcy *de brincadeira*, Margot não tinha a menor vontade de descobrir o que Darcy faria se ela deixasse um rastro de imundície no impecável — e nada prático — carpete creme.

Elle, que estava sentada no chão da sala, de costas para a porta, nem levantou a cabeça quando Margot entrou.

— Tem vinho na cozinha. E não se preocupe, é do bom.

Por *bom*, ela queria dizer da *variedade em caixa*, ao contrário do vinho favorito de Darcy, cujo preço era tão difícil de engolir quanto o nome era de pronunciar. *Bom* era um exagero na opinião de Margot, mas ela preferia mil vezes aquilo a uma taça de vinho tão cara que se sentiria culpada por beber.

— Você sabe que eu poderia ser qualquer um, né? — Margot virou para a direita, tomando cuidado, visto que estava de meias, para não escorregar ao passar do carpete para o azulejo da cozinha. — Eu podia ser um assassino, e você me convidou para entrar.

— Assassinos não batem na porta, Margot — afirmou Elle do outro cômodo.

— Não tem como saber. — Margot procurou no armário algo mais resistente do que as taças de vinho de haste fina de Darcy. A noite de jogos pedia durabilidade, não delicadeza. — Mas aposto que é isso que eles querem que você pense. Acalmar você com uma falsa sensação de segurança enquanto se escondem diante do seu nariz.

— Voltou a maratonar *true crime*, não voltou? — provocou Elle, parecendo achar graça.

— Na verdade, estou ouvindo um podcast de *true crime*.

Margot pegou um copo sem haste do fundo do armário e o encheu de rosé antes de voltar para a sala.

— Pensei ter ouvido vozes — disse Darcy, saindo do corredor.

— Brendon e Annie ainda não chegaram?

Elle balançou a cabeça.

— Ainda não. Eles tiveram que passar no berçário, lembra?

— Oi? — Margot devia ter ouvido mal. — *Berçário*?

Darcy riu.

— Vou terminar um relatório. Se eu não tiver voltado quando eles chegarem, me chamem.

— Repetindo: oi? Podemos voltar ao que você acabou de dizer sobre Brendon e Annie?

— Berçário de *plantas*, Mar. — Elle deu uma risadinha. — Meu Deus. Você devia ter visto sua cara.

— Ok, continuo confusa. É nossa noite de jogos. Por que precisamos de plantas?

Elle apontou para a mesinha de centro e, pela primeira vez, Margot examinou de fato tudo o que a amiga preparara além das canetas coloridas e dos marcadores. Havia um carretel de barbante ao lado de uma tesoura, dois furadores de tamanhos diferentes e uma pilha de cartolina azul-cobalto. Duas caixas com globos de vidro de fundo chato tinham sido acomodadas sob a mesa, ao lado de uma lona dobrada.

Aquilo não parecia coisa da noite de jogos. Parecia que Margot estava prestes a ser encurralada pelo tipo de atividade de que menos gostava: o tipo "faça você mesmo".

Margot lamentou.

— Mas hoje é noite de jogos.

E ela estava ansiosa pelo encontro havia dias. Louca para relaxar com um pouco de vinho e derrotar seus amigos em jogos de tabuleiro. Era para ser o ponto alto da semana.

— Vamos ter tempo para jogar depois — prometeu Elle. — Annie está sobrecarregada de trabalho e perguntou se podíamos ajudá-la com as lembrancinhas do casamento.

— Eles não podiam, sei lá, distribuir minigarrafas de bebida?

— Eles vão comprar minissuculentas para cada convidado poder ter sua própria pequena samambaia do amor.

Era uma piada interna entre Brendon e Annie, uma brincadeira com a samambaia do amor de *Como perder um homem em 10 dias*. Brendon presenteara Annie com uma suculenta em miniatura para ser a samambaia do amor dos dois.

— Que meloso, mas fofo — concedeu Margot.

Elle se recostou, apoiando o peso nas mãos.

— Um pouquinho de *mel* nunca fez mal a ninguém. — Ela torceu o nariz. — A menos que você seja alérgica, tipo a Darcy.

Margot bufou.

— Verdade.

— Vamos, Mar. — Elle pegou um punhado de marcadores e os espalhou como um leque. — Vamos fazer arte! Que mal tem?

— Claro, que mal tem?

Margot apoiou sua taça em um dos porta-copos de mármore chiques de Darcy e levantou o pulso esquerdo.

— Aposto que estou com síndrome do túnel do carpo de tantos endereços que escrevi para os convites, porque não consigo escalar há mais de uma semana. — Margot controlou sua expressão para transmitir como era sério. — Não consegui nem me masturbar sem sentir dor no cotovelo, Elle.

— Ah, poxa vida, coitadinha.

Margot retirou todas as coisas boas que já dissera sobre Elle, que, na verdade, não era um raio de sol, e sim um monstro sem coração.

— Com licença srta. "Tenho Uma Namorada Para Me Fazer Gozar Sempre Que Eu Quiser"?

— Sabe, você também poderia ter uma namorada para fazer isso sempre que você quisesse, se realmente…

— Não. — Margot levantou a mão. — Obrigada.

Margot gostava de sua vida do jeito que estava. *Exatamente* do jeito que estava. Descomplicada. Ela tinha amigos, seu negócio com Elle estava indo bem, e, se precisasse satisfazer certas vontades, poderia fazê-lo sozinha ou encontrar alguém para fazer por ela, sem compromisso. Nada precisava mudar.

— Ok. Parei. — Elle franziu a testa. — Não quer mesmo ajudar com as lembrancinhas? Porque nós quatro provavelmente poderíamos marcar outra hora, se você preferir não ajudar.

Margot inflou as bochechas e deixou os ombros caírem. Não, não queria ficar de fora.

— É claro que quero ajudar. Você me conhece. Eu só precisava reclamar primeiro. Botar para fora, sabe? Prometo que não serei nada além de um poço de simpatia quando Brendon e Annie chegarem aqui.

— *Ninguém* espera isso de você, Margot. — Elle esticou o pé, coberto por uma meia felpuda e de um azul extravagante, e cutucou a perna de Margot. — Gostamos de você exatamente como você é.

— Curta e grossa? — Margot riu baixinho, brincando só mais ou menos.

— Corajosa e direta.

— Que merda, Elle. Você vai me deixar vermelha.

Alguém bateu na porta.

— Entra! — gritou Elle.

Annie entrou na sala, seguida de Brendon, cada um carregando um pequeno pallet contendo, facilmente, quatro dúzias de suculentas cada.

— Oi — cumprimentou Annie, sorrindo. — Posso deixar isso em algum lugar?

Como se convocada pela simples possibilidade de ter um pouco de terra caindo em seu carpete, Darcy apareceu.

— Tem uma lona embaixo da mesa de centro.

Elle pegou a lona, a sacudiu e a abriu no chão para Annie e Brendon colocarem as plantas.

Depois de fazer mais duas viagens até o carro para buscar *mais* suculentas, Brendon bateu palmas e, com um ânimo que Margot normalmente reservava para o happy hour e promoções pague 1, leve 2, disse:

— Vamos começar os trabalhos, pessoal!

Mordendo a língua na expressão clássica de concentração, Brendon terminou de amarrar um laço de barbante com um breve suspiro de satisfação. Então limpou as mãos nos joelhos e esticou o braço por cima da mesa, tentando pegar o chocolate de Margot, que o enxotou.

— Com licença?

Brendon riu.

— Você é tão estranha quando se trata de dividir comida.

— Experimenta crescer com dois irmãos e depois a gente conversa sobre dividir comida. — Margot enfiou um pedaço de chocolate na boca. — Juro que, se não estivesse preso ou colado em algum lugar, eles tentavam comer. É um mundo do cão. — Ela sorriu. — Cada um por si.

Elle riu e disse:

— Tem mais na cozinha, Brendon.

Brendon se levantou e saudou Elle antes de virar o corredor e desaparecer.

— Então, Margot — começou Annie. — Como estão as coisas no apartamento? Você e Olivia estão se dando bem?

Será que uma dose colossal de tensão sexual — que Margot tinha certeza de que era mútua — contava como *estar se dando bem*?

O trabalho parecia manter Olivia ocupada. Margot só não sabia se aquilo era normal ou se planejar um casamento de última hora exigia tantas horas extras. De qualquer forma, Olivia passava o dia todo fora e, quando voltava, Margot já estava deitada. Margot só a vira de passagem aquela manhã. Olivia sorriu sonolenta e depois saiu correndo com uma garrafa térmica cheia de café na mão, dizendo um "tenha um bom dia" baixinho por cima do ombro.

Margot entrara na cozinha para tomar seu café, mas parou bruscamente ao ver um rosto sorridente rabiscado no quadro branco da geladeira e flores frescas em um vaso no balcão — um vaso de vidro de verdade, não o de plástico que quebrava um galho nas raras ocasiões em que ela ganhava flores.

Estava demorando um pouco para ela se acostumar a sair do quarto e dar de cara com Olivia encolhida no sofá e Cat ronronando inocentemente no parapeito, mas não era *ruim*. Ainda um pouco constrangedor e novo, mas melhorando. Margot, na verdade, estava gostando.

— Ela não roubou meu cartão de crédito, não soltou suas formigas de estimação, nem fez xixi no meu armário, se é isso que está perguntando.

Margot endireitou o laço em volta de seu último arranjo. Não importa o que fizesse, ficava torto, caído, triste e inclinado, ao contrário dos laços impecáveis de Darcy, com voltas simétricas e imaculadas. Paciência. Feito é melhor que perfeito.

— Mas a bixana quase matou meu vibrador. O que foi divertido.

O silêncio se prolongou por um instante, dois instantes...

— Isso foi uma... metáfora? — perguntou Darcy.

Annie se inclinou para a frente rindo e batendo no joelho.

— A bixana dela quase matou seu vibrador. Por favor, explique.

Darcy riu e perguntou:

— Sobre a bixana ou o vibrador?

— Tanto faz! — Annie enxugou os olhos. — Espera, melhor: com que frequência Olivia anda fazendo os exercícios de Kegel dela? Estou *impressionada.*

— Ninguém vai perguntar *por que* Margot está dividindo os brinquedinhos dela com a nova colega de apartamento? — Elle franziu a testa. — Não estou julgando, mas acho que existem maneiras mais adequadas de fazer alguém se sentir bem-vindo.

Annie subiu e desceu as sobrancelhas.

— Vocês todos têm a mente tão suja... — Margot bufou, evitando sua história com Olivia. — Eu quis dizer a gata dela. *Cat.* Ela atacou meu vibrador. Furou todo o silicone. Tive que jogá-lo fora.

— Não deve ter sido nem um pouco constrangedor, imagina — murmurou Brendon.

— Ah, me poupe. E eu que vi sua bunda sardenta fazendo coisas indescritíveis com Annie no meio da minha cozinha? Coisas indescritíveis que me forçaram a fazer uma lavagem cerebral para poder continuar a te olhar nos olhos — rebateu Margot.

Ele sorriu timidamente.

— Justo.

— Então, sim, tirando a morte prematura do meu vibrador, as coisas estão indo bem.

— Devia ter convidado a Olivia — continuou Brendon. — Hoje. Teria sido legal.

Todos assentiram.

Margot imaginou como seria levar Olivia para uma das noites de jogos. Eles poderiam estar em números pares, para variar. Margot olhou pela sala, parando na cabeça de Annie apoiada no ombro de Brendon e na mão de Darcy apoiada na coxa de Elle. Por um momento pensou sobre como os casais parecem levitar naturalmente um em direção ao outro, sem nem pensar.

Ela respirou fundo. Ter números pares seria bom.

— Quem sabe na próxima.

Margot se ajeitou, cruzou as pernas para o outro lado e franziu a testa ao sentir uma pontada no quadril. Ela se recostou, pôs a mão no bolso da calça jeans, e com as pontas dos dedos… o que era aquilo? Um papel dobrado? Que estranho. Ela não se lembrava de ter deixado nada nos bolsos e tinha lavado a calça jeans no dia anterior.

O papel cedeu, deslizando do bolso. Na mão de Margot havia uma folha de papel dobrada no formato de um retângulo que parecia ter sido arrancada de um caderno de redação, com linhas azuis dividindo a página ao meio. Havia sido dobrada meticulosamente, os vincos limpos, a aba bem plana, um envelope em miniatura perfeito. Quando Margot o virou, encontrou um coração desenhado com caneta rosa na frente. Não havia nome — não que precisasse de um. Não havia dúvidas do remetente.

Com cuidado para não rasgar o papel, Margot desdobrou o minúsculo envelope de origami puxando a aba. O papel cedeu facilmente, abrindo-se em sua mão.

Tenha um ótimo dia ☺

O sorriso que se abriu em seus lábios, uma réplica exata do emoji rabiscado no papel, foi totalmente involuntário.

Margot não lavara roupa no dia anterior; *Olivia* sim, e ainda deixara um bilhete, do mesmo jeito que elas faziam em segredo durante a aula nos tempos de escola.

Sentindo calor de repente, Margot dobrou o papel de volta e o guardou no bolso do jeito que havia encontrado. Quando levantou a cabeça, Elle estava olhando para ela com a cabeça inclinada, claramente curiosa. Margot balançou a cabeça e murmurou um "nada", mesmo que parecesse algo. Algo que Elle não entendia. Algo que Margot não queria tentar explicar.

Ela voltou sua atenção para a TV. O filme que estava passando em segundo plano havia terminado, e a tela inicial da Netflix reproduzia automaticamente o trailer de um filme a que ela ainda não assistira.

— O que vocês querem ver agora?

Annie bocejou.

— Acho que encerrei por hoje, pessoal.

Margot checou o horário outra vez.

— Não são nem onze horas.

E eles nem jogaram, como Elle havia prometido.

Darcy se levantou e esticou os braços para o alto.

— Annie tem razão. Estou exausta e temos que acordar cedo.

Elle gemeu.

— Cinco da manhã.

— Por que, em nome de Deus, vocês têm que acordar às cinco? — perguntou Margot.

Ela tinha certeza de que, em todos os anos de amizade, nunca vira Elle acordada antes das sete, a menos que tivesse virado a noite.

— Ioga — esclareceu Annie, recolhendo os copos da mesa.

— Ah. — Margot assentiu devagar. — Vocês estão fazendo ioga. Juntas.

Sem ela.

Elle franziu a sobrancelha.

— Teríamos te convidado, mas você odeia ioga.

— Eu nunca disse que *odeio* ioga.

— Quando te levei na aula você disse que "não era sua praia" — argumentou Darcy.

Fato. Darcy arrastara Margot para uma aula de ioga *Slow Flow*, e o instrutor ficara falando sem parar sobre "focar no flow" e "acalmar a mente", mas tudo em que Margot conseguira pensar era como não devia estar pensando, se castigando por pensar *sobre* pensar. A aula inteira.

— Certo, tudo bem. Talvez eu tenha dito isso, mas ainda assim podiam ter perguntado.

Darcy ergueu uma das sobrancelhas.

— Mesmo sabendo que você recusaria?

Margot cruzou os braços.

— Ok, olhando por esse ângulo parece bobagem.

Ela só queria ser incluída. Se ia recusar, queria que fosse ela a fazer. Era pedir demais?

Elle sorriu afetuosamente.

— Definitivamente convidaremos você na próxima vez.

— Obrigada. — Margot se virou e cutucou Brendon com o cotovelo. — Quer escalar amanhã?

Brendon passou os dedos pelo cabelo e se encolheu de leve.

— Hum, eu gostaria, mas...

— É uma aula de ioga para casais — completou Annie, mordendo o lábio.

Ah.

Margot enfiou os dedos dos pés no carpete.

— Podiam ter dito isso logo.

De preferência antes de a deixarem fazer papel de boba, mas dane-se.

— Desculpa — disse Elle, os olhos azuis arrependidos. — A gente pensou que...

— Tudo bem — dispensou Margot com um sorriso despreocupado. — Como você disse, odeio ioga de qualquer maneira.

Não tanto quanto odiava ser deixada de fora, no entanto.

— Você ainda pode vir. — Elle franziu a testa.

— A uma aula de *ioga* para *casais*? — Darcy arqueou uma sobrancelha.

— Às vezes as pessoas aparecem sem par, ué — insistiu Elle. — É como na montanha-russa, quando juntam duas pessoas que estão sozinhas. Ou um trio. Poderíamos trocar como fazemos com os times na noite de jogos. — Elle sorriu abertamente e arrematou: — Ou o instrutor pode fazer par com você.

Margot preferiria morrer.

— É sério. Tá tudo bem.

— Se você diz.

Margot mudou rapidamente de assunto:

— Mas ainda vamos fazer a prova do bolo, certo? Sábado?

Todos assentiram, migrando lentamente em direção à porta. Margot seguiu Brendon e Annie, deixando-os sair primeiro.

Elle se apoiou na porta aberta.

— Tem certeza de que está tudo bem entre você e a Olivia?

— Por que não estaria?

— Não sei. É só que você nunca falou sobre ela, e eu fiquei... me perguntando se havia um motivo por trás disso.

Não um motivo sobre o qual Margot quisesse conversar.

Em vez de mentir, ela ignorou completamente a pergunta.

— Estamos bem, Elle. Se algo acontecer e isso mudar, prometo que você será a primeira a saber.

Capítulo sete

***Chamada recebida:** Brad*

Olivia sentiu um buraco se abrindo no estômago, de alguma forma oco e pesado ao mesmo tempo.

Seu polegar pairou sobre a tela. Seria tão fácil ignorar a ligação e deixar que caísse na caixa postal. Mas, conhecendo Brad, ela sabia que ele continuaria ligando mesmo já tendo passado das dez da noite.

Quase um ano depois de o divórcio ter sido finalizado, Brad ainda ligava quando bebia demais ou quando não conseguia lembrar o nome do eletricista que costumavam chamar ou da empresa que consertava o aquecedor. Eram coisas que ele deveria saber ou que poderia descobrir sozinho, mas, não, era mais fácil procurá-la e agir como se estivessem apenas dando um tempo, como se estivessem em apenas mais uma *ida* das idas e vindas do relacionamento.

Ela respirou fundo, tomou coragem e levou o celular ao ouvido.

— Brad.

Por um segundo, Olivia só ouviu a respiração pesada dele. Então…

— Livvy? Oi.

Olivia se encolheu ao ouvir Brad usar o apelido que o pai dela usava.

— O que você quer, Brad?

Mais respiração pesada.

— Estou com saudade.

Seis meses antes, Olivia poderia ter sentido uma pontada de... *algo*. Um sentimento agridoce. Nostalgia pelo que tiveram, uma lembrança dos primeiros dias, quando Brad ainda agia como se se importasse e ela ainda acreditava que eles ficariam velhinhos juntos.

Mas agora ela estava apenas irritada. Não tanto quanto Brad ficaria quando acordasse de ressaca, mas, ainda assim, bastante irritada.

Brad não era feliz quando a tinha e agora queria o que não podia mais ter.

— Quanto você bebeu?

— Não foi tanto, Livvy — balbuciou ele.

Ela esfregou os olhos.

— Brad, você não pode continuar me ligando assim. Toma uma água e vai deitar.

— Mas eu sinto mesmo sua falta. Eu só... preciso conversar. Você é a única com quem eu consigo falar.

Uma onda de irritação acelerou seu pulso. Olivia sabia que devia simplesmente bloquear Brad. Bloquear o número dele e se poupar dessa situação, mas não conseguia. Não quando sempre havia a chance de Brad ligar porque algo acontecera com seu pai. Porque Brad era um monte de coisas: egoísta, arrogante, mal-humorado e sem dúvida a pessoa errada para ela, mas ele sempre gostara do pai de Olivia, sempre se entrosara com ele. E Brad tinha prometido. Se alguma coisa acontecesse, ele avisaria. Embora Olivia fosse, é claro, o contato de emergência do pai, ele era tão calado e relutante em preocupá-la que uma vez dirigira sozinho até a merda do hospital quando começou a sentir dores no peito no trabalho, e ela só descobriu quando uma enfermeira ligou.

Apesar de pensar que Brad era um cretino pelo que a fizera passar no final do casamento, o pai dela continuava amigo dos pais de Brad e ainda tratava o ex-genro bem quando o encontrava pela cidade. Se algo acontecesse... o pai podia até não contar diretamente a Brad, mas talvez deixasse escapar. Ou talvez Brad ouvisse algum boato. Ele era a melhor conexão de Olivia — a última e única conexão, exceto o próprio pai — com a cidade.

— Você precisa encontrar outra pessoa com quem conversar, Brad. Liga para sua mãe ou algo assim. Aposto que ela adoraria receber uma ligação sua.

— Eu não quero — gemeu Brad, petulante.

Quando a maçaneta da porta da frente balançou, Olivia viu uma saída, uma fuga daquela conversa, um motivo para encerrar a ligação que não pesaria em sua consciência.

— Bem, desculpa, mas não posso falar agora. Bebe uma água e vai dormir.

Olivia desligou assim que a porta se abriu. Margot jogou as chaves na tigela sobre a mesa da entrada e fechou a porta, encostando-se nela, de olhos fechados.

Olivia colocou o celular na mesinha de centro, ao lado da caixa de sapatos cheia de recordações que ela estava separando, com a tela voltada para baixo. Ela pigarreou e disse:

— Oi.

Margot deu um pulo que a fez bater o cotovelo na porta e sibilou, esfregando o braço. Olivia se encolheu com pena. Aquilo deve ter doído.

— Oi.

Margot entrou na sala e abriu um sorriso amarelo, massageando o cotovelo.

— Vou demorar um pouco para me acostumar com isso de morar com alguém de novo.

Olivia sorriu.

— Você chegou cedo em casa.

Margot deixara um recado no quadro branco que dizia NOITE DE JOGOS, e Olivia presumiu que ela chegaria tarde, no mínimo lá pela meia-noite. Não eram nem dez e quinze.

— Todo mundo precisa acordar cedo, pelo visto. Todo mundo *menos* eu. — Margot pressionou a palma da mão no olho e suspirou. — Desculpa, pode me ignorar. Não estou tentando convencer você a se juntar ao meu festival de autopiedade. — Margot baixou o queixo e riu de leve, olhando para o chão e completando: — Provavelmente não é o tipo de evento que você gosta de planejar, né?

Margot não precisava se desculpar, não para Olivia e sem dúvida não por ter sentimentos.

— Quer falar sobre isso?

Por uma fração de segundo, parecia que Margot aceitaria a oferta. Ela abriu a boca, suspirou e balançou a cabeça.

— Não. Não é nada.

— Tem certeza? Vou gostar de te ouvir.

Margot passou os dedos pelo cabelo e abriu um sorriso cansado.

— Certeza. Eu só preciso dormir. — Ela semicerrou os olhos. — O que é isso?

— Isso o quê? — Olivia seguiu a direção do olhar turvo de Margot até a mesa de centro. — Ah. Eu estava abrindo minhas caixas. Finalmente.

Margot se aproximou e examinou a explosão de fotos manchadas de impressões digitais, moedas da sorte e canhotos de ingressos. O arranjo de flores que Olivia usara no pulso no baile de formatura, as pétalas já secas e quebradiças, repousava sobre uma pilha de bilhetinhos rabiscados com caneta colorida que ela e Margot um dia passaram durante a aula. A borla de seu chapéu de formatura estava toda embolada, emaranhada com uma pulseira de macramê. A mão de Margot pairou sobre a pilha de bilhetinhos dobrados, mas recuou e, em vez disso, ela pegou uma foto da mesa e sorriu.

— Eu não sabia que você tinha tudo isso guardado.

— Claro que tenho.

A alternativa, jogar tudo fora, nunca passara pela cabeça de Olivia. Ela assentiu para as estantes encostadas na parede.

— Percebi que tinha um espaço sobrando ali, então coloquei alguns livros na prateleira de baixo, tá? Espero que não se importe.

Ultimamente, Olivia lia quase tudo no celular, mas acumulara uma coleção de livros de bolso dos quais não conseguia se desfazer; romances que amava tanto que os relia, lançamentos de seus autores favoritos e clássicos adorados com lombadas quebradas e páginas amareladas já quase soltas.

— Claro que não. — Margot atravessou a sala e se ajoelhou diante da estante, inclinando a cabeça e estudando a contribuição de Olivia. Ela roçou as lombadas com os dedos numa espécie de reverência delicada que lembrou Olivia de como Margot uma vez a tocara. — É para isso que prateleiras existem.

— Brad não gostava dos livros que eu lia — confessou Olivia, roendo a unha do polegar enquanto Margot puxava um deles, passando os olhos pela quarta-capa antes de recolocá-lo, e repetia o processo com outro e outro. — Então eu os deixava guardados embaixo da cama.

Durante anos, Olivia os mantivera amontoados fora da vista, já que Brad não os queria nas prateleiras da sala, expostos para as visitas. Ele zombava deles, ridicularizava as capas, ironizando e chamando-os de superficiais, previsíveis e mal escritos. Em diversas ocasiões memoráveis, abriu algum aleatoriamente, forçando a capa, e leu em voz alta, fazendo-a corar. Ele procurava as passagens de sexo e ria enquanto lia, e muitas vezes ela ria junto, dando de ombros quando ele as chamava de inúteis, quando menosprezava seu gosto. Brad acusava os livros de darem às mulheres expectativas irreais. Até que um dia Olivia se cansou daquelas piadas nada engraçadas, dos olhares na sua direção enquanto ela lia, de todas as bufadas e suspiros nada sutis, e então moveu a maioria dos exemplares para baixo da cama, e o restante dividira entre o sótão e o quarto da casa dos pais. Passou a ler apenas quando o marido não estava por perto, limitando-se sobretudo a e-books para que Brad não visse qual era o livro.

Margot abraçou o livro que segurava e fez uma careta.

— Tá falando sério?

Olivia dobrou os joelhos junto ao peito e abaixou o queixo, fingindo interesse no esmalte roxo das unhas dos pés para Margot não a ver corar.

— Infelizmente.

Sabia o que parecia, e como aquilo fazia com que *ela* parecesse patética. Contar para Margot só aumentava sua vergonha. Margot sempre foi tão segura de si, tão confiante, tão autêntica e dane-se quem não gostasse... Olivia queria ser assim, se importar menos com o que as pessoas pensavam. Ela estava tentando, mas não era fácil, e com Brad ela nunca teve chance. O relacionamento esteve destruído por tanto tempo que não havia como consertá-lo.

Ceder era mais fácil do que recuar, menos exaustivo do que discutir. Quando ela estava lá, perto demais para enxergar o cenário completo, era fácil se convencer de que *ceder* era natural, de que era isso que fazia um casamento dar certo, durar. Brad teve que pedir a única coisa à qual Olivia não cederia para ela perceber que suas concessões não contavam como acordos, não quando era a única a ceder. Brad nunca fizera o mesmo por ela, nem sequer chegara perto.

As bochechas de Margot estavam vermelhas, os olhos brilhantes e o semblante furioso. Seu queixo tremia, as narinas dilatavam-se levemente.

— Ele não merecia você, Liv.

A língua de Olivia parecia pesada. Talvez não, talvez Brad não a merecesse, mas ele a desejara por mais de uma semana, o que era mais do que Olivia poderia dizer de Margot.

— Não sei se é sobre *merecer*, mas obrigada.

Margot virou o livro nas mãos, o semblante abrandando enquanto lia a sinopse.

— Tudo bem se eu pegar esse emprestado?

— Claro. Vai em frente. Fique à vontade.

— Obrigada. — Margot traçou as letras que compunham o título. — Vi alguém falando sobre ele na internet. Acho que está sendo adaptado?

A tensão nos ombros de Olivia diminuiu.

— Também ouvi falar.

Ela deveria saber que Margot não a julgaria pelo que ela gostava ou pediria para ela esconder partes de si como Brad fez. Assim como ela deveria saber que Margot não a chamaria de fraca por ter tolerado Brad e suas besteiras por tanto tempo. Ela deveria saber que estava segura com Margot.

Margot andou de joelhos pelo tapete e colocou o livro emprestado na beirada da mesinha de centro antes de arrastar uma das caixas ainda pela metade de Olivia para mais perto. Ela enganchou dois dedos na borda do papelão e puxou para espiar o conteúdo.

— Tem mais livros aqui.

O coração de Olivia foi parar na garganta.

— Esse não são…

Tarde demais. Margot já havia enfiado a mão lá dentro e tirado um dos volumes do fundo da caixa, as sobrancelhas se aproximando da linha do cabelo ao ver a capa de um chamado *Depois de um coração partido: seguindo em frente e começando de novo*.

Uma onda de calor lambeu as laterais do rosto de Olivia.

— Isso não é meu.

Margot deu uma encarada sabichona.

— Tá bom, é meu — emendou Olivia, se encolhendo sob o olhar curioso de Margot. — Mas eu não comprei. — Ela pigarreou. — Meu, er, meu pai comprou. Para mim. Ele pensou que seria útil ou algo assim. Ele apoiou todas as minhas decisões, mas só entende uma separação do ponto de vista do luto. E o luto existe, mas para mim também está misturado com alívio.

Margot virou o livro para olhar a quarta-capa, como fizera com os romances.

— E foi?

— Foi o quê?

Margot levantou a cabeça.

— Útil.

Olivia prendeu o cabelo atrás da orelha esquerda e deu de ombros.

— Ah, talvez? Fala sobre estabelecer limites e olhar para o futuro em vez de perder tempo procurando culpados. Só porque seu ex não era a pessoa certa para você não significa que essa pessoa não esteja por aí. — Ela sorriu. — Enfim, nada que eu já não soubesse.

Mas, se Olivia *acreditava*, aí já era outra história. Ou, se a pessoa estivesse por aí, quais seriam as chances de Olivia ser a pessoa certa para ela também? A vida estava longe de ser justa; seria típico se sua pessoa perfeita não a achasse o bastante.

Margot guardou o livro de volta na caixa e esticou o braço para pegar a velha pulseira da amizade das duas, enrolando-a entre os dedos. As pontas cheias de nós estavam desgastadas, as letras pretas nas contas em tons pastéis do arco-íris, desbotadas pelo uso. Um sorriso surgiu.

— Cuidado ao usar esse termo perto de Brendon. — Ela bufou suavemente. — *Pessoa certa.*

Brendon havia criado um aplicativo de namoro, claro, e a maneira como ele olhava para Annie, como se a venerasse, com certeza corroborava sua reputação de romântico incurável. Mas Margot fez parecer que havia mais do que isso.

— Por que tenho a sensação de que há uma história aí?

— Brendon, Brendon, Brendon. — Margot riu e balançou a cabeça, conseguindo parecer ao mesmo tempo carinhosa e irritada. — Ele adora o trabalho dele e o leva *muito* a sério. Muito para o lado *pessoal.* — Ela revirou os olhos e continuou: — Ele acha que é a missão de vida dele, que é seu *chamado*, praticamente, ajudar todos ao seu redor a encontrar o amor. — Ela franziu o nariz na última palavra. — O fato de ele ter conseguido juntar Darcy e Elle só o tornou mais obstinado, mais confiante de que ele foi feito para ser esse... esse casamenteiro.

Brendon parecia bem-intencionado, mas Olivia entendia como esse tipo de coisa podia encher o saco logo. Entrar em um aplicativo de namoro e procurar o amor era uma coisa; ter possíveis encontros amorosos impostos a você quando você não tinha interesse era algo inteiramente diferente.

— Vou me arriscar e imaginar que você já foi uma... vítima? De um desses acessos de cupido dele?

Margot fez uma expressão esquisita, franzindo todo o rosto como se tivesse chupado um limão, antes de erguer as sobrancelhas e suspirar, de ombros caídos.

— Ele tentou. Geralmente sou ótima em colocá-lo no lugar dele, com educação mas firme, só que também sou conhecida por ceder de vez em quando. Eu nunca deixei que ele me arranjasse alguém, mas sigo o fluxo se estivermos em algum lugar e ele me apresentar para alguém. Mas quando ele finalmente se afasta para podermos conversar, deixo claro que não estou tão interessada.

Olivia se perguntou se Margot não estaria tão interessada nos relacionamentos que Brendon tentou armar, ou em relacionamentos *no geral*.

— Então você não está saindo com ninguém?

Olivia prendeu a respiração. Provavelmente era melhor ter perguntado antes, quando elas estavam conversando sobre dividirem o apartamento. Ela tivera a abertura perfeita quando falou sobre convidar pessoas, mas se atrapalhara demais. *Margot* a deixava atrapalhada demais.

— Não. — Margot lambeu o lábio inferior. — Não estou.

Você quer estar? Parecia uma frase de efeito, mesmo que não fosse isso que Olivia quisesse dizer. Mas, quando Margot não elaborou, ela precisou perguntar mais. Caso contrário, não conseguiria nem dormir de tanta curiosidade.

— Mas você está interessada em encontrar alguém?

Havia sido uma questão de *hora errada, lugar errado* quando eram mais jovens, ou Olivia era apenas a pessoa errada?

Margot passou os dedos por trás da lente dos óculos e esfregou os olhos.

— Não estou *desinteressada*. Eu só não sinto que "preciso" de alguém. Como se faltasse alguma coisa sem a minha metade da laranja — zombou, franzindo a testa duramente, a cara fechada voltando. — Sou uma pessoa plena. A ideia de precisar encontrar alguém que me complete me parece uma grande besteira. A pessoa certa não deveria completar a gente, ela deveria nos amar do jeito que somos. E legal se ela faz você querer ser uma pessoa melhor, mas nunca deveria te fazer se sentir emocionada demais ou insuficiente. — Margot respirou fundo e expirou sem pressa. — Foi mal pelo discurso. — Ela riu. — Tenho muitos sentimentos, eu acho.

— Gosto dos seus sentimentos — deixou escapar Olivia, sentindo o rosto esquentar. — Digo, acho que seus sentimentos são válidos.

Margot corou, o topo das orelhas ganhando um tom mais escuro que o das bochechas, e riu baixinho.

— Valeu. Por mais que eu ame meus amigos, às vezes sinto que eles não entendem. Estão todos em relacionamentos, tão felizes, e eu estou feliz por eles, mas, pela forma com que eles falam, às vezes parece que gostariam que eu estivesse em um relacionamento porque facilitaria para eles. Como se isso fechasse nosso grupo de amigos com um lindo laçarote. Sem pontas soltas.

— Lamento por você se sentir assim. Ninguém jamais deveria desvalorizar sua amizade.

Não qualquer amizade, mas certamente não a de Margot. Margot fora a amiga mais leal que Olivia já tivera, e Olivia sabia por experiência própria o que era perder isso, sentir falta, querer tudo de volta.

Era engraçado. Bem, talvez "engraçado" não fosse a palavra certa. Talvez fosse irônico — Olivia sempre usava aquela palavra de forma errada — como ela não se arrependia de ter transado com Margot, mas lamentava demais as consequências. Como, sem querer, aquilo complicou tudo; algo que ela *pensava* que as uniria ainda mais e, em vez disso, só aumentou a distância entre elas.

Margot enrolou as pontas da pulseira da amizade no pulso estreito e deu de ombros.

— Não estou dizendo que eles não valorizam minha amizade, mas é uma pena pensar que é possível que eles a classifiquem como algo abaixo dos relacionamentos, quando são coisas diferentes, sabe? O amor não deveria ser quantificável, relacionamentos não deveriam ser comparados, colocados um contra o outro. É muito vacilo fazer isso, é como pedir a alguém que compare o amor pela mãe com o amor pelo parceiro ou pelo melhor amigo.

Quando Margot franziu a testa para o pulso, incapaz de amarrar as pontas da pulseira com uma só mão, Olivia se ofereceu para amarrar por ela.

— Tipo, eu não me importo menos com você porque não quero te levar para a cama, sabe?

Margot fez uma pausa e ergueu os olhos, um guincho baixo escapando de seus lábios entreabertos.

— Você num sentido geral. Não *você* especificamente. Não que eu *não* esteja... — Ela virou o rosto e riu. — Nossa, melhor eu calar a boca.

Olivia mordeu o lábio, prendendo o sorriso ao ver como a outra parecia nervosa. Margot querer levar ela para a cama ou não nunca foi a questão. Ou havia sido, mas só até que fosse correspondida. Mas essa não era a questão do momento.

— Entendi o que estava tentando dizer.

— Entendeu? — Margot riu, um rubor percorrendo seu pescoço e desaparecendo onde o suéter desleixado de gola redonda mal cobria as clavículas. — Porque acho que perdi a linha de raciocínio em algum momento.

Olivia terminou de amarrar a pulseira, mas não afastou os dedos imediatamente, ajustando o caimento da pulseira trançada e das contas. Com o polegar, acariciou a pele frágil da parte interna do pulso de Margot, fazendo-a estremecer, e pôde jurar que sentiu o pulso dela acelerar.

— Você valoriza suas amizades. Essa era uma das coisas que eu mais gostava em você.

A garganta de Margot se contraiu.

— É?

Olivia assentiu e resolveu partir com tudo.

— Vai parecer meio idiota, mas ninguém realmente ensina como fazer amigos quando se é adulto. Então, sei lá, você quer… talvez ser minha amiga? De novo? — Ela riu. — Deus, parece coisa que se escreve em um pedaço de papel e termina com um: "assinale sim ou não".

Margot contraiu os lábios.

— Não sei.

O coração de Olivia parou e depois despencou.

— Não é como se não estivéssemos morando juntas — continuou Margot. — Tipo, você já está até familiarizada com a minha, er… coleção de brinquedos. Tenho alguns amigos que não podem dizer o mesmo.

Os lábios de Margot se curvaram e, *ufa*, certo, *piadas*. Olivia ficou muito aliviada. Ela pôs a palma da mão na testa e riu.

— Isso é verdade. Embora… — Os lábios de Olivia se contraíram. —… familiarizada seja meio que exagero.

E, se elas iam discutir questões de intimidade, havia o fato de terem dormido juntas.

Margot passou os dentes pelo lábio inferior e ergueu as sobrancelhas. Seu rubor ainda estava lá. Na verdade, tinha se aprofundado, tornando-se rosa-escuro desde a linha do cabelo até onde o suéter macio caía sobre a pele de aparência igualmente macia.

— Justo. E acho que coleção pode ser um exagero também. — Margot engoliu em seco. — Você só viu um.

Deus. Ok. Não era como se isso fosse um convite. Mesmo que Olivia desejasse que fosse… não. Ela não tinha nada que ir tão longe, muito menos por aquele caminho. Afinal, já havia passado por isso antes e veja onde a levara. Ela acabara de pensar em como se arrependera das repercussões complicadas do envolvimento entre elas, das consequências.

— É verdade.

Quando Margot sorriu, com olhos muito densos e bochechas coradas, Olivia tentou ignorar o latejar entre as coxas, desprezar como tudo abaixo do umbigo pareceu de repente ficar quente e dolorido.

— Então. — Olivia piscou com força e plantou um sorriso leve no rosto. — Amigas?

— Claro. — O canto esquerdo da boca de Margot se ergueu em um sorriso malicioso, apagando os esforços de Olivia em ignorar a tensão entre as pernas. — Amigas.

Capítulo oito

De acordo com seu signo, qual bolo de casamento você seria?

Áries – Chocolate com avelã

Touro – Churros com doce de leite

Gêmeos – Chocolate branco e preto

Câncer – Limão-siciliano e glacê real

Leão – Red Velvet

Virgem – Mousse de baunilha

Libra – Morango com champanhe

Escorpião – Chocolate meio-amargo e café

Sagitário – Tiramisu

Capricórnio – Nozes

Aquário – Coco

Peixes – Funfetti

A Ponto do Prazer, uma confeitaria perfeitamente inocente com um nome muito safado — ou talvez Margot apenas tivesse uma mente suja — costumava fechar às seis, mas se dispôs a atender os horários de Brendon e Annie, ficando aberta até tarde para a prova do bolo.

Uma amostra de petits-fours foi apresentada em pequenos pedestais, cinco de cada um dos seis sabores que Brendon e Annie selecionaram para a degustação, sabores estes que variavam da tradicional baunilha ao mel de lavanda. Margot mordiscou a cobertura farta e açucarada que cobria o minibolo de — *eca* — coco, e olhou disfarçadamente para o outro lado da mesa enquanto Olivia se esbaldava com sua amostra sabor morango com champanhe.

Uma lasca da folha de ouro comestível grudara no centro do lábio inferior de Olivia, que a lambeu, conseguindo apenas empurrar a mancha brilhante para o canto da boca. Olivia pensou que tinha sumido ou nem percebeu que continuava ali, porque deu mais uma garfada no bolo e o levou aos lábios. Sua boca se fechou em torno do talher e seus cílios pestanejaram de maneira suave. Os dentes do garfo foram reaparecendo gradualmente e um gemido baixo de satisfação escapou de seus lábios enquanto ela mastigava devagar, saboreando cada mordida. Com os olhos abertos, mas as pálpebras pesadas, Olivia levou o garfo de volta aos lábios, lambendo a cobertura que grudara no espaço entre os dentes de metal.

Um gemido ofegante tomou conta da sala, mais desesperado do que satisfeito.

Quatro pares curiosos de olhos fixos nela.

Puta merda. O som viera *dela*, Margot. Suplicante e pornográfico e... Deus. As pontas das orelhas de Margot arderam tanto que ela temeu que fogos de artifício estourassem de seus ouvidos e todos começassem a se desejar feliz Ano-Novo. Então Margot tossiu, como se aquilo tivesse alguma chance de fazer o gemido parecer... algum tipo de alergia em vez do mais puro desejo de se aproximar e se familiarizar uma vez mais com a língua de Olivia.

Margot estremeceu. *Não. Para com isso, sua louca.*

— Mar? — Os cantos dos olhos de Brendon estavam enrugados de apreensão. — Está se sentindo bem?

— Er, sim.

Ela levantou a mão, os nós dos dedos batendo no copo de água gelada, a pele escorregando pela condensação. Uma gota de água escorreu pelo dorso da mão e circulou o pulso enquanto ela tomava um longo gole, evitando com muito cuidado olhar para qualquer ponto perto de Olivia.

— Estou bem.

— Tem certeza? — Annie franziu a testa. — Você está meio vermelha.

Que ódio, será que uma mulher não pode nem ficar com tesão em paz?

— Bom, *de fato* está um pouco quente aqui dentro — concedeu Darcy, ganhando destaque na lista de pessoas favoritas de Margot. — Acho que a temperatura está um pouco alta demais.

Os olhos de Darcy foram de Margot para Olivia e de volta para Margot, uma covinha se formando no canto da boca quando ela sorriu. Sem dúvida, um olhar para arquivar e analisar em maiores detalhes mais tarde.

— Então. — Brendon colocou o guardanapo ao lado do prato, os olhos focados nela. — O que você achou? Ou não se importa?

— Eu me importo — disparou Margot. — É claro que eu me importo.

Brendon franziu a testa, meio duvidoso, meio sorridente e cem por cento entretido.

— Ok... Então, opiniões?

Margot estremeceu. Merda.

— Hum, qual foi a pergunta?

Todos riram, inclusive Olivia, sua risada parecendo um sininho, bonita e aguda. O coração de Margot parou, depois acelerou. Era difícil ficar indignada por estar sendo zoada quando o sorriso de Olivia a fazia brilhar.

— Você se importa, mas não sabe com o quê? — perguntou Darcy, as sobrancelhas erguidas.

— Pessoalmente, acho que é uma prova da minha capacidade ilimitada de me importar: não é nem um pré-requisito saber com o que me importo.

Darcy sorriu.

— Já eu acho que ter conseguido terminar essa frase com uma cara séria é uma prova da sua capacidade de enrolar.

Do outro lado da mesa, Olivia cobriu a boca, abafando o sorriso.

— Ok, ok. Vocês me pegaram. Eu dei uma viajada por um segundo.

Margot largou o guardanapo ao lado do prato e recostou-se na cadeira, o tornozelo roçando acidentalmente no de Olivia, embaixo da mesa. Todo o corpo de Olivia estremeceu com o toque e ela levantou os olhos, fixando-os em Margot. *Ops.* Ela afastou o pé e Olivia quebrou o contato visual, baixando os olhos para a mesa. Alguns segundos depois, o pé de Olivia bateu no de Margot e não saiu mais do lugar.

Margot engoliu em seco. Ok. Era oficial, ela estava com tesão nível era vitoriana se um — possível? — toque intencional com os pés a estivesse fazendo suar.

Brendon, totalmente alheio, sorriu.

— Dos sabores de bolo, Mar. Gostou mais de algum em especial?

— Estavam todos muito saborosos — disse ela, esquivando-se, para não falar besteira como na vez em que dissera a Brendon, *educadamente*, que "At Last", de Etta James, não era, na opinião *dela*, a escolha certa para a primeira dança dele com Annie.

Era uma música que se dança quando se tem 50 anos ou está no segundo casamento. Brendon era mais novo que Margot — apenas um ano, mas ainda assim. "Finalmente seu amor chegou?" Tudo bem, ele já tinha uma queda por Annie *muito tempo* antes dos dois ficarem juntos, mas qual é. Ele não tinha esperado *tanto tempo* assim.

No final, eles acabaram escolhendo outra música, uma que combinava muito mais com os dois, mas Brendon ficara chateado. A última coisa que Margot precisava era insultar sem intenção o sabor favorito dele ou de Annie em nome da sinceridade.

— Acho que não tem erro com nenhum deles.

A menos que escolhessem o de mel de lavanda ou o de coco, ou — *cruzes* — pistache. Bolo tem que ter gosto de bolo, não de ingredientes de máscara facial ou pot-pourri. Mas, ei, o casamento não era dela, e a última coisa que queria era que alguém a acusasse de não ser solidária. Ela se forçaria a engolir uma fatia inteira daquelas nojeiras de lavanda, pistache e coco com um sorriso de orelha a orelha só para deixar seus amigos felizes.

Do outro lado da mesa, Olivia olhou para ela com ceticismo.

Brendon deu de ombros.

— Hum. Tá. — Ele se virou e olhou para Annie. — Er...

— Margot gostou do de chocolate com avelã — disse Olivia, sorrindo. — Ela sempre gostou dessa combinação.

Olivia olhou para o prato vazio, onde a referida amostra estivera antes de ser devorada até a última migalha. Margot quase lambeu o prato até finalmente decidir que teria sido falta de educação.

— Acho que certas coisas nunca mudam.

O corpo de Margot não sabia o que fazer com o comentário; o calor agradável no peito, uma emoção surgindo, e a leve onda de calor que desceu e se acomodou no ventre, influenciada pela cadência na voz de Olivia, quase em tom de flerte.

— Ah, é? — Brendon endireitou-se. — Então gostou mais desse?

Margot mordiscou a ponta do lábio. Ela gostara, mas não tanto quanto assistir Olivia saboreando o de morango com champanhe.

— Talvez fosse melhor escolher um sabor com menor risco de dar alergia — observou Margot. — Também gostei do de morango com champanhe.

— Bem pensado — disse Annie. — Sobre possíveis alergias. Eu nem tinha pensado nisso, mas está coberta de razão.

— Podem servir cupcakes também — sugeriu Olivia. — Um bolo de uma camada, para cortarem juntos, tirar as fotos e guardar os bonequinhos para aniversários de casamento, se quiserem seguir essa tradição. Ou, em vez de cupcakes, um bolo do noivo separado.

Brendon se encolheu.

— Nada de bolo do noivo. Isso me lembra o bolo de Red Velvet em formato de tatu de *Flores de Aço*.

Margot estremeceu.

— Por favor, não.

— Red Velvet também não — disse Darcy, torcendo o nariz. — É basicamente chocolate, só que pretensioso.

— E você não gosta? — provocou Margot. — Passada.

Darcy estreitou os olhos, os lábios se contraindo nos cantos.

— Engraçadinha.

— Eu tento — devolveu Margot, jogando o cabelo para trás.

Olivia sorriu e examinou a mesa.

— Bolo do noivo não e Red Velvet também não. Bom. Estamos reduzindo nossas opções.

— Cupcakes parecem uma boa — ponderou Annie. — Assim também podemos ter mais sabores. Facilitar um pouco a escolha.

— Então, alguns cupcakes de chocolate com avelã — concluiu Olivia. — E…

— Morango com champanhe — ofereceu Margot, a imagem de Olivia lambendo o garfo gravada em seu cérebro.

Annie assentiu.

— Gostei desse. — Ela pegou o garfo. — Acho que vou precisar provar alguns de novo.

Darcy bufou.

— *Facilitar um pouco a escolha.*

— Shhhhh. — Annie riu e deu uma cotovelada em Darcy.

Brendon apoiou os cotovelos na mesa e começou:

— Então, Olivia.

Ela ainda não havia tirado o pé de onde estava, encostado no de Margot.

— Sim?

— Esqueci de perguntar isso da última vez que te vi, ou melhor, da primeira vez que te vi. — O sorriso de Brendon ficou torto. — O que te fez querer trabalhar com eventos?

Margot poderia responder essa. Quando Olivia era nova, ela quis ser sereia profissional, patinadora no gelo, paleontóloga e organizadora de eventos, nessa ordem. Todas, exceto a última, foram fases curtas. Organizar eventos resistiu ao teste do tempo, visto que Olivia era sempre a primeira a se oferecer para planejar festas do pijama e excursões, e mais tarde ingressou no conselho estudantil para liderar desde semanas comemorativas até bazares beneficentes e o baile de formatura. Olivia era atenta aos detalhes, fã de listas e tinha paciência para dar forma às ideias nos mínimos detalhes. Margot não conseguia imaginar um trabalho mais perfeito para ela.

— Não consigo me lembrar de quando *não* quis organizar eventos — admitiu. — Sempre gostei de planejar festas e eventos. Minhas festas de aniversário quando era pequena, bailes da escola quando era mais velha. — Ela sorriu e deu de ombros. — Acho que adoro a ideia de dar vida a uma coisa que antes era só uma visão e talvez alegrar o dia de alguém ou, quando se trata de casamentos, realizar o sonho de alguém.

Como era de se esperar, Brendon parecia plenamente convencido, com um sorriso brilhante e olhos enormes.

— Amei. É por isso que comecei o OTP. — Ele riu. — Não a primeira parte, mas realizar o sonho de alguém.

Margot conteve o sorriso com um gole de água gelada. Ela nunca pensara naquilo até agora, mas tinha o hábito de se cercar de otimistas e altruístas. Primeiro Olivia, depois Elle, depois Brendon.

— Só ouvi coisas maravilhosas sobre o OTP — disse Olivia, arrastando os pratos para o lado a fim de abrir espaço para apoiar as mãos na mesa. Ela empurrou sua amostra de chocolate e avelã na direção de Margot com uma piscadinha rápida.

Margot sorriu e puxou o prato para mais perto, pegando o garfo. Ela murmurou um rápido obrigada antes de atacar, engolindo um pedaço de bolo e, com ele, um gemido. *Caceta, como estava bom.*

Brendon deu de ombros, de alguma forma conseguindo demonstrar humildade e uma confiança casual. Não havia um osso dissimulado no corpo dele, o que ajudava a evitar que suas palavras parecessem falsa modéstia.

— Gosto de pensar que estamos fazendo uma coisa boa. — Ele franziu um pouco a testa, estreitando os olhos enquanto mordia o lábio inferior. — Mas e você, Olivia? Está saindo com alguém?

— Nada disso. — Margot largou o garfo, balançando a cabeça bruscamente. — Não responda a essa pergunta, Liv. — Ela se virou para Brendon e o encarou com um olhar duro. — Não se pergunta a desconhecidos se estão saindo com alguém ou não. É invasivo.

Brendon ergueu as mãos, a imagem perfeita da mais pura inocência, em um gesto inconfundível de *quem, eu?*, os olhos e lábios entreabertos, prontos para dar uma desculpa.

— Olivia não é uma desconhecida. Ela está organizando o nosso casamento e é sua amiga.

— Não é da sua conta, Brendon — insistiu Margot, contraindo a mandíbula. — Não se mete.

— Tudo bem. — As argolas douradas de Olivia dançaram pertinho da nuca quando ela balançou a cabeça. — Não estou saindo com ninguém atualmente.

Brendon sorriu.

— Mas gostaria de estar?

— *Deus* — murmurou Margot.

Annie cutucou Brendon com o ombro.

— Amor, talvez seja melhor pegar leve?

Brendon projetou o lábio inferior fazendo biquinho.

— Você parece estar chamando ela para ficar com a gente — continuou Annie.

Ele franziu a testa.

— Mas ela *está* com a gente, não?

Annie sussurrou algo no ouvido de Brendon que o fez corar.

— Ah, calma, calma. Só para constar, isso não foi uma proposta — esclareceu ele, coçando o queixo. — Foi uma pergunta genérica.

Olivia ajeitou o cabelo atrás das orelhas. Seu rosto ganhara um tom suave de rosa, seu pescoço um pouco mais escuro, o rubor subindo.

— Eu…

— Não precisa responder — reiterou Margot, revirando os olhos. — Por mais que adoremos o Brendon, ele ainda não entende muito bem o conceito de limites.

— Para mim, ele entende muito bem o que são limites — afirmou Darcy. — Só acho que ele simplesmente escolhe ignorá-los.

Brendon levou a mão ao peito, o semblante ferido.

— Vim aqui para me divertir e, sendo sincero, estou me sentindo muito atacado agora.

— Ei, 2014 ligou pedindo esse meme de volta. — Margot suavizou a ironia com um sorriso.

— Olivia. — Brendon virou-se para ela, ainda com a mão no peito. — Está vendo como sofro? E essas pessoas se dizem minhas amigas.

— Eu sou sua irmã — alegou Darcy, digitando no celular, provavelmente uma mensagem para Elle, que não pôde comparecer à degustação porque concordara em ficar de babá para a irmã mais velha de última hora. — Não tenho saída.

Ele direcionou seu olhar de cachorrinho pidão para Annie, que deu um tapinha em sua bochecha.

— Você sabe o que sinto por você.

Margot sorriu e apontou para o prato.

— Eu só vim pela comida.

— Está tudo bem, Brendon. Se eu não me sentisse confortável em responder, diria exatamente onde poderia enfiar sua pergunta — afirmou Olivia, com um sorriso travesso. — Com educação, é claro.

Brendon, Annie e Darcy começaram a rir, nitidamente surpresos com a franqueza. Margot sorriu, consciente de como Olivia podia ser sagaz. Era bom vê-la se abrindo, se livrando daquela rigidez à qual Margot não estava acostumada, enfim relaxando e assumindo sua essência do jeito que Margot se lembrava. Ela sentira saudade dos sorrisos fáceis e das piadas atrevidas de Olivia e…

Sentira saudade, ponto-final.

— Bom saber — disse Brendon. — Então...?

Olivia juntou as mãos em cima da mesa.

— Me divorciei no ano passado. E, embora eu não esteja com o coração partido, porque já superei, eu fui casada por quase dez anos, então estou gostando de tirar um tempo para mim. Crescer na carreira tem sido minha prioridade número um.

Brendon assentiu.

— Ótimos pontos.

Margot estreitou os olhos, esperando o *mas*.

— Mas, se a pessoa certa aparecesse, você estaria aberta a namorar? — sondou Brendon.

— Bom... Acho que sim? Se fosse a pessoa certa na hora certa, eu não me recusaria a... — Ela mordeu os lábios como se procurasse a palavra certa. — Ver o que poderia rolar?

Brendon sorriu.

— Qual você diria que é o seu tipo se, por um acaso essa pessoa aparecer, e eu pudesse, sabe, encaminhá-la para você?

Margot revirou os olhos e empurrou a cadeira para longe da mesa.

— Banheiro — explicou quando todos a olharam.

Não era tanto que ela precisasse fazer xixi, mas não estava nada a fim de ouvir Olivia descrever a pessoa perfeita para ela. Algum clone de Brad, só que melhor, sem a personalidade idiota. Não Margot. Margot tinha sido boa só por uma semana, como um consolo, nada mais.

Margot entrou no banheiro nos fundos da loja e trancou a porta. Jesus, como ela estava amarga. Fechou os olhos. Onze anos tinham se passado. Já deveria ter superado. Ela havia superado — pelo menos até a semana anterior —, mas aí Olivia voltou do nada e agora lá estavam todos aqueles sentimentos que ela jurava ter superado, vindo à tona.

Talvez Margot não tivesse superado e sim enterrado tudo o que sentira durante aquele episódio no ensino médio, afastando aqueles sentimentos por meio da repressão e da autocensura. Não é o método de enfrentamento mais saudável, é verdade, mas Margot era humana e estava aprendendo.

Portanto, talvez ela não tivesse superado tanto quanto afirmava. Pensar em como ela e Olivia terminaram, se separaram, que seja, ainda lhe rendia um nó amargo na garganta e uma dor no peito, e Margot não sabia o que fazer com esse... esse *sentimento*.

Só que ela precisava fazer alguma coisa, porque seus amigos não eram idiotas, e Olivia também não. Mais cedo ou mais tarde alguém perceberia como Margot estava pior do que deixava transparecer.

O timing era péssimo, isso era certo. Ela não poderia exatamente ficar enfurnada no quarto se tinha um casamento para planejar, um casamento do qual participar, com Olivia morando no fim do corredor. Margot acharia a situação hilária se não estivesse tão ferrada pelas circunstâncias.

Apoiou os óculos ao lado da pia e jogou água fria no rosto, evitando os olhos delineados com perfeita simetria pela primeira vez, o que era uma reviravolta estranha. Sua vida virou de cabeça para baixo e ela conseguiu um fazer um olho gatinho perfeito. Vai entender.

Já tendo enrolado por tempo suficiente, saiu do banheiro, mas diminuiu o passo com a voz de Brendon penetrando o corredor.

— Margot no ensino médio?

Margot se aproximou na ponta dos pés, querendo ouvir o que Olivia dizia quando ela não estava por perto. Quando Olivia não sabia que Margot podia ouvi-la. Talvez bisbilhotar não fosse a coisa mais virtuosa a se fazer, mas de novo, *ela era humana e estava aprendendo*.

— Como ela era no ensino médio? — Olivia riu. — Nossa, Margot era... bem quieta, na verdade.

— *Margot?* — Annie parecia incrédula. — Tem certeza de que estamos falando da mesma pessoa?

Quando todos riram, Margot revirou os olhos, aproximando-se um pouco mais e parando na quina do corredor, escondida atrás de uma enorme falsa-seringueira.

— Não é como se ela fosse uma pessoa reclusa nem nada do tipo. Margot sempre se sentiu muito confortável consigo mesma. Sempre teve essa autoconfiança inabalável que eu admiro, e acho que nunca sentiu que precisava falar mais alto para ser levada a sério. — O rosto de Margot esquentou. — E ela sempre foi profundamente leal. Depois perguntem a ela de onde veio aquela cicatriz nos nós dos dedos.

Quando Olivia riu, Margot abaixou a cabeça e sorriu.

Brendon riu.

— É bem coisa da Margot.

— Ela era… Ela era minha melhor amiga — confessou Olivia com suavidade.

Margot engoliu em seco e pôs a mão no peito, como se pudesse abrandar a dor lá dentro.

— Então você deve estar feliz que seus caminhos se cruzaram de novo — opinou Brendon.

— Estou. Foi muita sorte, tenho certeza.

Margot cobriu o rosto com as mãos. *Uau.*

— Margot?

Margot deu um pulo, batendo a mão no peito. Sob a palma, seu coração martelava.

— Darcy. Porra. Você me assustou.

— O que você está fazendo escondida aí?

— Escondida? Pfff. Não estou escondida.

Os lábios de Darcy se curvaram.

— Você está agachada atrás de um vaso de planta.

Margot cruzou os braços.

— Pois saiba que eu estava... eu ia... — Darcy arqueou uma das sobrancelhas. — Eu estava prestes a... é...

A sobrancelha esquerda de Darcy levantou-se, juntando-se à direita.

— Tudo bem, relaxa.

As bochechas de Margot arderam.

— Cala a boca. Veio aqui por algum motivo ou só para me acusar?

— Eu queria mesmo falar com você. Se tiver um minutinho.

Margot inclinou a cabeça de um lado para o outro, fingindo ponderar.

— Sou muito requisitada, mas acho que para você eu poderia conceder pelo menos isso.

Darcy apoiou o ombro na parede.

— Eu queria falar com você sobre a Elle, na verdade.

Margot esperou.

— Vou pedi-la em casamento.

Margot balbuciou, engasgando com o ar. Darcy franziu a testa.

— Estou bem. Só engoli a saliva do jeito errado. — Ela agitou a mão, dispensando a preocupação de Darcy. — Eu poderia jurar que você acabou de dizer que ia pedir Elle em casamento.

— Eu disse. — Darcy entrelaçou os dedos, torcendo as mãos. — Qual é o problema? Acha que é cedo demais?

— Hum. — Margot tentou encontrar uma resposta um pouco mais diplomática do que sua vontade instintiva de dizer "óbvio que sim". — É que... — Senhor, não vinha nada. — Vocês não estariam sendo *super* sapatão.

Darcy mordeu o lábio inferior, parecendo tudo, menos tranquilizada.

— Se está preocupada quanto a ela aceitar, não fique. — Margot cutucou Darcy com o cotovelo. — Elle com certeza vai dizer sim.

Darcy sorriu, um sorriso curto e hesitante, mas mesmo assim um sorriso.

— Você acha?

— Tenho certeza.

Margot coçou a lateral do pescoço. Será que a confeitaria vendia álcool?

— Já pensou em como vai fazer o pedido? Sei que Elle gosta daqueles anéis de pirulito. *Ou*, escuta só: um bilhete premiado na caixa de cereal. Ela adoraria isso.

— Eu estava pensando em levá-la ao observatório da Universidade de Washington. Foi onde tivemos nosso primeiro encontro *real*, sob as estrelas. Achei que combinaria.

Margot não sabia o que dizer porque caramba, Darcy tinha pensado muito sobre aquilo. Ou seja, não era hipotético. Havia um plano. Deus do céu. Conhecendo Darcy, na certa havia listas de tarefas a cumprir, planilhas e até avaliações de risco envolvidas. Ela estava falando sério. Isso era importante.

Margot se sentiu perdida e despreparada. Era como um daqueles sonhos angustiantes que ela ainda tinha com a época da faculdade. Pesadelos nos quais percebia que se matriculara em uma aula, esquecera completamente e nunca comparecera ou entregara nenhuma das tarefas, e agora toda a sua média dependia de tirar uma nota excelente em química orgânica ou astrofísica, algo tão avançado que havia zero chance de embromar para passar.

— Isso é... Uau. Quando você acha que vai pedir?

— Eu estava pensando em depois que Brendon e Annie voltarem da lua de mel.

No próximo mês. Puta merda.

— Mas aí decidi que não quero esperar e, além disso, o Brendon provavelmente veria nosso noivado como um presente de casamento para ele, considerando que foi ele quem me apresentou a Elle em primeiro lugar. — Darcy torceu as mãos e sorriu. — Quero pedir antes de irmos para Snoqualmie para a despedida de solteiro.

A viagem era em quatro dias. *Quatro. Dias.*

— Gente... Uau. Parece que você já resolveu tudo, Darce.

Como se ela não precisasse de nada de Margot.

— Queria ter certeza de que não estou me iludindo completamente ao achar que ela vai dizer sim.

— Pode confiar em mim. Eu seria a primeira pessoa a lhe dizer se você estivesse delirando.

— Era com isso que eu estava contando.

Margot pigarreou.

— Bem, eu acho ótimo. Estou... muito feliz por você. Por você e pela Elle... Eu não poderia desejar alguém melhor para se apaixonar pela minha melhor amiga.

Darcy abaixou a cabeça com um sorriso discreto e dolorosamente afetuoso.

— Obrigada, Margot. Significa muito para mim.

Ela tossiu com leveza e piscou rápido antes de inclinar a cabeça e mirar os olhos castanhos no rosto de Margot.

— Então. Você e Olivia.

A garganta de Margot ficou seca.

— Eu e Olivia o quê?

Darcy a olhava como se pudesse ver todas as pequenas rachaduras sob a pele.

— Margot.

Porra. Margot colocou a mão na testa e deixou escapar uma risada entrecortada, alta demais no corredor estreito.

— Sou tão óbvia assim?

Darcy balançou a cabeça de um lado para o outro.

— Óbvia? Não, na verdade, não. Agora, se percebi que há algo que você não está dizendo? Sim, isso eu percebi.

Margot estufou as bochechas. Não era tão ruim. Pelo menos seus sentimentos não estavam estampados na testa para todo mundo ver.

— Eu estou, er, processando algumas... coisas. Sentimentos e esse tipo de merda.

Os lábios de Darcy tremeram.

— Sentimentos e esse tipo de merda?

Se Darcy ao menos soubesse com o que Margot estava lidando, não censuraria a falta de eloquência.

— Cala a boca.

— Não, não, agora estou curiosa. — Darcy sorriu. — Esses sentimentos são da cintura para cima ou da cintura para baixo?

Margot estava no inferno.

— Nossa, mas você está pegando o jeito da Elle com vontade, hein? — Ela suspirou. — E sim, percebi que acabei de dizer *pegando*. Minha vida está repleta de insinuações.

— Está, não está? Bixanas e vibradores e pegando. É uma mina de ouro.

— Estou lidando com um revival do passado e com todas as muitas e variadas emoções que vieram disso. Me dá uma desconto por não estar no auge da minha forma.

Ela passou os dedos pelo cabelo, puxando as pontas até sentir uma pontada no couro cabeludo.

— Olha, se não quiser falar sobre isso, tudo bem. Ao contrário do meu irmão, não vou forçar.

Margot assentiu, baixando os ombros, que já estavam quase nas orelhas de tão na defensiva.

— Mas se resolver que quer conversar, sabe onde me encontrar. Ou Elle. Você sabe que ela ouviria — continuou Darcy.

Elle talvez dissesse a Margot que era o destino e que tudo se encaixaria se Margot simplesmente seguisse o coração. Só que seguir o coração já havia estragado tudo uma vez, e Margot preferia morrer a deixar isso se repetir.

— Valeu, Darcy. Agradeço a oferta. Eu não estou… nesse ponto ainda, mas talvez aceite em outro momento. Mas só se houver vinho envolvido.

— Obviamente.

— Bom. — Ela estreitou os olhos. — Mas até lá…

— Minha boca é um túmulo. Não ouvi nada. — Darcy fingiu fechar a boca com um zíper.

— Ótimo. — Margot assentiu convicta. — Porque se você sair abrindo a boca e…

— Você vai o quê? Arrombar meu apartamento e mudar tudo dez centímetros para a esquerda para ferrar com todo o meu *flow*? — ironizou Darcy, recitando uma ameaça que Margot fizera quando Elle e Darcy começaram a namorar. — Cão que ladra não morde, sabe?

— Tá bom, tá bom — resmungou Margot. — Não que essa conversa franca não tenha me derretido toda por dentro, mas é melhor a gente voltar.

Margot se afastou da parede e avançou dois passos pelo corredor.

— Posso só te dar um toque? — disse Darcy baixinho. — Se você não confrontar seus sentimentos, mais cedo ou mais tarde eles vão confrontar você. Mantenha isso em mente.

Capítulo nove

Margot largou as chaves na mesinha da entrada e foi direto para o sofá, onde se jogou e olhou para o teto.

Casar.

Elle ia se casar.

Racionalmente, Margot sabia que não estava perdendo Elle. Ela não estava perdendo nenhum de seus amigos. Mas Elle seria a esposa de alguém. Mesmo que Margot não estivesse, tecnicamente, perdendo ninguém, ainda era o fim de uma era, o início de um novo capítulo.

Todos os seus amigos estavam se arrumando, mas e ela? Bem, ela sequer tinha encontrado uma marca de xampu que gostasse o suficiente para se comprometer, quanto mais uma pessoa.

Olivia entrou na sala descalça e com uma aparência serena, usando um cardigã pesado de caxemira e uma saia rosa pregueada acima dos joelhos. Ela empurrou os pés de Margot para o lado e se sentou graciosamente, os dedos roçando a pele das coxas enquanto alisava a saia com as mãos. As pregas se abriram, subindo a bainha vários centímetros.

Margot desviou os olhos antes que Olivia a flagrasse encarando.

— Tudo bem?

Margot levantou a cabeça.

— Por que não estaria?

— Não sei. — Olivia franziu a testa. — Você está calada desde que saímos da confeitaria.

— Ah. — Margot deixou a cabeça cair para trás no braço do sofá. — Não, eu estou bem.

— Se você diz.

Um segundo em silêncio se passou, depois outro, e mais outro.

Se você não confrontar seus sentimentos, mais cedo ou mais tarde eles vão confrontar você.

Margot suspirou.

— Darcy me encurralou saindo do banheiro e contou que está planejando pedir a Elle em casamento.

Um sorriso radiante tomou conta do rosto de Olivia.

— Sério? Nossa, que maravilhoso. Ela te contou quando… — Suas palavras foram sumindo, o sorriso vacilando. — Espera. Não é maravilhoso?

Margot gemeu, tirou os óculos, apoiando-os na barriga, e esfregou os olhos, pressionando com força até pontinhos coloridos surgirem por trás das pálpebras fechadas.

— Deus não. Claro que eu não… Claro que é maravilhoso, é fantástico. — Ela soltou o ar com força e baixou as mãos, piscando com a claridade da sala. Sua visão ficou ligeiramente turva e ela recolocou os óculos. — Estou feliz por Elle. E pela Darcy. É só que… — Ela engoliu em seco duas vezes, a garganta doendo. — Não é nada. Esquece que falei alguma coisa.

Os olhos de Margot ardiam, suas pálpebras coçavam, como se a pele estivesse esticada demais. *Droga.*

Olivia pôs os dedos ao redor do tornozelo de Margot, roçando o polegar na pele nua do arco do pé.

— Não parece que não é nada.

— Vou parecer uma vaca. — Margot soltou uma risada. — Na verdade, eu *sou* uma vaca.

Uma boa pessoa estaria pulando de alegria ao saber que sua melhor amiga ficou noiva, mas ali estava Margot, o rosto ardendo com a iminente enxurrada de lágrimas.

Olivia fez um discreto som de discordância.

— Você não é uma vaca, Margot.

Ela respirou fundo e dolorosamente e beliscou a ponte do nariz, apertando os olhos.

— Estou feliz por Elle. Eu *juro* que estou. Mas... porra. — disse com o queixo estúpido estremecendo. — Não deveria haver um *mas*. Eu deveria estar feliz e ponto-final. Nas nuvens porque minha melhor amiga vai se casar com o amor da vida dela.

— Você tem permissão de sentir mais de uma emoção ao mesmo tempo — observou Olivia, apertando suavemente o tornozelo de Margot. O movimento do polegar para a frente e para trás era tranquilizante, suave, sem fazer cócegas. — Isso não faz de você uma vaca.

— Sinto que me torna uma péssima amiga.

— Péssima amiga seria se você decidisse descontar suas emoções na Elle ou na Darcy, se deixasse que seus sentimentos atrapalhassem a amizade de vocês.

— Eu não quero fazer isso. Essa é a última coisa que quero.

Margot detestaria que Elle pensasse que ela estava com raiva ou ressentida pelas boas notícias. Ficaria pior se seus sentimentos atrapalhassem a amizade das duas, afastassem Elle.

— Acho que é justamente isso — sussurrou Margot. — Eu *não* quero que minhas amigas mudem.

— E está com medo de que isso aconteça?

— Não vejo como não. — Margot fungou. — Elle vai ser esposa de alguém, vai ser a esposa da Darcy. E isso é... Eu estou feliz. Elas são perfeitas uma para a outra. Darcy é tudo o que Elle sempre disse querer.

Apesar de serem totalmente opostas, nenhuma das duas jamais pediu que a outra mudasse, que fosse alguém diferente de quem era. Elas se amavam, com defeitos e tudo.

— É que eu estava tão acostumada a ser a preferida da Elle, sabe? A pessoa para quem ela liga quando precisa de alguém para conversar, de um ombro para chorar, de uma melhor amiga, e agora...

— E agora você está com medo de não ser mais essa pessoa.

— Não quero perdê-la — confessou.

Margot não queria perder *nenhum* de seus amigos.

— Você tem razão. Elle vai ser a esposa da Darcy, mas você ainda vai ser a melhor amiga dela. É tipo tentar comer laranja quando está com vontade de maçã. Ninguém mais pode oferecer o que você oferece. — Os cílios de Olivia tocaram suas bochechas quando ela abaixou o rosto, sorrindo suavemente. — Ninguém poderia te substituir, Margot. Você é única.

— Única, hein? — A voz de Margot estremeceu, o coração subiu até a garganta. — Tipo aqueles legumes e verduras de formato esquisito que sobram nas gôndolas do mercado?

A risada alegre de Olivia fez o coração de Margot inflar ainda mais. Ela balançou a cabeça, os brincos dançando nas laterais do pescoço.

— Do que você está falando?

— Você sabe.

Margot recuou até ficar sentada, apoiada no braço do sofá, e enfiou os dedos dos pés sob a coxa de Olivia.

— Os vegetais feios que ninguém quer, mesmo que não haja nada de errado com eles, vendidos a um preço mais baixo no final do dia para evitar o desperdício. Melancias com marcas estranhas e abóboras de formato esquisito e cenouras espiraladas. Pimentões com pequenos ramos a mais, crescimentos incomuns em formatos terrivelmente fálicos. — Ela deu de ombros e esclareceu: — Quando você disse laranja e maçã, meu cérebro meio que entrou na onda.

— Você *com certeza* é única — brincou Olivia, com um sorriso tão delicado quanto os dedos que agora traçavam o topo dos pés de Margot. — Sério. Você é insubstituível e eu juro que seus amigos não querem te perder, assim como você não quer perdê-los também.

Elas se encararam com uma intensidade que causou um frio na espinha de Margot. Os ombros de Olivia subiram e desceram, seus lábios carnudos se abrindo quando ela soltou o ar, e por uma fração de segundo, Margot poderia jurar que ainda havia um resquício da folha de ouro do bolo grudada no inferior.

— Confie em mim. Sei do que estou falando.

Merda. O peito de Margot palpitava como se a qualquer momento ela pudesse estourar igual aqueles lança-serpentina de carnaval, os sentimentos jorrando feito confete.

— Também senti sua falta, Liv.

O lábio inferior de Olivia estremeceu, mas foi contido por uma mordidinha. E então, quando a luz da luminária do canto recaiu sobre sua boca, lá estava: um pedacinho do papel brilhante.

— Tem uma folha de ouro grudada na sua boca — observou Margot, engolindo em seco quando os dentes de Olivia rasparam o lábio inchado, deixando-o ainda mais carnudo e escuro. — Acho que é do bolo.

Olivia passou os dedos pelo contorno dos lábios. O papel brilhante nem se mexeu. Ela olhou para a própria mão e franziu a testa.

— Saiu?

— Não, só… Vem cá.

Margot se inclinou, com a mão trêmula ao aproximá-la, e arrastou a ponta do polegar pelo lábio inferior e macio de Olivia. Com a boca ainda entreaberta, o hálito quente de Olivia fez cócegas em seus dedos, apertou seu coração, o calor se acumulando entre as coxas.

O papel se soltou, voando e pousando na pele de Margot, que rapidamente afastou a mão.

— Saiu — ofegou Margot.

Olivia engoliu em seco, as maçãs do rosto ficando vermelhas.

— Obrigada.

A pulsação de Margot batia forte na cabeça, na base do pescoço, entre as coxas.

— Pipoca — soltou.

Olivia franziu as sobrancelhas.

— Pipoca? — Margot pulou do sofá e seu estômago foi à boca quando tropeçou na borda franjada do tapete. Ela se endireitou e secou as palmas úmidas nas coxas. — Aceita? Vou fazer.

Olivia mordeu o lábio inferior de novo.

— Claro. Eu acho. — Ela se esticou para pegar o controle remoto. — Vou procurar algo legal na TV.

Margot saiu correndo para a cozinha e apoiou as mãos na bancada. Merda, merda, *merda*. Ela precisava se recompor. Se controlar. Seus sentimentos por Olivia já tinham ferrado tudo para ela uma vez; ela se recusava a deixar isso se repetir, por mais que quisesse jogar Olivia no sofá e senti-la estremecer sob seus dedos, em volta dos seus dedos. *Merda*.

Margot fechou os olhos com força, mas isso só ajudou a despertar uma centena de fantasias. Um rolo contínuo de lembranças. Ela apertou a beirada da bancada até os nós dos dedos ficarem brancos de tanta força.

Olivia sempre foi muito de toque, e gostava de flertar. Não significava nada. Só porque ela quis Margot uma vez, naquela semana, onze anos antes, não significava que iria querer Margot outra vez, que a queria agora.

Amigas. Margot respirou fundo, o ar estremecendo entre os lábios. Ela o prendeu até os pulmões doerem e o coração bater forte no peito, depois soltou devagar, os ombros caindo e os batimentos cardíacos desacelerando até se aproximarem do normal. Amigas. Ela tinha muita amizade para dar. Jesus. O que ela queria dizer era: ela era uma ótima amiga.

Ela enfiou a mão no armário ao lado do fogão, tirou uma embalagem de pipoca sabor manteiga de cinema e rasgou o plástico, desdobrou o saco e o colocou no micro-ondas, acrescentando trinta segundos ao tempo indicado. Não havia nada que ela odiasse mais do que pipoca anêmica, pálida e não estourada direito, dura a ponto de quebrar um dente.

Quando o micro-ondas apitou, Margot dividiu a pipoca em duas tigelas, uma para ela, outra para Olivia, eliminando a chance de dedos amanteigados se roçarem se tentassem pegar um punhado ao mesmo tempo.

Um pouco mais calma, Margot voltou para a sala com uma tigela em cada mão.

— Encontrou alguma coisa? Também podemos procurar na Netflix.

Olivia aceitou a tigela com um sorriso, apontando para a TV com o controle remoto.

— Maratona da Shirley MacLaine no TMC.

Margot aninhou-se na almofada oposta. No momento, passava um comercial.

— O que está passando?

Olivia terminou de mastigar antes de responder:

— *Se meu apartamento falasse*.

— Boa.

Margot vasculhou a tigela, escolhendo os pedaços mais escuros, pequenos grãos perfeitamente queimados.

— Lembra quando você teve mononucleose? — perguntou Olivia.

— Affe. Nem me lembre. Achei que ia morrer naquele verão.

Olivia bateu de leve na perna dela e, quando Margot se virou, seus olhos brilharam.

— Não foi tão ruim. Ficamos na cama, lembra? Essa parte foi legal.

— Você praticamente foi morar comigo.

Margot sentiu um aperto quente no peito.

— Você até faltou aos treinos das líderes de torcida.

Olivia desistira de sua vaga entre as líderes de torcida da escola só para passar o verão maratonando filmes clássicos na cama de Margot. Entre acessos de cansaço, febre e momentos em que parecia ter sido atropelada por um caminhão, Margot tinha certeza de que havia agradecido a Olivia no passado. Agora ela não tinha certeza.

— Valeu a pena.

Olivia sorriu e enfiou um punhado de pipoca na boca, os lábios já lambuzados de manteiga. Margot engoliu um gemidinho patético. Nunca quisera tanto lamber algo em toda sua vida.

O comercial terminou com um jingle e Margot olhou para a tela, seus batimentos cardíacos abafando o som de Shirley MacLaine conversando com Jack Lemmon.

Menos de cinco minutos depois, Olivia cutucou seu braço.

— Aqui.

Margot piscou. Olivia estendeu sua tigela de pipoca. Ela procurara as mais escuras, queimadas e pretas, as empurrara para o lado e deixara os grãos dourados e claros do outro.

— Sei que você gosta mais das queimadas. — Olivia se aproximou, ficando ombro a ombro com ela. — Ou pelo menos gostava.

Algo vibrou no peito de Margot, rapidamente seguido por uma dor, como quando se pressiona um hematoma recente. Doeu, mas ela não teve como evitar.

— Eu ainda gosto. — Margot engoliu em seco. — Eu… Meu gosto não mudou muito.

Olivia a encarou sem vacilar, oscilando entre os olhos e a boca.

— Igualmente — sussurrou.

O coração de Margot batia forte, abafando o som da televisão até que não passasse de um ruído branco, estático e sem sentido. Ela apertou a tigela de pipoca contra o peito, a borda de plástico pressionando o esterno.

— Tem algo no meu rosto?

Olivia baixou o olhar, as pálpebras pesadas e os cílios lançando uma sombra sob os olhos. O perfume de seu cabelo, doce como mel, nublou os sentidos de Margot quando Olivia se inclinou e… quando foi que Olivia chegou tão perto? Perto o suficiente para ser possível ver as veias azuis das pálpebras e admirar o pequeno desvio do nariz, o arco bem-feito dos lábios exuberantes e a covinha no queixo.

Margot ficou impossivelmente imóvel, os braços quase vibrando, balançando a tigela de pipoca no colo. Não conseguia se mexer. Foi o mais próximo de uma experiência extracorpórea que ela já tivera, observar Olivia se aproximando, a distância entre seus rostos diminuindo.

Olivia soltou o ar, soprando o hálito amanteigado e doce na boca de Margot, um prelúdio para a pressão de seus lábios. Margot se arrepiou com o toque dos lábios de Olivia nos dela, delicados e tão breves. E, antes que Margot pudesse fechar os olhos, Liv se afastara, piscando lentamente e abrindo os olhos, fitando Margot com uma expressão sonhadora e…

— Porra.

Quando Olivia riu, algo no som fez Margot se abrir de vez. Antes que percebesse o que estava fazendo, já levara a mão à nuca de Olivia e deixara a tigela de pipoca cair no chão. Margot puxou Olivia para perto e a manteve ali, selando a boca sobre a dela, engolindo o pequeno suspiro que escapou de seus lábios.

Foi uma má ideia, mas Margot era… porra, ela era fraca, e ela queria. Queria as mãos de Olivia em seu cabelo e a boca de Olivia em seu pescoço e o corpo de Olivia pressionado no dela. Ela queria e ansiava e foda-se, talvez ela fosse gananciosa também.

Foi difícil se lembrar de todas as razões pelas quais querê-la era errado quando a boca de Olivia se abriu sob a dela, a língua escapando e deslizando pelos lábios de Margot na mais lenta e doce tortura, oferecendo-se para ser tomada.

Capítulo dez

Margot deslizou a mão sob o suéter de Olivia, roçando com os polegares a pele da cintura, depois a parte baixa das costelas. Olivia estremeceu e deixou escapar um gemido abafado pelos lábios entreabertos porque, Deus, há quantos *anos* um beijo não a fazia se sentir daquele jeito, com tanto desejo, tanto tesão, tão fora de controle, como se precisasse de mais. Não um desejo, mas uma necessidade, como respirar.

Passando as mãos por toda a pele de Olivia, Margot apertou seu quadril e puxou-a para mais perto até os joelhos das duas se chocarem, e Olivia foi forçada a segurar os ombros de Margot para se equilibrar. Margot desgrudou os lábios dos de Olivia, e os desceu para o queixo, a mandíbula, deixando um rastro de beijos na pele sensível logo abaixo da orelha que fez Olivia estremecer e se contorcer em cima do sofá, as unhas cravadas no suéter de Margot.

Olivia engoliu em seco, a respiração saindo apressada e superficial.

— A gente… devia conversar sobre isso?

— Você quer *conversar*? — Olivia gemeu quando Margot mordeu o lóbulo de sua orelha. — Agora?

Margot deu um beijo na mandíbula de Olivia, colocando a língua para fora a fim de saborear sua pele.

— Eu não… hum. — A respiração de Olivia saía entrecortada. — Talvez?

Parecia algo a abordar. Algo sobre o qual conversar. Garantir que ambas estivessem na mesma página. Mas era tão difícil pensar com Margot a tocando, com a boca de Margot em seu pescoço, os dedos em sua barriga, os polegares roçando de leve no aro do sutiã antes de descer e descer e descer e deslizar pela cintura da saia, provocando sob o cós de renda da calcinha. *Muito perto.*

— Posso conversar — sussurrou Margot contra a sua pele, o nariz deslizando pela mandíbula de Olivia. — Posso te contar como me diverti ontem à noite pensando em abrir suas pernas e desmanchar você com a língua. Como fiquei molhada lembrando do seu gosto e como, quando deslizei meus dedos para dentro de mim, fingi que eram os seus…

Margot tirou a mão direita de dentro do cardigã de Olivia e tocou levemente em seu pulso, a pulsação disparada, entrelaçando seus dedos nos dela. Com o polegar, roçou o dorso da mão de Olivia, fazendo um movimento suave sobre os nós dos dedos. A respiração de Olivia estava presa no fundo da garganta.

— Posso te contar como gozei com força em volta dos meus dedos, lembrando de como eu te fiz encharcar seus lençóis.

— Porra — xingou baixinho Olivia, sentindo o latejar entre as pernas, pesado e insistente.

Os lábios de Margot se curvaram, uma lufada de ar quente e úmido soprada contra o pescoço de Olivia.

— Quer que eu continue?

Isso estava longe da conversa que Olivia sugerira, mas ela não dava a mínima, não com Margot sussurrando uma coisa mais deliciosa e suja do que a outra em seu ouvido.

— Por favor… — murmurou.

Margot gemeu, os dedos da outra mão ainda sob o cardigã de Olivia, subindo, curvando-se em volta do corpo de Olivia, sobre as costelas, roçando a parte baixa do seio. Com o polegar, ela o acariciou através da renda fina do sutiã. Com os dentes, mordiscou a orelha ao mesmo tempo que beliscava o mamilo de Olivia, que ofegou e apertou as coxas.

— Tudo bem assim?

Quando Margot beliscou com mais força, Olivia se contorceu e tirou a mão trêmula do ombro de Margot para enroscá-la em seu cabelo.

— *Deus*, sim. — Ela ofegava. — Por favor. Não para. Continua falando.

— Sua pele é tão deliciosa, Liv… — sussurrou Margot, a mão ainda sobre o seio de Olivia. — Mas está usando roupas demais.

— Ah, é?

Margot ergueu as sobrancelhas e se recostou, desenhando círculos provocantes na pele coberta de renda de Olivia, que estremecia sem disfarçar. Margot sorriu de leve, claramente satisfeita.

— Aham. — Ela umedeceu o lábio inferior e seus olhos escuros percorreram o rosto de Olivia, um lampejo de algo que parecia insegurança reluzindo dentro deles. — Quer ir para o meu quarto?

A língua de Olivia estava pesada, presa no céu da boca.

— Sim. Quero.

Cem por cento, completamente, com toda a certeza *sim*.

Um sorriso tímido nasceu nos cantos da boca de Margot, deixando seu rosto rosado.

— Fui à minha consulta anual mês passado. Deu tudo negativo e não estive com ninguém desde então.

O coração de Olivia batia forte.

— Hum, eu também. Quer dizer, não no mês passado. Fiz o teste depois de… você sabe. — Ela não queria falar sobre Brad agora. — E também não estive com ninguém desde então.

Se Margot achou estranho ela não ter dormido com ninguém desde Brad, guardou para si. Com os dedos ainda entrelaçados nos de Olivia, Margot a ajudou a se levantar do sofá, soltando-a para segurá-la quando Olivia se desequilibrou ligeiramente graças às pernas bambas e aos joelhos fracos. Margot passou as mãos sob o cardigã de Olivia, enroscando os dedos em seu quadril e a puxando para mais perto, fazendo Olivia andar de costas.

— Pode continuar falando — sussurrou Olivia.

Margot pressionou Olivia contra a parede do corredor. Sua respiração vinha em sopros leves, um prelúdio para o toque suave de seus lábios.

— Quer saber o que quero fazer com você? — sussurrou ela contra a boca de Olivia, tirando a mão de dentro do suéter e a aninhando na lateral de seu pescoço, o polegar agora roçando o queixo, descendo e acariciando o pescoço.

Todo o corpo de Olivia parecia arrepiado de calor.

— Hum?

Margot chegou mais perto e passou os lábios pelo queixo de Olivia, traçando o caminho que os dedos haviam acabado de fazer, só que com a boca. Em seguida, lambeu a cavidade acima da clavícula, roçando os dentes de leve sobre a pele. Olivia estremeceu e pendeu a cabeça para o lado, querendo deixar o pescoço mais à mostra.

— Deus, Liv… — A mão que estava no quadril de Olivia foi descendo devagar, deslizando por baixo da cintura da saia e entre as coxas, envolvendo-a por cima da renda úmida da calcinha. — Você não tem noção do quanto eu quero te devorar com a minha boca. *A mínima noção.* — Ela se aninhou na lateral do pescoço de Olivia, gemendo baixinho:

— Só de pensar em você montando na minha língua fico encharcada, Liv...

— Por favor. — Movimentando o quadril sob a mão de Margot, Olivia buscava atrito, *qualquer coisa*. — Me toca.

Margot subiu a mão, passou os dedos por baixo da renda da calcinha de Olivia e desceu, sentindo seus pelos bem curtinhos, circulando o clitóris com as pontas dos dedos, fazendo os músculos do abdômen de Olivia latejarem.

— Assim?

Olivia se agarrou nos braços de Margot e se arqueou com o toque, rebolando o quadril, as costas se curvando para longe da parede.

— Mais — implorou com a voz rouca.

Enquanto subia os lábios pelo pescoço de Olivia, Margot deslizou os dedos por sua entrada e deixou escapar um assobio.

— Porra, você está pingando...

Sem resistência, Margot mergulhou dois dedos em Olivia, que se contraiu inteira para apertá-los, o calor se espalhando sem pressa pelo ventre quando Margot os curvou para a frente. E o que começou como uma inspiração foi roubando todo o ar dos pulmões de Olivia ao passo em que Margot acelerava, pressionando com força e velocidade.

As coxas de Olivia estremeciam. Ela deslizou as mãos pelos braços de Margot até os cotovelos, apertando com força, sentindo-se trêmula, como se fosse se despedaçar, como se não tivesse certeza de onde aterrissaria.

— *Puta merda.*

Margot riu, seu hálito úmido e quente na lateral do pescoço de Olivia.

— Você fica linda assim, tremendo, desesperada... — Ela mordiscou a pele sensível do lóbulo da orelha de Olivia, arrancando um gemido alto do fundo da garganta. — E *absurdamente* molhada. Você está escorrendo pela minha mão, Liv...

O rosto de Olivia ardeu, o calor subindo à superfície da pele com os sons escorregadios que vinham do movimento entre suas coxas cada vez que Margot curvava os dedos.

— *Por favor.*

Margot beijou a lateral do queixo de Olivia, sugando a pele. Então pressionou a mão espalmada contra o clitóris e... os joelhos de Olivia se curvaram, incapazes de sustentar o peso, o prazer muito intenso, muito bom, as pernas fracas demais para mantê-la em pé.

Margot segurou-a pela cintura e riu.

— Você é tão sensível. Eu esqueci.

Olivia pendeu a cabeça para a frente, afundando o rosto e abafando o gemido no pescoço de Margot.

— Eu estava tão perto.

— Shh.

Margot acariciou sua nuca, os dedos emaranhados no cabelo de Olivia, as unhas curtas arranhando suavemente seu couro cabeludo.

— Vou te fazer chegar lá.

Daquilo Olivia não tinha dúvidas.

Além de Margot, Olivia só estivera com Brad, e ele nunca perguntava o que ela queria, nunca parecia se importar. O sexo com Brad não era *ruim* — às vezes era até *bom* ou algo próximo o suficiente —, mas o que Olivia queria, o prazer dela, nunca foi o foco principal dele. Com certeza, nunca foi o objetivo, e ela não era idiota — sabia que isso era errado, injusto e com certeza problemático, mas havia um limite de vezes para pegar a mão dele e literalmente posicionar os dedos no ponto em que ela queria até desistir, porque o trabalho não justificava a recompensa.

Conversar sobre o assunto não adiantara. Brad apenas pareceu magoado e respondeu que não havia nada de errado na forma como ele a comia e que funcionara perfeitamente bem com outras garotas, implicando que, se havia algo de errado, era com Olivia. Talvez nunca lhe passou pela cabeça que *perfeitamente bem* era um parâmetro infeliz.

Sexo com Margot era diferente. Ela realmente se importava em fazer Olivia gozar, se importava com o que ela gostava, dava o que ela queria. Ter um orgasmo não parecia ser a principal preocupação de Margot, e sim fazer Olivia gozar uma ou várias vezes.

Olivia não tinha dúvida de que Margot a faria chegar lá, possivelmente mais de uma vez.

Margot puxou o cabelo de Olivia com delicadeza, levando sua cabeça para trás até ficarem cara a cara. As bochechas de Margot estavam rosadas, as pontas das orelhas em um tom de vermelho inflamado, sem dúvida quente ao toque. Com os olhos brilhando, Margot prendeu o lábio inferior entre os dentes e sorriu.

— Cama?

Sim. Olivia assentiu.

— Cama.

Com as mãos cravadas na cintura de Olivia, Margot a conduziu pelo corredor, segurando a maçaneta e empurrando-a para seu quarto, que estava escuro. Margot acionou o interruptor, banhando o quarto com um brilho âmbar, então voltou as mãos para onde estavam antes e guiou Olivia pelo quarto até a parte de trás de seus joelhos bater no colchão e ela cair nele, quicando de leve. Margot a seguiu, segurando seu rosto entre as mãos, prendendo-a no lugar com o corpo enquanto aproximava a boca e plantava os lábios nos de Olivia, fazendo sua cabeça rodar.

Justamente quando os pulmões de Olivia começaram a queimar sem oxigênio, mas indispostos a interromper o beijo, Margot recuou, deixando um rastro de beijinhos no pescoço de Olivia. Como se não conseguisse se fartar dela.

Margot sorriu contra a pele de Olivia e puxou a barra de seu suéter.

— Me ajuda a te deixar nua.

Com os ombros pressionados contra o colchão, Olivia arqueou as costas. Apesar das mãos nem coordenadas, nem graciosas, as duas conseguiram livrá-la do suéter. Margot sorriu discretamente e, com um dedo, balançou o pequeno pingente dourado entre os bojos de renda floral no sutiã de Olivia.

— Fofo.

Olivia riu e devolveu:

— Cala a boca.

Margot pôs as mãos nos ombros de Olivia para deitá-la de volta, desceu o próprio corpo e pressionou os lábios em sua nuca, deixando uma marca.

— Eu não disse que não gostei. — Margot beijou o ponto dolorido e sorriu. — É bonito. Só preferia vê-lo no chão.

Margot desceu mais, os lábios raspando a pele surpreendentemente sensível da clavícula de Olivia, e mais abaixo, a curva de seus seios. Uma das mãos deslizou pelas costas de Olivia, as unhas curtas se arrastando ao longo de sua coluna até o fecho do sutiã, os dedos ágeis separando os ilhós com habilidade.

Os dedos de Margot fizeram cócegas em seus braços quando ela desceu as alças, atirando, em seguida, o sutiã de Olivia pelo quarto. O ar no apartamento estava quente e a temperatura do sangue em suas veias devia estar marcando um milhão de graus, mas, mesmo assim, algo no olhar cravado de Margot em Olivia a fazia se arrepiar toda.

O cabelo de Margot deslizou pela pele corada de Olivia quando ela abaixou a cabeça e plantou os lábios no topo do seio direito de Olivia. Com um suspiro agudo escapando, Olivia jogou a cabeça para trás e a deitou no travesseiro, fechando os olhos para sentir a língua de Margot na pele.

As mãos de Olivia passeavam pelas costas de Margot, apertando-a, e ela deslizou a barra do suéter para levantá-lo, cravando as unhas sob a alça do sutiã ao sentir os dentes de Margot em seu mamilo. Quando Margot deslizou os dedos por sua barriga e encontrou o zíper na lateral da saia, ela arqueou as costas e empinou o quadril. O som do zíper se abrindo pareceu alto conforme Margot o descia, o tecido se separando, o ar fresco soprando na lateral do quadril e na coxa de Olivia.

Ela manteve o quadril erguido para que Margot pudesse deslizar a saia por suas pernas e pés e largá-la no chão, e pediu:

— Por favor.

Os lábios de Margot estavam vermelhos e molhados, suas bochechas coradas, seus olhos escuros e brilhantes.

— Por favor *o quê*?

Ela puxou a barra do suéter de Margot.

— Me toca.

Margot acariciou as laterais das coxas de Olivia.

— Eu estou te tocando.

Olivia empinou o quadril.

— *Margot.*

Margot mergulhou, cobrindo a boca de Olivia com a sua enquanto passava as mãos pelo meio das pernas, parando na dobra das coxas, os dedos fazendo pequenos redemoinhos enlouquecedores no elástico da calcinha. Provocando. Puta merda. Olivia enterrou as mãos no cabelo de Margot, as unhas raspando o couro cabeludo enquanto ela girava o quadril.

Margot enganchou um dedo no tecido da calcinha, por baixo, puxando-a para o lado, e *puta merda,* Olivia ia desmaiar, ela simplesmente sabia. Ia acontecer, era inevitável, a tensão era demais, a renda da calcinha cravada na dobra da coxa, o ar batendo onde ela estava quente e dolorida, à beira do desespero, seu corpo ainda tenso depois de quase gozar no corredor.

Tudo era demais e, de alguma forma, ao mesmo tempo não o suficiente. Olivia quase enlouqueceu quando Margot subiu a outra mão de seu joelho até a cintura. E finalmente, *finalmente*, teve piedade, esfregando seu clitóris e deslizando os dedos por seus pequenos lábios, fazendo todo o seu corpo tremer, sensível como Margot afirmara que era.

— Porra — murmurou Margot, embora Olivia tivesse certeza de que a fala viera *dela*, porque *Meu Deus do céu.*

Ela expirou com força e olhou para o teto, onde uma leve rachadura atravessava o gesso.

— O que você quer, Liv?

Margot deu um beijo molhado logo acima do osso do quadril.

Articular desejos estava além de sua capacidade no momento, de modo que Olivia apenas gemeu.

— Só me diz o que você quer. — Margot a beijou outra vez, um pouco mais abaixo. — Me diz e eu... o que você quiser, Liv, é só me pedir que eu vou te dar. — Ela parecia destruída. — Eu quero dar para você.

— *Você.*

Margot roçou com o nariz a região onde a perna de Olivia encontrava o tronco, passando as mãos em volta das coxas enquanto se acomodava entre as pernas abertas.

— Você quer minha boca?

Olivia abriu a boca para dizer que *sim*, mas a simples resposta encontrou uma morte súbita no fundo da garganta quando Margot subiu a língua por entre suas pernas.

"Bom" seria um eufemismo. Ela arqueou as costas, quase levitando do colchão. Um arrepio percorreu seu corpo. Os dedos se curvaram e as unhas cravaram na colcha com a sensação da ponta da língua de Margot atingindo o clitóris.

Olivia emitia uma confusão de sons sem sentido à medida que Margot fazia todo o seu corpo estremecer como uma corda dedilhada, os dois dedos curvados dentro dela e aquela língua deliciosa saboreando-a suavemente.

Quase. Olivia só precisava de um pouco *mais*. Ela fechou os olhos e deslizou a mão pela barriga, os dedos fazendo círculos rápidos e firmes sobre o clitóris do jeito que ela mais gostava.

Um calor úmido envolveu as pontas de seus dedos quando a língua de Margot passou entre eles, chupando-os. Olivia abriu os olhos, perdendo o fôlego ao olhar para baixo. Embora fosse ela quem estava tremendo e prestes a desmoronar, eram as pupilas de Margot que estavam dilatadas, exibindo apenas um fino anel das íris castanho-escuras. Sua língua, lustrosa, rosada, passeava pelos dedos de Olivia.

Margot mordiscou as pontas dos dedos de Olivia antes de empurrar sua mão para o lado.

O desespero arrancou um gemido de seus lábios.

— Estou tão perto...

— Você quer gozar?

Margot continuava a foder Olivia com os dedos.

Olivia assentiu, a respiração escapando em arfadas superficiais.

— Aham.

Margot colocou mais pressão nos dedos e os músculos de Olivia ficaram tensos.

— Então implora.

O ardor entre suas coxas cresceu, seu corpo queimando, o rosto em chamas e o som dos dedos de Margot deslizando para dentro e fora dela ressoando mais alto, beirando o obsceno.

— *Por favor.*

— Eu sei que você pode fazer melhor que isso, Liv.

Margot riu e com a língua deu uma rápida lambida no clitóris de Olivia, que choramingou:

— *Por favor.* Porra, Margot. Por favor, não para. *Por favor, por favor, por favor...*

Com os lábios, Margot envolveu seu clitóris e sugou, a língua batendo forte e depressa no ponto absolutamente sensível.

O clímax assolou Olivia como um raio descendo pela espinha, as ondas de prazer enroscando seus dedos dos pés e roubando o ar de seus pulmões, o gozo tão intenso, tão bom, que doeu. Ela arqueou as costas e fechou os olhos enquanto estremecia, desfazendo-se.

Mas Margot não parou. Na verdade, ela dobrou a aposta, curvando os dedos um pouco mais depressa, com mais firmeza, pressionando o ponto que Olivia parecia nunca conseguir alcançar sozinha.

Olivia se inclinou para a frente, erguendo as pernas automaticamente, os dedos enroscados no cabelo de Margot.

— Eu... Eu não...

Antes que Olivia pudesse dizer que aquilo era demais, bom demais, que era impossível, que ela *não aguentaria*, Margot a levou ao êxtase pela segunda vez.

Sua primeira inspiração quase doeu, o peito ardendo enquanto tudo entre as coxas continuava pulsando no ritmo de seus batimentos cardíacos. Margot amansou o ritmo, os dedos não mais curvando e empurrando, dando a Olivia algo a que se segurar enquanto voltava para a Terra. Pequenos tremores secundários a sacudiram, e os beijos de Margot se transformaram em lambidas curtas e delicadas, em vez de golpes precisos. Os pontinhos brilhantes por trás de suas pálpebras fechadas foram desaparecendo à medida que a respiração se estabilizava e sua frequência cardíaca voltava ao normal, não mais frenética e delirante como se o coração quisesse saltar do peito.

Com calma, Olivia abriu os olhos, piscando quando o quarto tomou forma, lembrando-a de que, embora parecesse que Margot a lançara para o espaço sideral, não tinha sido isso que acontecera. Não literalmente, pelo menos.

Margot estava apoiada com o queixo na leve protuberância sob o umbigo de Olivia e, com os dedos, traçava formas abstratas em sua barriga e quadril, pequenos círculos e linhas que... Não eram formas abstratas; eram letras. Um *O*, um *M*, um coração. Margot desenhava as iniciais delas, recriando os rabiscos que fazia nas margens dos bilhetinhos que trocavam na escola.

O coração de Olivia apertou.

Margot a observava, seus olhos tão escuros que pareciam quase totalmente pretos, o sorriso uma combinação estonteante de carinho e presunção que fez o ventre de Olivia se contorcer, embora ela se sentisse o esgotamento em pessoa. Ela baixou o braço e, com dedos trêmulos, prendeu uma mecha de cabelo atrás da orelha de Margot.

— Bom? — perguntou Margot, virando a cabeça, os lábios roçando a parte interna do pulso de Olivia.

Ela deixou uma risada escapar antes de responder:

— Bom é pouco.

Margot afastou a mão e se sentou sobre os joelhos, alcançando a barra do suéter para tirá-lo pela cabeça.

Olivia apoiou o peso nos cotovelos.

— Vem cá.

Margot embolou o suéter e o atirou no chão antes de se aproximar, encaixando os joelhos em volta do quadril de Olivia e abaixando a cabeça para beijá-la com carinho. Provocada pelo novo pedaço de pele à mostra, Olivia apertou a cintura de Margot. Estava quente e, ao toque, parecia seda.

Olivia foi até o botão da calça jeans de Margot e baixou o zíper. Margot afastou a cabeça interrompendo o beijo, seu sorriso torto, quase tímido, e se recostou para descer tanto a calça apertada quanto a calcinha pelas coxas, que largou ao lado da cama.

E Margot dissera que *ela* era bonita.

A pele lisa e clara de Margot contrastava com o cabelo escuro, a tatuagem preta subindo pela lateral do quadril acentuando suas curvas e... Olivia ficou sem fôlego de repente. Em volta do pulso de Margot, lá estava a pulseira da amizade desbotada e puída, aquela que Olivia guardara durante anos e que Margot tirara da caixa de recordações na sala. Ela ainda estava usando e, naquele momento, praticamente só usava isso.

Um belo rubor rosado subiu pelo peito de Margot, que pegou o pulso esquerdo de Olivia e o deslizou pela barriga, guiando a mão por entre suas pernas. A parte interna da coxa estava úmida e seus pelos escuros reluziam de desejo. Margot arrastou os dedos de Olivia pela fenda, soltando um breve suspiro enquanto as duas acariciavam juntas o clitóris inchado.

Por um instante, Margot ficou ali rebolando, soltando gemidos contidos e sons guturais, os olhos fechados enquanto se movimentava contra a mão de Olivia que, apesar de ter gozado duas vezes, sentiu um frio na barriga com uma nova onda de desejo. Ver Margot com a cabeça jogada para trás, ondulando o corpo sobre o quadril de Olivia, sua umidade cobrindo os dedos de Olivia, foi suficiente para fazê-la querer mais.

— Vem cá — repetiu Olivia, puxando Margot para mais perto com uma das mãos em seu quadril.

Margot se inclinou para a frente, espalhando o cabelo em volta do rosto.

— Não.

Olivia segurou as coxas de Margot com as mãos e desceu um pouco pela cama até estar completamente deitada, com o travesseiro sob a cabeça. Ela lambeu os lábios e esticou um pouco o pescoço, levantando o rosto para fitar Margot, e arqueou as sobrancelhas.

— Aqui em cima.

O queixo de Margot caiu.

— Você quer que eu...

Olivia assentiu, o coração martelando no pescoço.

— Aham.

Aquele tom maravilhoso de vermelho chegou ainda mais alto, ascendendo pelo pescoço e ao longo do maxilar de Margot. Até as pontas das orelhas estavam em um tom neon.

— Ah. Porra. — Ela umedeceu os lábios. — Ok. Só... me dá um segundo.

Ciente de onde estavam suas pernas, Margot rastejou pela cama, subindo pelo corpo de Olivia até os joelhos estarem posicionados junto às laterais da cabeça dela. Depois, ela segurou firme na cabeceira da cama, mantendo-se ereta, e desceu.

Olivia passou as mãos pela parte de trás das coxas de Margot e puxou-a mais para perto, mais para baixo, respirando-a, antes de virar a cabeça e dar um beijo na parte interna de sua coxa trêmula.

A respiração de Margot falhou quando ela disse:

— Me belisca se precisar respirar ou... *porra.*

Olivia deslizou a língua pela fenda de Margot, indo até o clitóris, gemendo baixinho ao sentir seu gosto. Margot estremeceu, baixando mais o quadril, agitando-se contra a boca de Olivia.

— Caralho.

Olivia sorriu com a respiração ofegante e irregular que escapulia de Margot. Foi então lambendo seu clitóris com toques longos antes de pegar velocidade, até começar a estimulá-lo mais rápido com a pontinha da língua.

Agarrada à cabeceira da cama, Margot sentia os braços tremerem.

— Dentro.

Com os dedos apertando a bunda de Margot, Olivia arrastou a língua até sua entrada novamente, deslizando-a para dentro, mas muito pouco.

Ela deslizou a mão entre as coxas de Margot, passou os dedos por entre seus lábios e mergulhou dois deles com facilidade, sentindo uma contração no próprio ventre quando Margot se agitou ainda mais, um gemido asfixiado escapando dos lábios.

Manchas vermelhas pipocavam pelo pescoço de Margot, que ofegava no silêncio do quarto. Suas coxas estremeciam à medida que se movimentava junto ao rosto de Olivia, a cabeça jogada para trás e a coluna arqueada. Os seios balançavam, o cabelo escuro dançava em volta do pescoço e ela mordia o lábio inferior, já muito vermelho. O rubor foi se espalhando pelo peito, até a barriga e a parte interna das coxas, agora rosadas.

O suor de Margot se acumulava entre seus seios e o ar do quarto estava denso com o cheiro de seu desejo. Tudo que Olivia sentia era o cheiro de sexo, doce e almiscarado e perfeito. Ela aumentou a velocidade dos dedos e, com os lábios, cobriu por inteiro o clitóris de Margot, chupando com força. Margot gemeu alto, o corpo tremendo, apertando com força os dedos de Olivia em seu clímax.

Então Margot desabou, mergulhando de cara na cama com uma risada entrecortada, os membros desordenados, uma das pernas apoiada no torso de Olivia, que ainda estava com o braço preso sob seu corpo.

A pele de Margot estava pegajosa, úmida de suor, e o cabelo cobrira metade do rosto ao se deitar. O coração de Olivia batia de forma errática. *Ela* fizera aquilo; transformara Margot naquela coisa mole e bagunçada, relaxada e satisfeita. Arrebatada e ainda mais bonita por isso.

Quando a respiração de Margot abrandou, ela ergueu a cabeça e abriu um pouco os olhos.

— Oi.

Olivia sorriu, o coração cheio como um balão, subindo até a garganta.

— Oi.

Margot se apoiou nos cotovelos e se deitou de costas, encarando o teto, ainda com um resquício de sorriso enfeitando os lábios.

— Isso foi... — Ela ergueu as sobrancelhas. — Uau.

— É, uau — concordou Olivia, rindo baixinho.

Com o suor começando a esfriar em sua pele, ela se sentou para procurar um cobertor, um lençol, qualquer coisa.

Do outro lado da cama, Margot se levantou e se espreguiçou, levantando os braços e estalando as costas. Depois se abaixou, pegou o suéter do chão, passou-o pela cabeça e soltou as pontas do cabelo da gola.

Olivia franziu a testa. Margot nem olhou na direção dela enquanto recolhia o resto das roupas do chão. Simplesmente recolocou a calcinha e jogou a calça jeans no cesto de roupa suja ao lado do armário antes de cruzar os braços, cambaleando ao coçar a parte de trás da panturrilha com o pé oposto, ainda evitando os olhos de Olivia. Então pigarreou e comentou:

— Então. Isso foi divertido.

Olivia assentiu.

— Aham.

— A gente devia, hum, fazer de novo qualquer hora. — Ela deu um aceno firme e decisivo com a cabeça, seus olhos se fixando nos de Olivia antes de desviar de novo. — Se você quiser.

Olivia prendeu a respiração, esperando que ela dissesse mais alguma coisa. Algo… *mais*. Qualquer coisa, na verdade. Prova de que o que acontecera significava tanto para Margot quanto para ela. Que não era apenas uma questão de satisfazer uma vontade, de saciar a absurda tensão sexual que fervilhava entre as duas desde que ela se mudara.

Quando o silêncio se prolongou, o aperto no peito veio.

Deus, Olivia era tão burra. Toda cheia de esperança, mas… esperança pelo quê? Sexo? Ela devia ter aprendido a lição da primeira vez: sexo não significa tudo, não significa nem *alguma coisa*, necessariamente. Onze anos depois, e ela não aprendera e fizera tudo igual.

Margot não a queria, não em sua totalidade. E Olivia não conseguia nem ter raiva. Margot não lhe prometeu nada; Olivia apenas presumiu. E ela não podia discutir, porque Margot era sua colega de apartamento, as duas moravam juntas e Olivia estava planejando o casamento da melhor amiga dela. Essas complicações deveriam tê-la mantido bem longe da cama de Margot, mas Olivia ansiava tão desesperadamente por ela que se jogou, pensando…

Errado. Ela pensara errado, e agora tinha que engolir isso.

Ela precisava que aquela festa de casamento desse certo. Ela precisava daquele lugar para morar. Ela… *Deus*… Ela queria Margot.

Ela sabia como era não ter Margot em sua vida. Já experimentara isso e… não queria mais, não queria passar por isso de novo. Olivia se recusava a apagar o progresso que ambas tinham feito, a sacrificar a amizade que estava renascendo entre elas e por quê? Por que ela não poderia ter tudo o que queria?

Tudo o que ela queria. Olivia engoliu em seco. Isso sim era um conto de fadas. Ninguém jamais consegue tudo o que quer, certamente não ela, pelo menos não de acordo com sua experiência.

Não podia ter tudo, mas talvez ainda pudesse ter algo. A amizade de Margot, talvez algo mais, e talvez um dia...

Não, Olivia não alimentaria aquele desejo. Se desse vazão, se deixasse crescer, ficaria cheia de expectativa e... Isto aqui estava *bom*. Isto poderia ser suficiente. Ela poderia ficar feliz.

Alguma coisa com Margot sempre seria melhor do que nada.

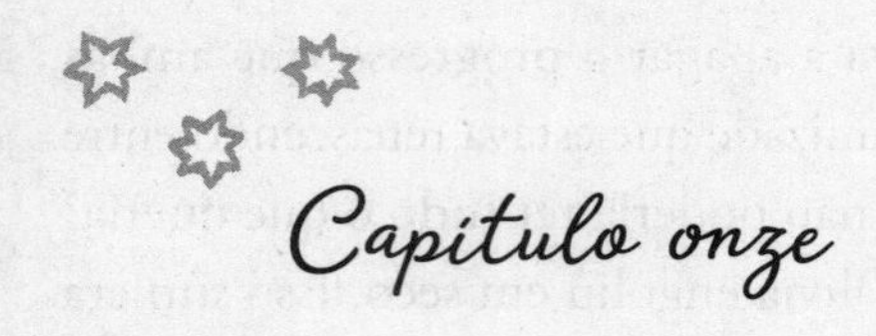

Capitulo onze

ELLE (21h57): MARGOT

ELLE (21h58): !!!!

ELLE (21h58): 😳😭😟

MARGOT (21h59): Tá tudo bem?!

ELLE (22h00): <imagem anexada>

Ah.

Ah… *Nossa.*

Margot perdeu o fôlego ao ver a selfie um pouco borrada de Elle e Darcy sorrindo para a câmera. Na foto, Elle estava com a mão para cima, exibindo um deslumbrante diamante de corte redondo, que brilhava intensamente em seu dedo anelar.

Quando o celular tocou, ela respirou fundo, sorrindo ao atender porque lera em algum lugar que as pessoas percebem qualquer desconforto pela voz.

— Oi…

Um grito agudo fez Margot estremecer e afastar o telefone da orelha.

— Você viu? Viu? *Margot!* Eu estou noiva!

Margot deu uma risada genuína.

— Eu vi, Elle. Parabéns!

Elle deu um gritinho mais brando, um pouco mais moderado, mas ainda muito contente.

— Darcy me levou ao observatório e foi… *Deus*, Mar. Foi perfeito. E a aliança! É como os anéis de Saturno. Darcy disse que queria comprar minha pedra de nascimento, mas aparentemente ametista não é muito durável segundo algo chamado escala de Mohs, eu acho? Eu nem sei. Aí ela encontrou isso! O contorno tem formato de *estrela*, e escuta só: o metal ao redor do dedo é incrustado com meteorito de verdade. Sério. Do *espaço*.

Margot riu do entusiasmo desgovernado de Elle.

— Parece perfeito, Elle.

— Mais que perfeito. — Elle deu um suspiro feliz. — Darcy está em uma ligação com o Brendon. Sei que eu devia ter ligado pros meus pais antes, mas… você foi a primeira pessoa para quem eu quis contar.

Margot sentiu um nó se formar na garganta e uma ardência nos olhos.

— Que bom que ligou. — Ela engoliu em seco antes que a voz pudesse falhar. — Eu… como eu disse, estou muito feliz por você. — Ela riu. — *Porra.* Quer dizer, *cacete*, Elle. Você está noiva!

Uma noiva que se casaria em breve. Puta merda.

Cat empurrou a porta do quarto de Margot e espiou lá dentro. Ela inspecionou o ambiente fungando com curiosidade conforme entrava, desfilando até a porta fechada do armário de Margot e batendo nela com a pata. Como não se mexeu, Cat foi até a cama de Margot, que escondeu os pés sob o corpo e franziu a testa quando o animal soltou um miadinho ao mesmo tempo estridente e exigente.

— Margot?

— Desculpe. — Ela se encolheu. — Eu, er, me distraí. O que estava dizendo?

— Perguntei se você quer ser minha madrinha, boba. — Elle riu. — Darcy está me olhando torto. Espera. — A linha ficou abafada, a voz de Elle distante. — Desculpa, ela disse que eu devia ter pedido por escrito, ou com um presente, ou algo assim.

— Ah! — Margot pressionou a palma da mão no peito como se pudesse massagear a dor lá dentro. — Eu, er, não preciso de presente.

— Posso te dar um vinho de caixa?

Margot riu.

— Eu nunca recuso vinho.

— *Então?* — perguntou Elle, parecendo impaciente, mas estava apenas ansiosa.

— Então é claro que sim. — Um calor brotou em seu peito. — Seria uma honra.

Exatamente como ela esperava, Elle riu.

— Que bom. Isso vai ser tão incrível. Estamos em março e obviamente não há nada definido, mas Darcy e eu estávamos pensando em um casamento no inverno, então isso significaria...

Cat se preparou e pulou na cama de Margot, caindo com graça de quatro, o edredom mal afundando com seu peso, feito na maior parte de pelo e audácia. Ela andou pela cama, afofou os travesseiros e resolveu parar bem na frente de Margot.

E encará-la.

— Mar? Ainda está aí?

Margot suspirou.

— Sim, sim, desculpa. É que... Essa gata fica olhando para mim e não sei se é um olhar amigável ou um olhar do tipo *quero comer seu rosto*.

Margot acordara às quatro da manhã com a sensação inquietante de estar sendo observada. Ela rolou para o lado e lá estava: *de alguma forma*, Cat entrara no quarto, no quarto *fechado*, pulara na cama, deitara e começara a ronronar como um motor. Se isso significava que Cat estava sendo simpática com ela ou simplesmente a observando, esperando o momento certo para atacar, Margot não tinha a menor ideia.

— Mas estou ouvindo tudo.

Elle ficou quieta antes de pigarrear e perguntar:

— Tem certeza de que está bem? Você parece um pouco... estranha.

Estranha. Droga. Margot apoiou a cabeça na mão e suspirou. A última coisa que ela queria era sua *estranheza* e seus sentimentos confusos soltos por aí. Ela os estava administrando, processando. Conversar com Olivia ajudara, mas a sensação de que seus amigos a estavam abandonando não sumiria como em um passe de mágica, muito menos da noite para o dia. Levaria tempo e, sinceramente, ela precisaria de provas concretas de que todos estarem se casando de fato não significava que tudo mudaria.

Mas, pelo bem de Elle, pelo bem da amizade delas, Margot precisava olhar para algo além de seu umbigo, *agora*.

— Quer saber a verdade?

Elle respirou fundo.

— Manda.

— Darcy me contou que estava planejando te pedir em casamento. Ela me chamou e me contou no dia da degustação do bolo, então... é por isso que estou meio estranha. Eu estava tentando parecer surpresa, mas você me conhece. Eu seria uma péssima atriz.

Elle riu, obviamente aliviada.

— Você me deixou preocupada por um segundo. Nossa. Mas ok, entendi o que rolou. Então você sabe desde sábado?

— Aham. — Margot coçou o queixo, olhando para Cat e logo desviando o olhar.

Cat continuava encarando, a cabecinha ligeiramente inclinada para o lado, seu pequeno corpo formando um triângulo atarracado sentada daquele jeito. A gata esticou a pata dianteira, bateu na cama na frente do joelho de Margot, e miou. Margot franziu a testa.

— Olha, com certeza quero conversar mais sobre isso, ouviu? Talvez amanhã na viagem de despedida de solteiro, que tal? A gente compra uma cidra com álcool e você me conta tudo, mas agora preciso descobrir o que essa gata quer.

— Boa sorte. — Elle riu e arfou: — Espera! Você acha que a Olivia poderia ajudar com nosso casamento?

Cat miou mais alto, se aproximando, invadindo o espaço de Margot, pisando em seus pés, cobertos por meias, com as patas dianteiras.

— Hum, não vejo por que não. Você deveria pedir para ela, com certeza.

— Legal. Vou te deixar cuidar da sua *gatástrofe*. — Elle riu da própria piada. — A gente se fala mais depois, ok?

— Beleza, até.

Margot desligou e largou o celular na cama com um gemido. Ela olhou para Cat e franziu a testa de novo.

— O que achou da minha atuação? Convincente o bastante?

Cat espirrou.

Hum.

— Ok, seja lá o que isso signifique. — Margot suspirou. — Eu *estou* feliz pela Elle, sabe? Só estou um pouco… confusa. O que é normal, acho. Só preciso me controlar. Me recompor. Porque é isso que bons amigos fazem.

Cat inclinou a cabeça, os bigodes se movendo enquanto ela sentia o cheiro do ar. Ela deu um tapinha na perna de Margot — as garras misericordiosamente retraídas — e miou.

Margot daria tudo para saber o que aquela criatura estava dizendo… *Ah, espere*. Ela baixara um aplicativo que dizia traduzir miados. Parecia suspeito, a ciência por trás da promessa praticamente inexistente, mas não havia mal em tentar.

Margot abriu o aplicativo e clicou em *gravar*.

Cat olhou para ela, em silêncio.

— Miau? — tentou Margot.

Se não estivesse enganada, ela poderia jurar que os olhos de Cat se estreitaram, julgando-a.

— Ah, qual é. *Agora* você quer ficar calada?

Ela fechou o aplicativo com um suspiro.

Quase imediatamente, Cat soltou um miado suave como o de um filhotinho.

— Você é meio cretina, sabia? — Margot sorriu. — Tudo bem. Às vezes também posso ser um pouco cretina.

Cat balançou o rabo de um lado para o outro, se levantou, se espreguiçou e pulou da cama de Margot para andar pelo quarto. Depois parou perto da porta e olhou para trás, emitindo um miado agudo e insistente que deixou claro que ela queria *algo*.

Margot suspirou e se levantou.

— O que é? O gato comeu sua língua?

Cat estreitou os olhos até se tornarem fendas verdes.

Credo. Que falta de senso de humor.

— Ok, admito que a piada foi tosca, mas a maioria das minhas piadas sobre gatos são *igualmente* toscas, então é meio o que tem para hoje.

Com um movimento do rabo, Cat saiu, olhando para trás uma vez, como se quisesse ter certeza de que Margot a seguiria.

Em vez de virar à esquerda em direção à sala de estar, Cat virou à direita, dobrando o corredor rumo ao quarto de Olivia. Os passos de Margot vacilaram.

Por causa de Cat, Olivia mantinha a porta aberta o tempo todo, mesmo quando não estava em casa. Como naquele exato momento. Olivia estava lá embaixo, no subsolo do prédio, lavando roupa.

Cat deu outro miado agudo, olhando para Margot como se estivesse se perguntando por que ela estava demorando tanto. *Supondo* que era isso que o animal queria. Margot não sabia. Ela estava tentando adivinhar.

— Você precisa esperar a sua... — Ela parou. Mãe? Tutora? *Humana?* Sei lá. — Você tem que esperar a Liv voltar, sua monstrinha.

Margot não poderia apenas entrar no quarto de Olivia, mesmo que a porta estivesse aberta. Havia limites. Sexo não negava automaticamente a necessidade de espaço próprio. *Privacidade.* Elas nunca vetaram entrar no quarto uma da outra, mas não estava implícito? Margot não podia só chegar e...

Cat gemeu feito uma alma penada, alcançando um tom que não deveria ser felinamente possível. Margot se encolheu e... foda-se. Se alguma vez houve um momento para ser imprudente, a vez era aquela, com seus tímpanos praticamente sangrando enquanto Cat gritava. Não era como se ela estivesse bisbilhotando os pertences de Olivia. Ela só queria descobrir qual era a porcaria do problema daquela gata e fazê-la parar de gritar. Olivia entenderia.

Assim que Margot entrou e acendeu as luzes, lançou um olhar pelo quarto, parando no canto perto do armário de Olivia. Cat estava sentada ao lado de sua caixa de areia com uma expressão leve, mas perceptivelmente fechada, apesar do rosto já amassado. Suas orelhas estavam baixas e planas, e ela se lamuriou mais uma vez.

Margot prendeu a respiração, se aproximou e...

— Tá de *sacanagem*?

Cat piscou, convicta.

Margot levantou a gola da camisa até o nariz. Pelo visto, Cat não era de enterrar seus segredos e simplesmente os deixava lá, por mais ousados que fossem, no meio da caixa de areia.

— Não vou limpar isso, Cat. Você pode muito bem esperar a Olivia voltar.

Cat olhou para cima, fazendo sua melhor imitação do Gato de Botas, os olhos arregalados e inocentes. Um pequeno miado triste lhe escapou.

Margot balançou a cabeça, se virou e...

Outro miado de estourar os tímpanos.

Margot fechou os olhos.

Essa era sua vida agora. Servindo a uma gata — uma gata que destruíra seu vibrador favorito e naquele momento exigia que Margot limpasse seu cocô. Que decadência.

Margot bufou e deu meia volta.

— Ok, tudo bem. Mas só dessa vez. Isso não vai se tornar um hábito, está me ouvindo?

Cat só ficou olhando.

A pá de recolher cocô... Onde ficava? Onde Olivia guardaria uma pá? Margot procurou ao lado da caixa de areia, encontrando um estoque de sacos levemente perfumados para descartar... o conteúdo da caixa de Cat. Mas nada de pá. Ela se agachou e olhou embaixo da mesa. Nada. Ao lado da porta. Não. A menos que estivesse bem diante dos olhos de Margot e ela não tivesse percebido, não havia pá nenhuma ali.

Cat deu outro miado sentido, como se aquilo estivesse demorando demais.

Margot respirou fundo e abriu uma das sacolas rosa-pastel. Um aroma de lavanda encheu o ar, mascarando o odor vindo da areia. Margot enfiou a mão na sacola e se agachou diante da caixa.

— Não acredito que estou mesmo fazendo isso — murmurou.

Cat se levantou e contornou a caixa, sentando-se diretamente ao lado de Margot, observando. Inspecionando. *Julgando.*

Com a mão envolta pela fina camada de plástico, Margot foi com cuidado para a caixa de areia e pescou o cocô.

— Isso é humilhante. E desmoralizante. — Margot olhou para Cat, que estava com a cabecinha levantada para ela, os olhos arregalados e os bigodes cheirando. — Tira esse sorriso de satisfação do rosto.

Cat se inclinou e deu uma cabeçada no braço de Margot, iniciando um ronronar baixo e estrondoso. As entranhas de Margot derreteram.

— Meu Deus, você é uma fofa. Você me enrolou direitinho, não foi? Affe. Aposto que está rindo por dentro, não é? *Ha! Vocês, humanos, se acham tão maiorais, mas veja só, limpam minha merda. Quem é a espécie mais inteligente agora?*

— Margot?

Merda.

Margot se ajoelhou, girando para ficar de frente para a porta. Olivia estava de pé, com o cesto de roupa apoiado no quadril, franzindo as sobrancelhas.

— Er. — Margot mostrou a mão, a que estava protegida pela precária camada de plástico, segurando o cocô de Cat. — Não é o que você está pensando.

Olivia contraiu os lábios, como se para não rir.

— Honestamente? Eu nem *sei* o que estou pensando.

Margot baixou o queixo e riu.

— Ok. Sua gata estava choramingando e ela... ela deu uma de espertinha, me trouxe até aqui, e encontrei... — Margot balançou a mão e, tá, eca, péssima ideia — isso. Não achei a pá, então eu... improvisei?

— Você improvisou.

Os ombros de Olivia tremeram com uma risada silenciosa.

— As pessoas recolhem os excrementos dos seus cães com saquinhos plásticos o tempo todo. Isso não é diferente.

Exceto pela humilhação. A humilhação era emocionante e nova.

Olivia largou o cesto de roupa e atravessou o cômodo. Ela pisou no pedal da lata de lixo encostada na parede e apontou para um prático compartimento escondido na tampa, onde a pá ficava encaixada, fora de vista.

— Mantém o ambiente bonito e sem odores.

— Ah, sim. — O rosto de Margot esquentou ao olhar para sua mão cheia de cocô de gato. — Isso não é nem um pouco constrangedor, imagina.

Olivia riu.

— Eu, hum, agradeço o esforço.

Com cuidado, Margot deslizou o plástico pelo braço e pelo pulso, virando a sacola do avesso. Ela amarrou e jogou na lata aberta, o pé de Olivia ainda no pedal para ajudá-la.

— Vou lavar as mãos — murmurou, saindo para o corredor e entrando no banheiro.

Olivia a seguiu alguns segundos depois com Cat embalada nos braços como um bebê peludo e crescido demais. Ela se encostou no batente da porta, observando Margot colocar sabonete nas palmas das mãos e cobri-las com uma espuma generosa.

— Eu agradeço de verdade — repetiu Olivia, apertando Cat um pouco mais. — Podia ter esperado até eu voltar.

Na verdade, não, não do jeito que Cat praticamente uivara de frustração.

Margot deu de ombros e fechou a torneira, tirando o excesso de água dos dedos antes de pegar a toalha de mão.

— Tudo bem. Espero que não se importe por eu ter entrado no seu quarto.

— Por que eu me importaria?

Olivia se abaixou e colocou Cat no chão quando o animal começou a se inquietar.

Margot se virou e apoiou o quadril na pia.

— Não sei. Acho que não queria que você pensasse que eu estava invadindo… Sei lá, sua privacidade ou algo assim. Eu não estava bisbilhotando. Só fui limpar o cocô.

Olivia se aproximou, parando quando seus dedos dos pés se chocaram, ambas de meias. As de Olivia eram brancas com uma listra rosa na ponta, as de Margot eram pretas e básicas. Olivia sorriu.

— Não é como se eu tivesse algo a esconder. E, além disso… — Ela apoiou as mãos na pia, uma de cada lado da cintura de Margot, prendendo-a. — Confio em você.

O coração de Margot foi na garganta.

— Legal. Isso… — Os lábios de Olivia tremeram, os olhos percorrendo o rosto de Margot. Ela engoliu em seco. — Também confio em você.

O rosto de Olivia se iluminou com um sorriso enorme. As mãos que cercavam Margot se aproximaram, deslizando sobre a pia, pousando na cintura de Margot e apertando com delicadeza. Com os dedos, Olivia acariciou o ponto mais alto do traseiro de Margot e se inclinou, a cabeça de lado, a ponta do nariz roçando o de Margot, o hálito quente e doce contra a boca de Margot.

Foi quase vergonhoso como seus joelhos fraquejaram com um beijo tão casto. Ao segurar os braços de Olivia, ela deixou escapar um suspiro, perdendo-se na suavidade de sua boca e no perfume doce e sutil de sua pele.

Olivia recuou, interrompendo o beijo antes que Margot estivesse pronta, com um pequeno vinco entre os olhos.

— Tudo bem?

— Sim? Bom, foi um pouco rápido para o meu gosto, mas...

Olivia abaixou a cabeça e riu.

— Não, eu quis dizer beijar você. Tudo bem se eu fizer isso?

— Por que *não* seria?

— Porque a gente não conversou sobre isso.

Não, não tinham conversado.

Assim que o suor começou a esfriar em sua pele e seus batimentos cardíacos voltaram ao normal, Margot — no que não foi um de seus melhores momentos — entrou em pânico. A única coisa que ela não deveria fazer, o limite que não deveria ultrapassar, e o que ela fez? Correu na direção dele e se lançou de cabeça.

Mas, pensando bem, não foi o sexo que complicou tudo na primeira vez. Foi Margot começar a ter *sentimentos*.

A única solução razoável era tirar os sentimentos de cena, por completo. Evitar que surgissem. Manter as coisas casuais entre as duas.

— Não quero extrapolar nem fazer nada que te deixe desconfortável — acrescentou Olivia.

Além de afastar Margot ou ir embora, não havia nada que Margot pudesse imaginar Olivia fazendo que a deixasse desconfortável.

— Você não vai — disse Margot.

— Então, posso te beijar?

Margot assentiu.

— Você pode me beijar quando quiser.

Os lábios de Olivia se curvaram.

— Cuidado. Posso querer mais.

Fique à vontade.

Margot riu.

— De alguma forma, não me vejo reclamando.

— Que bom.

Olivia se inclinou, dando um selinho rápido em Margot.

— Tem planos para esta noite? — Margot mordeu o lábio e enfiou as mãos sob as costas da camiseta de Olivia, traçando com um dedo sua coluna e reprimindo um sorriso quando ela estremeceu.

O quadril de Olivia se inclinou para a frente, uma risada suave e doce escapando de seus lábios.

— Além de dobrar a roupa lavada?

— Que se dane a roupa.

Margot inverteu o curso das mãos, enfiando-as sob a cintura da calça jeans de Olivia. Traçando com os polegares círculos sobre as covinhas na base da coluna, tocando a pele sensível e fazendo-a se aproximar ainda mais. O aperto de Olivia na cintura de Margot se intensificou, os dedos cravados no traseiro, fazendo-a sorrir ao ver como era fácil provocar uma reação em Olivia.

Ou talvez Margot fosse simplesmente muito boa nisso. É, ela gostava muito mais dessa opção.

— Hum. Você não deveria dizer algo do tipo *por que dobrar e guardar a sua roupa quando você pode tirar a minha?*

— Você me conhece bem demais.

Ela se inclinou, pressionando os lábios na pele macia e aveludada logo abaixo da orelha de Olivia.

Olivia inclinou a cabeça de lado e expôs o pescoço, dando a Margot mais espaço para trabalhar, mais pele para adorar. Um gemido suave escapou de sua garganta antes que as mãos que estavam na cintura de Margot a apertassem e Olivia recuasse, seu gemido de satisfação se transformando em um gemido arrependido que Margot não deixou de ecoar.

— Antes que eu me esqueça: Brendon me mandou uma mensagem.

— E?

— Ele me convidou para ir a Snoqualmie, para a despedida de solteiro — explicou Olivia, os polegares avançando por baixo da barra da camisa de Margot. — Tudo bem por você?

Os dedos de Olivia fizeram pequenos círculos enlouquecedores nas laterais do torso de Margot. Arrepios brotaram em sua pele e, por uma fração de segundo, seu cérebro ficou confuso, perdido na sensação.

— Hum. Por que não estaria?

— Eles são seus amigos.

E Margot tinha noventa e nove por cento de certeza de que Brendon estava tentando incluir Olivia no grupo.

— Não quero criar um climão — completou Olivia.

— Zero climão — garantiu Margot. — Pelo menos não para mim.

Olivia mordeu o lábio.

— Você, hum, contou a eles…?

Sobre o quê? Sábado? Ou anos antes?

Margot balançou a cabeça. Ela presumiria que Olivia se referia à primeira opção, caso contrário, já teria mencionado.

— Não toquei no assunto. Por causa do casamento e tudo mais.

— Certo. — Olivia assentiu rapidamente. — Faz sentido.

Além disso, havia aquela coisa toda sobre Margot não saber como começar a explicar a história para seu círculo de amigos. O passado, o presente… Nada disso. Conhecendo Brendon, ele na certa cismaria que casual era apenas um pit stop no caminho para se apaixonar. Ele assumiria a responsabilidade de bancar o Cupido, de transformar o relacionamento delas em algo mais.

Ele viria todo cheio de boas intenções, mas de boas intenções o inferno estava cheio. Além disso, o que rolava entre ela e Olivia já parecia suficientemente frágil sem intromissões adicionais. Mesmo que bem-intencionadas.

— Essa pergunta é meio estranha, mas... você acha que poderíamos manter isso em segredo? — Margot se encolheu um pouco. — Isso saiu errado. Jesus. É que você viu como o Brendon é, viu como ele pode ser, e isso nas poucas interações que tiveram.

Olivia mordeu o lábio inferior, olhando para o espelho por cima do ombro de Margot.

— Eles são seus amigos, Mar. Você pode contar ou não contar o que quiser a eles. — Ela sorriu para Margot e deu de ombros. — Sou só a organizadora do casamento.

Casamento este que seria em menos de uma semana. Olivia não seria mais *apenas* a organizadora do casamento. Droga, ela já era mais que isso. Colega de quarto de Margot, amiga de Margot, ou... *alguma coisa* de Margot.

— Não precisa ser para sempre — emendou Margot, com a voz estúpida embargadando na última palavra.

Para sempre. Uau, que maneira de insinuar que aquela coisa entre elas ia durar. Merda. O estômago de Margot deu um nó.

— Acho que não faria mal, hum, deixar baixo até depois do casamento — observou Olivia. — Manter o foco em Brendon e Annie.

— Certo. — Margot assentiu rapidamente. — E aí, er, podemos decidir contar a eles ou não depois.

— Claro. — Olivia sorriu e voltou a traçar formas na pele de Margot. — O mercadinho da rua fica aberto vinte e quatro horas, não fica?

— Não, só até meia-noite. Precisa de algo?

Algo que não podia esperar?

— Cat está sem comida. Achei que tinha outra lata na despensa, mas acabou. — Olivia torceu os lábios. — Além disso, sei que Annie e Brendon disseram que não querem presentes na despedida de solteiro, mas não gosto de aparecer de mãos abanando. Eu estava pensando em fazer biscoitos, mas não tem açúcar na despensa.

Era típico da Liv, simplesmente ter que levar um presente. Margot sorriu.

— A maioria das pessoas leva uma bebida, sabe? Ou então... sei lá, uma pastinha.

As sobrancelhas de Olivia se ergueram.

— Uma pastinha?

— Sim. Sabe, de ricota com alguma coisa ou um pote de homus, ou... sei lá, um patê.

Brendon foi o primeiro de seus amigos a se casar. Tudo que ela sabia sobre despedidas de solteiro vinha de filmes como *Se beber, não case* e *Missão Madrinha de Casamento*.

Olivia sorriu.

— Acho que não sou como a maioria das pessoas, então.

— De fato — concordou Margot, um calor se espalhando pelo peito. — Você não é.

Olivia abaixou a cabeça, mas não havia dúvida de que um sorriso começara a espreitar.

— Bom, se vou fazer meus biscoitos, preciso de açúcar. E de algumas outras coisas também.

— Tem massa pronta na geladeira — observou Margot, prezando pela simplicidade.

Além do mais, era difícil, embora não impossível, estragar uma massa pronta.

Olivia torceu o nariz.

— Quero fazer biscoitos *de verdade*. A receita da minha avó.

Eita.

— Os de chocolate com...

— Pedaços de chocolate branco? — Olivia assentiu. — Eles mesmo. Os biscoitos da minha avó.

Margot salivou, se afastou da bancada e tirou o celular do bolso.

— Ainda são dez e pouco.

Olivia inclinou a cabeça.

— Quer ir comigo? Me fazer companhia?

Margot deu de ombros. Ela não estava fazendo nada mesmo.

— Claro. Vou só pegar uma jaqueta.

Três minutos depois, as duas estavam na calçada molhada de chuva. Margot cobriu a cabeça com o capuz e cruzou os braços para se proteger do frio enquanto desciam a rua em direção ao mercado.

Uma rajada de calor jogou o capuz para trás assim que passaram pelas portas automáticas e entraram. Contornando os carrinhos, Margot parou em frente à fileira de caixas eletrônicos.

— Vou à seção dos congelados. Te encontro nos caixas?

Olivia assentiu, já se dirigindo ao corredor sinalizado com animais domésticos.

— Combinado.

Margot caminhou em direção aos sorvetes, parando para pegar um saco de Reese's na extremidade de um corredor, pegando também uma caixa de minhocas de gelatina, porque Olivia gostava de coisas azedas e doces e… *Hum*. Um suspiro lhe escapou, ganhando um olhar de soslaio de uma mulher vestindo casaco de pele e empurrando um carrinho cheio de maionese. Treze potes de maionese, mais especificamente, e nenhum outro item, embora ela parecesse estar considerando com seriedade o saco de balas em sua mão.

Capitol Hill à noite era um lugar interessante, isso era certo. Margot adorava aquela área.

Opa, sabor novo de Ben & Jerry's, amendoim *e* avelã. Margot abriu o freezer e enfrentou a rajada de ar frio no rosto enquanto ignorava o pote mais próximo e pegava o de trás, como de costume. Ela ainda estava ressentida por terem tirado de linha seu sabor favorito, marcando o fim de uma era porque, aparentemente, *algumas* pessoas não tinham bom gosto e não conseguiam apreciar uma coisa boa. *Este* sabor era uma pequena concessão, e ela estava ansiosa para experimentar.

— Ei.

Olivia chegava pelo outro corredor, os braços carregados de açúcar, cacau em pó, pedaços de chocolate e várias latas de comida de gato em sabores deliciosos como… Margot semicerrou os olhos… "Frango grelhado com cúrcuma e arroz selvagem" e "Sabores nobres do oceano". Caramba. Margot preferia avelã, obrigada. Olivia sorriu, envergonhada, e justificou:

— Esqueci de pegar a cesta. — O sorriso dela aumentou ao ver o pacote de minhocas de gelatina na mão de Margot. — É para mim?

— Isso? — Ela torceu o nariz. — Ah, eu já ia colocar de volta no…

— Cala a boca.

Olivia riu e se aproximou, encurralando Margot contra a porta de vidro do freezer e ganhando um olhar furioso da mulher com o carrinho cheio de maionese, e agora também de balas, examinando uma calda de chocolate no final do corredor.

Margot contraiu os lábios, abafando uma risada. Ela baixou a voz e sussurrou:

— Dá uma olhada no carrinho dela. Acha que ela tem grandes planos para esta noite?

Os olhos de Olivia dispararam para a esquerda, tendo que olhar duas vezes para o conteúdo do carrinho.

— Eita. Ok, quem sou eu para julgar, mas alguma coisa não está nada bem.

— Né?

Margot abafou outra risada quando a mulher pegou todos os vidros de calda de chocolate da prateleira, pelo menos seis, e os colocou no carrinho.

— E logo *essa marca* de maionese? — Olivia bufou. — Se ainda fosse uma Hellmann's.

Um riso borbulhou pela garganta de Margot e escapou por seus lábios.

— *Liv.*

Olivia sorriu para ela com os cantos dos olhos enrugados. Ela se aproximou, o hálito quente contra a boca de Margot. A ponta de seu nariz roçou o de Margot uma, duas, três vezes antes de ela plantar um beijo no canto de sua boca.

— Atrevida — murmurou Margot, sem fôlego, praticamente vibrando por ficar parada, deixando Olivia se aproximar dela.

— Não se eu... — Olivia franziu a testa. — Estou vibrando.

Margot riu.

— Você também faz isso comigo, Liv.

Olivia começou a rir.

— Não, ou melhor, *sim*, mas eu quis dizer que meu bolso da calça está vibrando. — Ela recuou e se virou, olhando para Margot por cima do ombro. — Pode pegar meu celular? Minhas mãos estão ocupadas.

Ah. Margot enfiou os dedos no apertado bolso traseiro da calça jeans de Olivia, libertando o aparelho. O nome na tela chamou sua atenção.

— Por que caralhos Brad está ligando para você?

Dizer o nome dele deixou Margot com um gosto amargo na boca, como se ela tivesse bebido um café frio e velho. Era verdade que ela nunca foi a maior fã de Brad, e não apenas porque ele namorou Olivia. Quando Brad não ignorava Margot, a chamava de *mala*, uma provocação infantil que insinuava que ela era um peso para Olivia, uma *bagagem*. Claro que ele só a chamava assim quando Olivia não estava por perto, já que também era um covarde do mais baixo escalão, mas *que seja*. Passado era passado, e esse era o ponto principal.

Olivia arregalou os olhos.

— Hum. Não sei.

Ela fez malabarismos com as latas nos braços, deixando cair uma, que rolou pelo corredor e para baixo do freezer. Olivia franziu a testa.

— Ele... sei lá, ele liga às vezes.

— Às vezes como? Regularmente?

Olivia engoliu em seco.

— Defina *regularmente*.

— Jesus — murmurou Margot.

O telefone de Olivia continuou a vibrar na palma de sua mão.

— E você atende?

Olivia abraçou as latas restantes, os olhos passando entre o rosto de Margot e a lata perdida.

— Eu... — Ela se encolheu bruscamente e gesticulou para o telefone com o cotovelo. — Você tem como...

— Tá falando sério? Você quer que eu atenda?

— Serei breve. Apenas... segure-o perto do meu ouvido?

Ela olhou para Margot com os olhos arregalados e — *affe*, Margot não conseguia acreditar que estava fazendo aquilo. Uma prova de quão pouco ela *não* faria por Olivia.

Ela arrastou o dedo na tela e segurou o telefone no ouvido de Olivia.

— Brad? — Olivia franziu os lábios e mudou o peso de um pé para o outro, parecendo tão desconfortável quanto Margot. — Não é uma boa hora.

Margot mordeu a bochecha com força.

Olivia fechou os olhos.

— Não. Está na gaveta de tralhas. — Ela suspirou, a testa franzida de irritação. — A gaveta de tralhas, Brad. A gaveta onde fica tudo da cozinha. Abaixo da cafeteira. Aquela que emperra quando... Sim, essa. Está aí. Procura lá no fundo. — Os ombros de Olivia caíram e Margot ficou tentada a desligar o telefone para ela. — Não, Brad. Tenho que ir. Boa n...

Margot encerrou a ligação com um pouco mais de entusiasmo do que o estritamente necessário, tocando na tela com força. Ela contornou Olivia, deslizou o celular de volta no bolso, recuou e cruzou os braços.

— Com que frequência Brad te liga, Liv?

Um dos ombros de Olivia subiu e desceu, trêmulo demais para ser casual.

— Às vezes. Eu não... Não é como se eu ficasse contando. É o suficiente para ser um incômodo, mas não o suficiente para ser um problema.

Um incômodo já *era* um problema. Qualquer coisa que colocasse uma máscara tão séria no rosto de Olivia era um problema, e ela não devia ter que tolerar isso.

— Por que ele está te ligando às... — Margot enfiou a mão no bolso para pegar o próprio celular. —... onze da noite, afinal?

Olivia revirou os olhos.

— Ele estava procurando o controle reserva da porta da garagem.

— E ele ligou para *você*?

Uma lata de comida de gato oscilava, empilhada precariamente sobre as demais.

Margot a pegou no instante em que caiu, devolvendo-a para Olivia.

Olivia mordeu o lábio e assentiu.

— São sempre umas besteiras, Mar. Eu simplesmente deixo para lá. É inútil ficar em pé de guerra. Confie em mim.

— Por que você não manda ele à merda, Liv? — Ou melhor… — Por que você atende as ligações dele, cara? É só bloquear o número.

— Eu pedi para ele parar.

— Você *pediu.*

Margot cutucou com a língua o interior da bochecha.

Olivia soprou o cabelo do rosto com um suspiro cansado.

— Não é tão simples assim.

Margot mordeu a língua contra a vontade de deixar escapar que parecia bastante simples para ela. Simplíssimo. *Vai à merda.* Três palavrinhas, mas ela não era Olivia.

— Bom, me ajuda a entender o que torna tudo complicado, então.

Olivia a fitou por um segundo, os olhos percorrendo seu rosto como se avaliando a sinceridade do pedido. Depois de um instante, ela desviou, sua voz baixa, mas firme.

— Não é como se eu *quisesse* atender essas ligações, mas não posso simplesmente bloquear o número dele. — Seu queixo tremeu, um músculo sob a orelha saltando. — Já pedi para ele não me ligar, a menos que seja sobre algo sério.

Margot estava tentando entender, mas não fazia sentido. Olivia e Brad estavam divorciados havia um ano e, pelo que ela sabia, não tinham amigos próximos em comum. Eles não tinham animais de estimação nem filhos para levar de uma casa para outra. E não tinham terminado exatamente nos melhores termos, depois da traição de Brad. Quanto mais Margot pensava no assunto, menos sentido fazia e mais frustrada ela ficava por Olivia, sua pressão arterial subindo.

— Ok. O que seria sério o suficiente para Brad precisar entrar em contato com você?

Olivia deu de ombros, derrubando outra lata. Aquela rolou pelo piso de cerâmica até o final do corredor e parou na roda do carrinho da mulher da maionese, que a chutou de volta para as duas. A lata parou no meio do corredor, mas Margot a deixou lá. Ela pegaria depois.

— Eu te contei sobre meu pai. Sobre o ataque cardíaco dele no ano passado — disse Olivia, olhando para a lata no corredor. — Está tudo bem agora, e sei que ele não gosta que eu me preocupe, mas não é como se eu não tivesse motivo. Nem sempre ele se abre comigo sobre o que está acontecendo. No dia do infarto ele dirigiu até o hospital sozinho e só deixou me ligarem quando soube que teria que ficar internado. — Sua voz falhou e ela fungou com força. — Quando ele me diz que está bem, não posso deixar de temer que nossos conceitos de *bem* sejam diferentes.

Olivia deu mais um daqueles suspiros de cansaço que faziam Margot querer abraçá-la e levá-la de volta para casa. Fazia apenas algumas semanas, mas o cérebro de Margot já havia feito a transição para pensar no apartamento como *delas* e não apenas *dela*.

— Então pedi ao Brad que me avisasse se soubesse de alguma coisa. Papai ainda é amigo dos pais dele, e os dois se esbarram às vezes. Frequentam os mesmos lugares para ver futebol. É uma cidade pequena. As pessoas ficam sabendo de coisas que não tenho como saber a oitenta quilômetros de distância.

— E como ficam — murmurou Margot baixinho. — Meu pai é aparentemente o bisbilhoteiro oficial do bairro, esqueceu?

Olivia abriu um sorriso, o primeiro em muito tempo.

Margot respirou fundo e assentiu devagar.

— Ok, então você pediu ao Brad para te manter informada caso algo acontecesse com seu pai.

Ela não podia dizer que concordava com aquele plano, mas conseguia entender as motivações de Olivia.

— Mas ele te liga do nada. Para perguntar coisas tipo onde está o controle da porta da garagem?

— Aham, coisas idiotas — concordou Olivia, balançando a cabeça. — Como falei, eu pedi para ele parar, mas não adianta ficar chateada. Eu atendo e tento ser breve. Você ouviu. Depois desligo. — Olivia apertou os lábios e concluiu: — É irritante, mas não consigo bloqueá-lo. E se ele ligar e for realmente algo importante?

Alguém pigarreou. A mulher de casaco de pele com o carrinho cheio de maionese estava diante delas, as sobrancelhas erguidas com impaciência enquanto olhava para o freezer atrás das duas.

— Você estão na frente do frozen yogurt.

— Droga, desculpe.

Olivia ofereceu um sorriso e saiu do caminho. Em vez de apenas se afastar para o lado, ela se direcionou para a entrada da loja. Margot a seguiu, recolhendo a lata do chão a caminho do caixa.

— Eu pago — disse Margot, dispensando Olivia e pagando a comida do gato, além do sorvete, dos doces e dos ingredientes para os biscoitos.

Olivia guardou a carteira com um sorriso.

— Obrigada.

Só quando voltaram para a rua é que Margot retornou ao assunto, ainda não estava pronta para deixar para lá.

— Bem, então parece que você estabeleceu um limite e Brad continua a ignorá-lo. Isso não está certo, Liv. Sei que você se preocupa com seu pai, e eu…

Margot engoliu em seco quando as palavras quase escapuliram. *E eu amo isso em você.*

O coração de Margot parou de bater antes de recomeçar com força. Todo o sangue em sua cabeça pareceu escoar para o sul, deixando-a tonta. De onde ela havia tirado aquilo? Ela não *amava* Olivia. Se Margot amava alguma coisa, era a infinita capacidade de Olivia de se preocupar com pessoas, estranhos, amigos, parentes e gatos de rua.

Ela respirou fundo. Não valia a pena surtar por aquilo. Mesmo que amasse Liv, Margot amava muitas coisas. Sorvete. Tequila. Sua air fryer. Seus amigos. Grande coisa. E daí se Margot amava o fato de Olivia se importar com as coisas?

Não era como se ela estivesse *apaixonada* por ela.

— É só que me deixa puta, sabe — justificou Margot, continuando como se não tivesse parado no meio da frase e ficado em silêncio por um momento longo demais, revelador demais. — Na boa. Fico indignada por você, porque... que droga, Liv. Você merece coisa melhor do que o Brad tentando te convencer a falar com ele por qualquer besteira que inventa. O cara é adulto. Ele pode muito bem encontrar um controle remoto de garagem sem ligar para a ex-esposa. A ex-esposa para a qual ele não deu valor. Te garanto que ele *sabe* por que você atende, e que conta com isso. Ele conta com a sua gentileza. Sabe que você está sempre pensando e se preocupando. E se, por acaso, ele *não souber*? Se ele for apenas egoísta e sem noção? Não é muito melhor. Isso não é desculpa. Seus limites, seus sentimentos e o que você deseja importam. Você merece mais, Olivia.

Quando terminou de falar — ou *discursar* —, Margot estava praticamente ofegando e já na esquina da rua, com o rosto tão vermelho que ficou surpresa por a chuva nebulosa que caía ao redor não se transformar em vapor contra sua pele.

Olivia piscou, os cílios dourados grudados uns nos outros. A luz do poste refletia em seus olhos, realçando as manchas douradas nas íris e transformando o anel central em um verde-floresta profundo que abraçava a pupila em um tom de esmeralda mais forte e luminoso.

Olivia engoliu em seco e deu um passo à frente, apoiando as mãos na cintura de Margot, que ficou permaneceu imóvel conforme Olivia se inclinava e dava um beijo quase doloroso de tão doce em seu lábio inferior. Então Olivia recuou, mas não para muito longe, ficando perto o suficiente para Margot notar as pequenas gotas de chuva grudadas em seus cílios.

— Obrigada, Mar.

Margot demorou um segundo para fazer seus músculos obedecerem e assentiu.

— Não precisa me agradecer. Eu só estava sendo sincera.

— Pelo que achou que eu estava te agradecendo? — Quando Olivia sorriu, o coração de Margot disparou. — O que você disse, tudo isso... Significa muito para mim que você pense assim.

Engolir também exigiu esforço, assim como dar de ombros.

— Só... pensa no que eu disse.

— Eu vou pensar.

Capítulo doze

Olivia largou as sacolas de compras no chão da cozinha e começou a esvaziá-las, colocando o açúcar e o cacau em pó sobre a bancada.

Enroscando-se em seus pés, Cat choramingou, ignorando a tigela de ração seca ao lado da geladeira e exigindo a molhada.

— Já entendi.

Margot parou atrás de Olivia e pegou uma lata de ração úmida da bancada. Ela abriu a tampa de metal e despejou o conteúdo em um prato.

— Vamos, sua monstrinha. Hora da janta.

Olivia riu.

— Monstrinha?

— E não *é*? — disse Margot, pegando seu Ben & Jerry's e levando-o para o freezer. — Essa gata grita como um demônio. Eu juro, metade do tempo ela não mia, ela *uiva*.

Margot não estava errada. Cat sabia atingir um tom estridente que Olivia nunca ouvira antes de adotá-la.

— Ela é meio diabólica, não é?

Os olhos verdes de Cat se ergueram, as orelhas se contraindo como se soubesse que estavam falando dela. Ela balançou o rabo e baixou o olhar para o prato, voltando o foco para a comida.

Margot riu e fechou o freezer.

— Para dizer o mínimo.

Cat espirrou na direção de Margot. Olivia riu e colocou as mãos na cintura, repassando a receita na cabeça.

Manteiga, açúcar, ovos... droga. Antes de sair, ela tirara a manteiga para amolecer, mas esquecera dos ovos.

— Pode pegar dois ovos para mim?

Margot fez que sim e enfiou a cabeça na geladeira.

Extrato de baunilha, farinha, cacau em pó, pedaços de chocolate branco, sal, bicarbonato. Olivia reuniu os ingredientes um por um, separados em úmidos e secos. Margot deixou os ovos também sobre a bancada, usando os tabletes de manteiga como barricada para não rolarem.

Agora só faltava uma tigela, uma espátula de borracha e...

— Onde você guarda sua batedeira?

Margot ficou olhando.

— Minha o quê?

— Você sabe. — Olivia girou o dedo em círculos. — Sua batedeira.

— Ah, certo. — Margot coçou o queixo. — Hum. Vamos ver...

Ela agachou e vasculhou o armário ao lado do fogão. Algo caiu, fazendo barulho alto, metal contra metal. Margot grunhiu e caiu de bunda no chão da cozinha, com um sorriso triunfante. Aninhada em sua barriga estava uma batedeira da marca KitchenAid, desgastada pelo tempo. Provavelmente de segunda mão, mas ainda assim, muito melhor que ter que misturar tudo a mão.

— Isso serve?

— Obrigada. Quer bater a manteiga e o açúcar para mim?

Margot olhou para Olivia como se ela tivesse enlouquecido.

— Eu? Você realmente está confiando *em mim* pra isso? Eu, que quase incendiei sua cozinha fervendo água?

Olivia corou ao se lembrar de Margot deixando uma panela com água de macarrão fervendo no fogão naquelas memoráveis férias de primavera. De como tinham se esquecido da panela, ambas distraídas. De como a panela ferveu até secar e o detector de fumaça disparar, estridente, o cheiro cáustico da alça de plástico queimada subindo as escadas até o quarto de Olivia, fazendo as duas irem correndo até a cozinha, seminuas.

— Tenho certeza de que suas habilidades culinárias passaram por *algum* aperfeiçoamento nos últimos onze anos.

— Não tenha tanta certeza, Liv. Acho que está subestimando minha capacidade de sobreviver à base de congelados e delivery.

Olivia colocou o cabelo atrás das orelhas e deu de ombros.

— É manteiga e açúcar. O que poderia acontecer de tão ruim?

Margot deu de ombros e pegou o cabo de alimentação da batedeira.

— Célebres últimas palavras.

Olivia enfiou a mão no armário em busca de uma tigela e começou a medir os ingredientes secos de memória. Margot, lutando com a embalagem da manteiga, percebeu.

— Você não segue a receita?

Olivia balançou a cabeça, nivelando uma xícara de farinha peneirada com as costas de uma faca de manteiga.

— São meus biscoitos preferidos. Posso fazê-los de olhos fechados.

— Brad é um idiota — resmungou Margot, franzindo a testa para a batedeira de tanta concentração, analisando os botões.

Assim que ligou o botão, a manteiga foi cuspida em alta velocidade, espalhando-se pela parede da cozinha. Margot desligou e franziu a testa.

— Hum.

Olivia riu.

— O botão de velocidade.

Margot ficou vermelha.

Dessa vez, a batedeira ficou bem mais calma, batendo a manteiga amolecida em vez de destruí-la.

— O que você estava dizendo? — Olivia despejou a xícara de farinha na tigela e pegou o bicarbonato. — Algo sobre Brad ser um idiota?

Margot olhou para Olivia e de volta para a tigela onde a batedeira transformava a manteiga e o açúcar em uma mistura homogênea.

— O que mais haveria para dizer? A frase *Brad é um idiota* realmente requer mais explicações?

Olivia apertou os lábios, tentando, em vão, não rir.

— Acrescenta isso.

Ela empurrou a tigela de ingredientes secos na direção de Margot.

Margot pegou a tigela e a inclinou demais, rápido demais. Uma nuvem de cacau em pó pairou no ar, fazendo-a tossir.

— *Margot.*

— Desculpa!

Ela estendeu a mão para o botão de velocidade, mas girou na direção errada, porque a batedeira fez um zumbido alto, espalhando, de maneira brusca, massa de chocolate para todo lado. Uma bola grossa caiu na bochecha de Olivia, que gritou, se esquivando para se proteger.

Margot xingou e desligou completamente o aparelho, e Olivia explodiu com uma gargalhada aguda apesar dos lábios apertados para não rir.

O rosto de Margot estava coberto por uma camada fina de pó marrom-claro, e havia uma faixa de massa pegajosa na lateral do queixo.

Ela ficou parada, congelada, olhando para a batedeira como se o objeto tivesse enlouquecido e a sabotado por motivos pessoais.

— Mas que m…

Os músculos da barriga de Olivia doíam, seus joelhos tremiam, finalmente dobrando e a fazendo deslizar até o chão. Ela sentiu o azulejo frio sob as coxas ao se sentar, rindo para o teto. O *teto*! Seus olhos lacrimejaram. Havia massa no teto, uma mancha marrom e amarela, a manteiga ainda não misturada com o cacau em pó. Uma estalactite sinistra de massa pendia do alto, ainda sem pingar.

Sua cabeça caiu para trás contra o azulejo, o peito ardendo e os olhos cheios de lágrimas de tanto gargalhar.

Em meio aos risos, ela mal conseguiu ouvir o som dos passos de Margot se aproximando.

— Vacilo.

Olivia abriu um olho, rindo ainda mais da massa que escorria pela testa de Margot.

Margot cruzou os braços.

— Você vai mesmo ficar aí deitada e rir?

Olivia cobriu o rosto e assentiu, lutando para respirar.

A massa que ameaçava cair do teto respingou no chão e assustou Cat, cujos pelos se arrepiaram em noventa graus. A gata disparou a toda da cozinha, abandonando o pouco que restava de comida em seu prato, e se escondeu sob a mesinha de centro da sala. Provavelmente pensando que não seria má ideia ficar longe da cozinha no futuro próximo.

Margot examinou o que restava na tigela com a testa franzida.

— Quer que eu pegue a massa pronta?

Olivia pressionou as palmas das mãos no chão, se ajoelhando e usando a bancada como apoio para se levantar.

— Vamos recomeçar.

— Recomeçar? Você acha mesmo que...

Uma gota de massa respingou no topo da cabeça de Margot, de novo escorrendo daquela estalactite gotejante enquanto ela pegava um pano de chão. A massa escorreu pelo centro da testa, entre os olhos e nariz abaixo. Ela pôs a língua para fora e lambeu o que alcançara o lábio superior.

— Claro. Vamos recomeçar. *O que poderia acontecer de tão ruim?*

Olivia cobriu a boca, abafando uma risada.

— A segunda é a da sorte?

Quando Margot terminou de esfregar o teto e raspar o que restava da massa em uma tigela separada, e Olivia terminou de limpar as bancadas e o chão, os novos tabletes de manteiga atingiram a temperatura ambiente e estavam prontos para serem batidos.

Olivia apontou para a batedeira.

— Prefere que eu...

— Não, não — dispensou Margot com um aceno de mão, olhando para o eletrodoméstico com animosidade. — Eu comecei, eu vou terminar.

Dessa vez, Margot conseguiu ligar a coisa em uma velocidade muito mais pacífica, batendo lentamente a manteiga e o açúcar antes de acrescentar os ovos e a baunilha. Na hora de adicionar os ingredientes secos, desacelerou ainda mais, mexendo tudo devagar e sem respingos.

Olivia espanou as mãos sobre a pia e apoiou o quadril na bancada. Com as mãos na cintura como se pronta para a batalha, Margot observava atentamente a tigela, os olhos semicerrados fixos na pá enquanto o metal girava e zumbia, incorporando os pedaços de chocolate à massa. Ela estava tão focada, tão...

Margot de repente levantou a cabeça e seus olhos encontraram os de Olivia. Ela ergueu uma sobrancelha, que tinha um respingo de massa bem no meio. Olivia fez um beicinho.

— O que foi? — indagou Margot. — Tem alguma coisa no meu rosto?

Margot também contraiu os lábios como se não conseguisse manter a cara séria diante da própria pergunta.

Olivia riu.

— O que te faria pensar *uma coisa dessas*?

Margot levou a mão ao rosto, se encolhendo ao tirar uma bola de massa da orelha.

— Por quanto tempo continuarei encontrando resto de massa em lugares onde não deveria?

— Não se mexe. — Olivia estendeu a mão e tirou a mancha da testa de Margot. — Veja pelo lado bom. Pelo menos você está vestida, o que limita a zona de exposição.

— E por acaso eu ia cozinhar pelada? — Margot franziu a testa e pôs as mãos no peito. — Não me leve a mal, eu até gosto de viver perigosamente, mas isso me parece uma receita para o desastre.

Quando Margot baixou os braços, sua camiseta branca tinha duas marcas de mãos feitas de cacau em pó delineando seus seios.

Olivia riu e deu uma olhada na tigela. Pronto. Ela apertou o botão liga/desliga e desengatou o mecanismo de travamento da tigela, soltando-a da base.

— Brad inventou de fazer fritura sem camisa um dia. Primeira e última vez.

— Que nojo. — Margot mostrou a língua. — Como eu disse, *idiota*.

Isso mesmo. Ela mencionara Brad antes de a massa respingar, distraindo Olivia quando tentou descobrir o que Margot queria dizer.

— Você disse isso antes.

Margot resmungou e pegou um pedaço de massa de biscoito, provando logo em seguida. Ao fazê-lo, ela fechou os olhos e deu um gemido que fez Olivia sentir o rosto quente por razões completamente alheias ao forno ligado.

— Putz, gostoso como eu me lembrava. — Margot encostou na bancada e arregalou os olhos. — Está me dizendo que Brad tinha você *e* acesso regular a esses biscoitos e *mesmo assim* não te deu valor? — Ela sorriu e continuou: — Claramente, ele não sabia a sorte que tinha.

As bochechas de Olivia arderam ainda mais. O calor se espalhou pelo maxilar e pelo pescoço, uma brasa ganhando vida dentro do peito.

Margot não podia simplesmente sair dizendo essas coisas, não se quisesse evitar passar uma ideia errada para Olivia.

— Pois é.

Olivia abaixou o queixo, olhando para o chão da cozinha como se isso pudesse esconder que as palavras de Margot a afetaram. O quanto a afetaram. O rosto de Olivia devia estar parecendo uma placa rosa neon praticamente piscando: OLHA O QUE VOCÊ FAZ COMIGO. Não havia nada de casual naquele sentimento.

— Mas agora *você* tem acesso aos biscoitos.

As meias de Margot surgiram na linha de visão de Olivia, os dedos dos pés cobertos pelo tecido de algodão curvando-se contra o azulejo quando ela estendeu a mão de unhas pintadas de vermelho-escuro e a encaixou na cintura de Olivia. Margot desceu a mão e a enfiou, assim como a outra, nos bolsos de trás da calça de Olivia. O calor da pele de Margot atravessou o tecido, fazendo Olivia estremecer ao se aproximar.

O coração martelava e a pulsação batia forte nas têmporas e na base do pescoço. Margot se curvou para ela, passou os lábios no canto de sua boca e tirou uma das mãos do bolso de sua calça. Lentamente, dedilhou toda a coluna de Olivia, parando com a palma da mão em concha na nuca, inclinou a cabeça e beijou o lábio inferior. O gesto carinhoso tirou o fôlego de Olivia e encheu seu estômago de calafrios.

Margot recuou, deixando cair as mãos, as abrindo e fechando como se não soubesse o que fazer com elas. A pele de seu colo até o alto das maçãs do rosto estava manchada com um rubor rosado, e a frente da garganta subiu e desceu com dificuldade para engolir. Sua respiração escapou em um suspiro trêmulo e o sorriso vacilou igualmente.

— Sorte a minha.

Capítulo treze

A chuva batia no para-brisa, os pinheiros passando como um borrão à medida que Olivia avançava pela I-90, sentido leste, rumo à Snoqualmie.

A despedida de solteiros conjunta de Annie e Brendon seria um *espetáculo* — palavra de Brendon, não de Olivia — realizado no Lodge & Spa Salish, um resort a meia hora de Seattle, no meio do caminho entre a cidade e uma estação de esqui. Eles passariam duas noites — quarta e quinta — no local, e voltariam para a cidade a tempo de um jantar pré-casamento, na sexta à noite, e a cerimônia, no dia seguinte.

No banco do passageiro do Subaru Outback de Olivia — que tinha tração nas quatro rodas, ao contrário do Toyota Camry de Margot —, Margot olhava para o celular, recitando fatos sobre o resort onde ficariam hospedadas.

— Nossa, saca só... Cada quarto tem uma lareira a gás. Que chique! Além de um chuveiro duplo e uma banheira enorme. E eles têm um jardim de ervas e... *uau*, um apiário que fornece mel tanto para os restaurantes do hotel quanto para o spa.

— Humm...

Olivia acelerou, ultrapassando uma minivan indo abaixo do limite de velocidade.

— Vejamos o que mais... Spa premiado, sauna a vapor, sauna seca e piscinas de imersão disponíveis mediante agendamento — leu Margot. — Massagem fitness, massagem relaxante, massagem com pedras quentes...

Tudo aquilo parecia fantástico, mas Olivia tinha muito o que fazer para simplesmente passar os próximos dois dias descontraindo em um spa. Ela precisava conferir os prestadores de serviços, verificar se os fornecedores haviam recebido a última parcela do pagamento e mandar a contagem final para o jantar e a recepção ao bufê. Tudo isso poderia ser feito do hotel, mas ela levara seu próprio notebook e verificara duas vezes se o resort tinha Wi-Fi confiável por garantia.

— Ei. — Margot sacudiu os dedos, franzindo a testa suavemente. — Cadê você?

— Desculpe. — Olivia sorriu e balançou a cabeça. — Só estou pensando em tudo que ainda tenho que fazer em relação aos fornecedores e... Não sei. Talvez eu não devesse ter concordado em vir. É *tanta* coisa e...

— Ei, calma.

Margot girou no assento o melhor que pôde com o cinto de segurança preso ao corpo.

— Brendon e Annie convidaram você.

— Sim, e, no momento, relaxar deveria ser a prioridade número um dos dois — argumentou Olivia, os olhos alternando entre a estrada e o espelho retrovisor para mudar de faixa. — A minha é garantir que o casamento seja impecável.

— E será, mas tenho certeza de que você também pode encaixar uma massagem.

Olivia murmurou baixinho e rolou os ombros.

— Uma massagem parece mesmo uma boa.

Margot olhou para ela e sorriu.

— Se precisava tanto, podia ter pedido. — Ela subiu e desceu rapidamente as sobrancelhas. — Sou boa com as mãos.

O rosto de Olivia esquentou com a lembrança de Margot usando as mãos para provocá-la pelo que pareceu uma hora, levando-a ao ponto de babar e implorar até Margot, por fim, arrancar quatro orgasmos seus antes de cansar, deixando-a mole como uma boneca de pano.

— Isso você é mesmo — concordou Olivia, com a voz um pouco ofegante.

Margot sorriu e voltou sua atenção para a tela.

Olivia pegou sua garrafa de água, de repente sedenta, levantou o canudo de borracha e tomou um longo gole, desviando os olhos da estrada brevemente para encaixar a garrafa de volta no porta-copos.

Margot estava com a mão em concha no console central, os dedos curvados em direção à palma, voltados para cima. Olivia teve um flashback repentino e chocante da sétima série, quando fora ao cinema no seu primeiro encontro com Michael Louis, um garoto de sorriso doce e corte de cabelo infeliz em formato de cuia, ou Jim Halpert na primeira temporada de *The Office*. Eles foram ver algum filme de ação cafona e se sentaram no meio da sala. Michael descansou a mão no apoio de braço e olhou não para a tela, mas para Olivia, até ela pegar a deixa e encaixar a mão na dele, que estava úmida, quente e estranhamente pegajosa.

Não era uma questão de Margot ser boa com as mãos ou ter dedos hábeis e talentosos capazes de levar Olivia a novos patamares de prazer. Era uma questão de saber se Olivia poderia segurar a mão de Margot.

Será que agora elas faziam… isso? Se Olivia segurasse a mão de Margot, estaria abusando da sorte?

Ela prendeu a respiração, a mão pairando sobre o porta-copos, e…

Uma buzina veio da pista ao lado, para onde Olivia havia enveredado sem querer. Ela segurou o volante com as duas mãos, tomando cuidado para não corrigir demais, e manteve os olhos fixos na estrada, tentando afastar o rubor quando Margot a analisou do banco do passageiro.

— Eles oferecem tratamentos faciais também — acrescentou Margot.

Olivia mordeu a bochecha.

— Muito legal.

Uma pesada batida de música eletrônica encheu o carro, e Margot gemeu e riu ao mesmo tempo.

Olivia só soltou o volante por um breve segundo para aumentar o volume até o baixo bater forte, balançando seu banco.

— Vamos. Você *sabe* que ama essa música.

— Não! — gritou Margot por cima do barulho. — Eu não. E ainda não entendo como você achava que a letra dizia algo totalmente diferente.

— Perdoe minha ingenuidade do alto de meus 17 anos.

— Mas o que você entendia não fazia o menor sentido. Acho que seria bom dar uma examinada nesses ouvidos. — Margot baixou o volume até poder falar sem gritar. — Talvez, se não ouvisse música tão alto, não estaria sempre entendendo tudo errado.

— Sempre? — zombou Olivia.

Margot lançou-lhe um olhar rápido, com as sobrancelhas para cima.

— Você também entendia "Like a Virgin" errado. — Margot riu. — Como é que alguém não entende aquela letra?

— Cala a boca. — Olivia acionou a seta, pegando a próxima saída. — Eu tinha 9 anos! Eu nem sabia o que aquilo significava.

— Ahã, *claro*.

— Estou falando sério, eu não…

A música foi interrompida de repente e um toque delicado veio dos alto-falantes — seu celular estava conectado via Bluetooth.

Olivia viu a tela. Era seu pai ligando.

Ela olhou brevemente para Margot.

— Tudo bem eu atender? Serei rápida.

Desde o ataque cardíaco, ela fazia questão de atender sempre que o pai ligava. Não que não atendesse antes, mas não queria arriscar demorar até cair na caixa postal caso ele precisasse dela. Ainda mais porque, em geral, era ela quem ligava para ver como o pai estava.

Pelo canto do olho, Olivia viu Margot dar de ombros.

— Sem problemas. Não precisa se apressar por minha causa.

— Obrigada. — Olivia pressionou o polegar no botão do volante para atender a chamada. — Oi, pai. Espero que não se importe, mas você está no viva-voz. Estou dirigindo. — Olivia lambeu os lábios. — Estou no carro com a Margot.

A linha chiou por um segundo antes de ele responder:

— Não tem problema, Livvy. Oi, Margot.

Margot endireitou-se.

— Oi, sr. Grant. Há quanto tempo. Como vai?

A voz dela mudou de modo sutil, mais aguda. Olivia a olhou de lado e notou Margot mordendo o lábio inferior, parecendo nervosa.

— Tudo indo. Mantendo-me ocupado.

— Espero que não ocupado demais — interveio Olivia.

O suspiro de seu pai foi exagerado, pesado.

— Está vendo com o que preciso lidar, Margot? Você não aporrinha seus pais assim, não, né?

Margot riu.

— Geralmente são eles que me aporrinham, senhor.

O pai de Olivia riu.

— Do jeito que deveria ser. Nossa Livvy se preocupa demais.

Olivia revirou os olhos.

— O que você manda, pai?

— Não muito. Só não tinha notícias suas há alguns dias.

Alguns dias? Não podia ser. Ela conversara com ele pela última vez na… Deus, já tinham mesmo se passado alguns dias. Pelo menos quatro; embora ela tentasse ligar dia sim, dia não, se não diariamente, para pelo menos um oi rápido.

— O casamento tem me mantido bastante ocupada, na verdade. — Isso e Margot, mas seu pai com certeza *não* precisava de tantos detalhes. — O vocalista da banda que contratamos para a recepção foi levado às pressas para o hospital ontem com apendicite. Ele está bem, mas ficamos sem banda, é claro, então tive que fazer algumas ligações para encontrar um DJ…

— Livvy — interrompeu o pai. — Tudo bem. Só pensei em te ligar primeiro para variar. Vê se não deixa a Margot te meter em encrencas demais.

Margot riu.

— Apenas encrencas do melhor tipo, senhor.

O pai de Olivia soltou uma risada e, se Olivia não estivesse dirigindo, teria afundado no banco, morta de vergonha. Ela estendeu a mão para a saída de ar, apontando-a diretamente para o rosto.

— Bom, bom. É isso que gosto de ouvir. Livvy precisa de um pouco de diversão na vida.

— Pronto, começou — murmurou Olivia baixinho, mas ainda alto o suficiente para o pai ouvir pelos alto-falantes, porque só o fez rir ainda mais.

E Margot, a traíra que era, juntou-se ao coro, gargalhando e compactuando:

— Eu não poderia concordar mais.

Margot tirou a mão do console central e apertou a coxa de Olivia. Ela manteve a mão ali, o mais casualmente possível, como se fosse normalíssimo o ato de deixar a mão na perna da outra. Olivia ainda questionava sua realidade, sua vida agora que Margot estava presente e a tocava. Talvez fosse diferente para Margot, mas ela ainda não se acostumara ao toque dela. Nem tinha certeza se queria.

Olivia limpou a garganta.

— Você tinha uma consulta marcada, certo? Com seu cardiologista? Como foi?

— Está tudo bem. Meu colesterol, minha pressão arterial, tudo.

Bem. Ela torceu o nariz.

— O que *bem* significa? E seus triglicerídeos, eles ainda estavam…

O pai a interrompeu com uma risada.

— Livvy, relaxe. O médico disse que estou forte como um touro.

Ela franziu os lábios.

— Antes ou depois da tourada?

Margot tapou a boca com a mão livre, abafando o riso.

— Meu Deus, garota. Você é fogo. Estou *bem.* Eu diria se não estivesse.

Olivia afrouxou o aperto mortal no volante, se esforçando para engolir o nó na garganta.

— Promete?

O aperto de Margot em sua coxa aumentou.

— Prometo — disse ele, parecendo sincero o suficiente para que Olivia voltasse a respirar. — Olha, só liguei para saber como você está e também para avisar que vou pescar em Nolan Creek com uns colegas do trabalho. Chegamos lá na sexta e só voltaremos na quarta. Não sei como será o sinal e não estarei com o celular quando estiver na água. Só queria que você soubesse para não ficar preocupada.

— Certo. Cuidado. E divirta-se.

O pai riu.

— Obrigado. Boa sorte com o casamento. Tenho certeza de que será fantástico.

— Obrigada, pai.

— Bom falar com você, Margot. Não deixe a Livvy trabalhar demais.

Margot sorriu.

— Pode deizar, sr. Grant. Divirta-se na pescaria!

— Tchau, pai. Eu te amo.

— Também te amo, garota. Até mais.

Olivia encerrou a ligação pressionando o polegar no volante.

— Ele parece bem — opinou Margot.

Olivia soltou o fôlego e assentiu.

— Aham.

Margot passou o polegar pela costura lateral da calça de Olivia, o calor da palma da mão penetrando no tecido.

— Não sei se é impressão minha, ou se é o fato de que você está acima do limite de velocidade, mas estou sentindo que você não está totalmente de boa.

— Merda. — Olivia desacelerou. — Desculpe.

— Quer conversar?

Olivia estufou as bochechas.

— Estou me sentindo mal por não ter ligado para ver como ele estava. Eu sempre ligo, mas, com tudo que está acontecendo, eu esqueci.

— Ele pareceu bem. Definitivamente não parecia chateado.

— Não, mas...

— Sem *mas*. Seu pai não gostaria que você se sentisse culpada por viver sua vida, Liv. — Margot tirou o telefone de Olivia do porta-copos e o sacudiu com força. — E se bem me lembro, ele me encarregou especificamente de garantir que você se divertisse. Então é isso que vamos fazer. Vamos nos divertir muito, celebrar a união de Annie e Brendon, e *você* vai relaxar. Ouviu?

Olivia respirou fundo e sorriu.

— Posso tentar.

Uma hora depois, Brendon as recepcionou no saguão do hotel com um sorriso caloroso.

— Ei, vocês chegaram!

— Pegamos um pouco de trânsito — disse Margot. — Tudo engarrafado.

— Acho que rolou um acidente — acrescentou Olivia, ajustando a alça da pesada bolsa de mão para não interromper a circulação em seu braço. — Ouvimos sirenes.

— É a neve — disse Brendon, gesticulando para o seguirem enquanto avançava pelo saguão e por um longo corredor. — Que bom que o Luke tem pneus próprios para neve, senão acho que não nos deixariam entrar no Snoqualmie Pass.

— Luke? Quem é Luke? — Margot franziu a testa. — Eu conheço algum Luke?

Brendon riu.

— Meu amigo da faculdade, Luke. Já falei dele antes.

Margot torceu o nariz adoravelmente e ajustou o aperto na caixa de cerveja que trouxera, sua contribuição para o fim de semana, cortesia da cervejaria da qual Ah Meus Céus era parceira.

— Hum.

— Tenho *certeza* de que já falei. — Brendon pareceu hesitar. — Calma, não?

— O nome parece meio familiar…

— Éramos colegas de quarto no primeiro ano. Acho que contei sobre quando ele encolheu sem querer todas as calças que tinha na máquina de lavar e foi para a aula vestindo um terno de três peças?

Um lampejo de reconhecimento passou pelo rosto de Margot, seus olhos se arregalando levemente por trás dos óculos.

— Ah, *esse* Luke. Ok, sim, mencionou.

Pelo menos Olivia não seria a única integrante nova na viagem, a estranha enquanto todos já estavam familiarizados entre si.

— Ele é padrinho, certo?

Margot ficou surpresa.

— Para tudo. *Padrinho?* Achei que era só eu e o Jian, seu colega de trabalho.

Brendon pôs a mão na nuca, parecendo envergonhado.

— Merda, não me diga que esqueci de te contar…

O cabelo de Margot roçou as laterais de seu pescoço quando ela balançou a cabeça bruscamente.

— É a primeira vez que ouço falar de outro padrinho.

— Eu não sabia se ele conseguiria vir. *Ele* mesmo não sabia se conseguiria. Estava em Minsk nos últimos meses tratando pacientes com tuberculose multirresistente. — Ele sorriu por cima do ombro. — Médicos Sem Fronteiras.

Olivia ergueu as sobrancelhas.

— Impressionante.

— Não é? — Brendon assentiu e parou em frente a um conjunto de elevadores. — Enfim, algumas semanas atrás ele me avisou que ia conseguir tirar uma folga. Acho que, com o incêndio na primeira locação e todos os novos planos, acabei me esquecendo de contar. Mesmo assim, ele não achava que conseguiria vir até sexta-feira, mas encontrou um voo mais cedo e chegou aqui ontem à noite.

Margot deu um murmúrio pensativo.

— Quanto tempo ele vai ficar por aqui?

— Uma semana — disse Brendon, apertando o botão de subir. — Ele retorna para a Bielorrússia e fica mais algumas semanas para terminar o rodízio, depois volta para casa de vez. Vai ser bom ter ele de volta. — Seu olhar passou entre as duas, o sorriso ficando mais largo, demorando-se curiosamente em Olivia. — Acho que você vai gostar muito dele.

Espere. Olivia olhou para Margot, depois para Brendon, e apontou para o próprio peito.

— Eu?

Brendon segurou a porta aberta do elevador, permitindo que os passageiros que estavam nele saíssem antes de gesticular para que ela e Margot entrassem.

— Sim. Ele é ótimo. Engraçado, atencioso, leal. — Seu sorriso ficou torto. — Solteiro.

Olivia se sentiu enjoada, e não tinha nada a ver com a subida do elevador. Ela olhou para Margot em busca de socorro, mas Margot estava olhando para o celular, rolando a tela, o semblante sem dar uma única pista sobre o que se passava em sua cabeça. Olivia engoliu em seco.

— Hum.

Uma coisa era manter o relacionamento delas em segredo. Olivia não sabia como chamar aquilo; *ficada* parecia desprezível, *amizade* não abrangia totalmente o escopo do que estavam fazendo. Situação, talvez? Estava tudo um pouco confuso, indefinido. Ela não era fã de ter que fingir que não queria beijar Margot ou pegar sua mão, de ter que reprimir todos os seus impulsos. Mas entendia a posição de Margot ao não querer que seus amigos, Brendon em particular, se intrometessem.

No entanto, lá estava ele, se metendo mesmo assim, apenas não da maneira que as duas previram.

E Margot não ajudou em nada. Será que não se importava com Brendon tentando arrumar alguém para ela? Olivia segurou firme no corrimão de aço inoxidável do elevador, sentindo a cabeça girar, meio tonta.

Essa situação era tão casual que nem era exclusiva?

— Sem pressão — acrescentou Brendon, se balançando sem sair do lugar, as mãos enfiadas no bolso da frente do moletom, a imagem da neutralidade. — Prometo que não é uma armação. Mas acho que vocês dois podem se dar bem, só isso.

O elevador parou no quinto andar. Margot foi a primeira a sair, passando pelas portas assim que abriu-se um espaço. Olivia franziu a testa e foi atrás, ansiosa para perguntar o que ela estava pensando.

O problema é que ela não podia. Não era o momento certo, com Brendon ao lado, os passos diminuindo diante da suíte no final do corredor.

Ele mexeu no bolso de trás para pegar o cartão do quarto. O sensor na porta piscou verde quando ele passou o cartão, a fechadura fazendo um leve zumbido seguido por um clique.

— Todos os nossos quartos ficam no mesmo andar, no mesmo corredor, todos contíguos — informou, abrindo a porta e, com um aceno de mão, gesticulou para que entrassem na suíte maior que ele dividia com Annie.

Os três pararam diante de uma entradinha onde havia vários pares de sapatos amontoados, como se tivessem sido jogados fora e esquecidos. Dois casacos pendurados no armário, a porta de correr aberta. Na primeira porta à direita, um banheiro, e à esquerda, outra porta ligeiramente entreaberta. Brendon assentiu para a porta fechada e tirou mais duas chaves do bolso, olhando para cada uma antes de passar uma para Margot e a outra para Olivia.

— Fiquem à vontade para trancar a porta, é óbvio. Por enquanto estamos mantendo todas abertas, achei que seria conveniente enquanto ainda estamos todos acordados. Darcy e Elle estão bem ali, depois Margot, Olivia, Luke e por último temos Katie e Jian.

Margot soprou o cabelo do rosto, mantendo os lábios franzidos mesmo depois que os fios se acomodaram.

— Legal.

— Katie? — perguntou Olivia, não reconhecendo o nome.

— Esposa do Jian. Se casaram ano passado — explicou Brendon. — Ambos trabalham comigo.

Olivia assentiu, arquivando todos os nomes e parentescos.

— Entendi.

Uma risada ecoou do final da suíte. Brendon apontou com o polegar por cima do ombro.

— O pessoal está no pátio. Acendemos a lareira e vamos assar uns marshmallows. Passa isso para cá. — Ele estendeu a mão para a caixa de cerveja de Margot, que sorriu, agradecida. — Abrimos uma garrafa de champanhe e Elle e Darcy trouxeram vinho, então isso completa bem nosso cardápio de bebidas.

— Por favor, me diga que há comida. — Margot apertou a barriga. — Tirando os marshmallows.

— É claro. — Brendon recuou, sem pressa. — Tem chocolate também.

Margot franziu a testa e Olivia sentiu sua dor. Com o trânsito, as duas perderam o jantar e, embora tivessem atacado os biscoitos que fizeram na noite anterior, aquilo não era *comida*.

— Brincadeira. — Brendon sorriu. — Temos batatas fritas e petiscos, mas, se quiserem, podem pedir serviço de quarto.

— Ele indicou as malas com um aceno de cabeça. — Podem deixar suas coisas aqui por enquanto ou se acomodar primeiro. Todo mundo se trocou para algo mais confortável depois do jantar, mas vocês que mandam.

Brendon desapareceu ao dobrar o corredor, deixando-as a sós na entrada da suíte.

Olivia subiu a alça da mochila pelo ombro e olhou para o que estava vestindo.

— Acho que vou tirar essa calça jeans.

Margot deu um sorrisinho e lançou um rápido olhar para o corredor antes de se aproximar de Olivia, emanando calor do corpo.

— Precisa de ajuda?

— Você está oferecendo? — perguntou Olivia, um calor envolvendo as laterais de sua mandíbula.

Margot concordou cantarolando e enfiou um dedo no cós da calça jeans de Olivia, bem perto do botão, esticando o tecido e o afundando suavemente na carne. Ela se inclinou e passou os lábios pela orelha de Olivia, o hálito quente disparando um arrepio pelas costas.

— Talvez mais tarde.

Olivia fechou os olhos e gemeu baixinho.

— Você é tão sádica.

Margot beijou seu rosto, os lábios demorando-se, arrastando-se até o maxilar de Olivia.

— Mais tarde — prometeu, tirando o dedo da cintura de sua calça.

Olivia abriu os olhos e espantou o nevoeiro de desejo que a deixara confusa em um piscar de olhos. Ela respirou fundo e seguiu Margot pela porta até a sala contígua, tentando ignorar a súbita agitação na região entre suas coxas.

Margot largou a bolsa ao lado da cama queen e se espreguiçou, levantando os braços bem alto, subindo a barra do suéter e revelando uma faixa de pele da barriga. Ela sorriu quando viu Olivia olhando, então levantou descaradamente a barra e o tirou, ficando apenas com um sutiã preto transparente e justo que levantava seus seios, o padrão de renda acentuando suas curvas e deixando pouco para a imaginação.

Margot ergueu os olhos, subindo junto as sobrancelhas, um pequeno sorriso malicioso curvando seus lábios enquanto deslizava as alças do sutiã pelos ombros e levava as mãos às costas para abrir o fecho. O tecido caiu diante dela, seus seios seguindo sutilmente. Havia um hematoma no formato da boca de Olivia no seio esquerdo, bem ao lado do mamilo, resquício da noite anterior.

Olivia quase engoliu a língua. O barulho que escapou de sua boca foi vergonhoso, metade suspiro, metade gemido, cem por cento semelhante a um animal moribundo. Seus olhos dispararam para a porta aberta.

— Encontro você lá fora? — perguntou Margot, vasculhando sua mochila em busca de uma muda de roupa.

Olivia tropeçou nos pés ao dar um passo para trás.

— Você é terrível.

— A pior — concordou Margot com um sorriso. — Agora vai.

Só quando Olivia entrou em seu quarto é que xingou baixinho. Apesar da intenção de conversar com Margot sobre a tentativa nada sutil de Brendon de dar uma de cupido, ela se distraíra com Margot e seus seios e seu flerte e... tudo.

Mais tarde, então. A menos que não houvesse nada para conversar... Ela teria que deixar rolar.

Olivia pegou uma muda de roupa e a colocou de lado enquanto tirava a calça jeans. Quando a jogou na cama, franziu a testa. Havia um papel saindo do bolso de trás. Papel. Ela não conseguia se lembrar de ter...

Espera. Olivia pressionou os dedos nos lábios e pegou o... sim, um envelope dobrado. Era pequeno o suficiente para caber na palma da mão com espaço de sobra, um pouco amassado por ter se sentado nele, mas tinha formato de coração.

Ela o virou antes de desdobrá-lo. Não havia nenhum recado, nada escrito, mas Olivia estava longe de ficar decepcionada. O bilhete não precisava dizer nada. O próprio fato de Margot ter entrado na brincadeira, ter pensado em escondê-lo no bolso de Olivia, já dizia o suficiente.

O suficiente por enquanto.

Após se trocar rapidamente, Olivia deu uma última olhada no espelho, levantando as mangas de seu enorme suéter cor de vinho até os cotovelos. A peça ia até as coxas, o que era bom, já que as leggings que ela trouxera eram um pouco finas, menos opacas do que gostaria. Sentindo que alcançara o equilíbrio certo entre aconchegante e atraente, ela saiu do banheiro, deixou o quarto e atravessou os quartos adjacentes só de meias, seguindo o som da conversa até chegar a uma porta de vidro deslizante que alguém deixara aberta. Então saiu para o pátio, onde o grupo de oito estava reunido ao redor do fogo, um grande aglomerado em forma de U ocupando a maior parte do espaço.

— Olivia!

Todos os olhos se voltaram para ela. Envergonhada, ela sorriu e acenou.

— Oi, pessoal.

Brendon saltou do sofá e atravessou o pátio, parando ao lado dela.

— Gente, esta é a Olivia, amiga da Margot e a organizadora do casamento. Também conhecida como a responsável por evitar que Annie e eu surtássemos nas últimas duas semanas.

— Não fale por mim. — Annie piscou para ele de seu lugar ao lado do fogo. — Eu já ficaria muito feliz casando às escondidas.

Brendon gemeu.

— Annie, querida, não usamos esse termo.

Ela jogou um marshmallow na cabeça dele, acertando-o bem entre os olhos, e riu.

— Você é ridículo.

— Exatamente como você gosta.

Ele se abaixou e pegou o marshmallow do chão para atirá-lo de volta. Annie fez careta porque havia uma folha grudada no doce e jogou-o no fogo.

— Olivia, você já conheceu quase todo mundo. — Ele apontou para um homem e uma mulher aninhados na extremidade da seção ao lado de Annie. — Katie e Jian, os dois trabalham no OTP. — O casal acenou. — E esse é o amigo de quem eu estava falando, Luke.

O amigo de Brendon se levantou. Ele era atraente de uma forma bem tradicional, olhos azuis e cabelo loiro-escuro cortado rente nas laterais e um pouco mais longo no alto da cabeça. Ele sorriu os dentes incrivelmente brancos e estendeu a mão.

— Prazer. Brendon me disse que você opera milagres.

Olivia apertou a mão dele, que felizmente estava seca. Não havia nada pior do que um aperto de mão que te deixava se perguntando por que a pele da outra pessoa estava tão úmida.

— Isso é um pouco de exagero. Quer dizer, pelo amor de Deus, você é... *médico*. Eu planejo festas e você salva vidas. Se alguém aqui faz milagres...

Luke ainda não havia soltado a mão dela.

— Você realiza sonhos — ofereceu Brendon, corrigindo-a docemente. — Tenho certeza de que Annie e eu lhe devemos nosso primogênito pela mágica que você fez, organizando tudo de última hora.

— Primogênito? — *Credo.* — A menos que eu tenha lido errado, isso não estava no nosso contrato.

Do outro lado do pátio, numa das extremidades do grupo, Margot riu pelo nariz.

— Enfim, esse casamento não estaria acontecendo se não fosse você — disse Brendon.

Luke finalmente soltou sua mão e se sentou de volta com um sorriso descontraído.

— Não é nada de mais. É meu trabalho. — Olivia puxou a barra do suéter. Ela ultrapassara em muito sua cota de tempo sob os holofotes por um dia. — Falando nisso, temos *mesmo* Wi-Fi nos quartos, certo?

— Nada de trabalhar esta noite — disse Margot, erguendo as sobrancelhas. — Lembra?

Certo. *Relaxar.*

Brendon praticamente a empurrou em direção ao grupo.

— Margot tem razão. Nada de trabalho por hoje.

— Mas preciso saber se o novo DJ recebeu a lista que vocês…

— Amanhã de manhã você vê isso. Por ora, senta aqui. — Ele a conduziu até a almofada vazia ao lado de Luke. — Vou pegar algo para você beber.

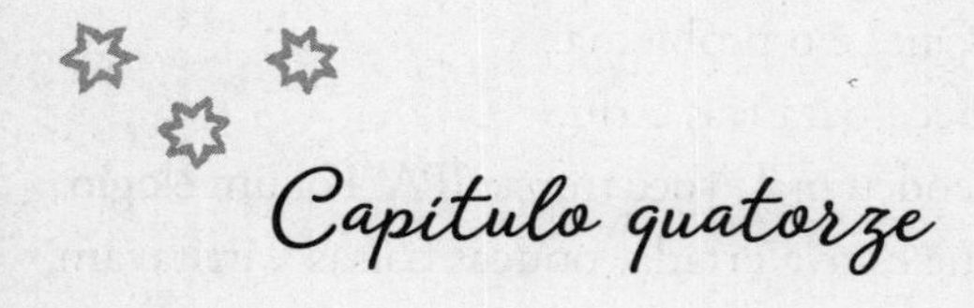

Capítulo quatorze

Não é uma armação, meu ovo.

Margot descascava o rótulo de sua cerveja quando Luke se levantou e deu um tapinha no ombro de Brendon.

— Deixa comigo. — Luke virou-se para Olivia e sorriu. — O que você quer?

Olivia ajeitou o cabelo atrás da orelha e respondeu:

— Ah, hum, acho que vou ficar na cerveja.

— É para já.

Luke piscou e foi direto para a mesa onde estavam os lanches. Ele inclinou a caixa de cerveja de lado para ler o rótulo e riu baixinho. Depois olhou por cima do ombro para o grupo, estreitando os olhos.

— Ok, quem é o cervejeiro aqui?

— Quem é *o quê*?

Brendon apontou para Margot com o espeto de marshmallow que estava segurando.

— Foi Mar quem trouxe a cerveja.

Luke recostou-se na grade ao lado da mesa e cruzou os tornozelos, apontou o dedo para Margot e fez um som de reprovação.

— Eu devia ter adivinhado.

O que ele queria dizer com *aquilo*?

— É só *cerveja*. Qual é o problema?

Luke jogou a cabeça para trás e riu.

— Não, você entendeu mal. Você trouxe IPA. Foi um elogio.

Além de ouvir que estava errada, poucas coisas a irritavam mais do que ouvir que não havia entendido alguma coisa. *Você entendeu mal.* Talvez ele não tenha sido claro. Margot sorriu com os dentes cerrados.

— Ah, tá.

— Mas tenho que perguntar. — Luke tirou uma garrafa da caixa e a levantou. — Você realmente *gosta* de IPA, ou foi a primeira cerveja artesanal que experimentou e resolveu ficar só nela mesmo?

Espera aí, o cara tinha acabado de *insinuar* que ela não tinha opinião? Puta merda. Margot abriu a boca…

— Temos uma parceria com essa cervejaria — esclareceu Elle com um sorriso. — Margot e eu. Somos as pessoas por trás do Ah Meus Céus.

— Astrologia, né? — Luke estalou os dedos em reconhecimento, assentindo rapidamente. — Sabe, eu adoraria ver uma análise demográfica demonstrando a correlação entre pessoas que preferem variedades populares de cerveja artesanal e aquelas que caem nessa de astrologia ocidental moderna.

Caem nessa? O sangue de Margot ferveu. Que monte mais condescendente de merda.

Quando a pálpebra esquerda de Elle tremeu, Brendon estremeceu, mas Margot respirou fundo. Ela não ia morder a isca, ela não ia morder a isca, ela *não* ia morder a isca, por mais que aquele sujeito estivesse implorando.

— Pena que eu e a Elle somos muito ocupadas — devolveu Margot e, pelo canto do olho, viu Brendon relaxar os ombros de alívio por seu autocontrole.

Viu só. Margot sorriu. *Amadurecimento.*

Luke franziu a testa.

— Não acho que seria tão difícil. Dois conjuntos de dados e um simples Teste t diriam tudo o que se precisa saber. — Ele cruzou os braços. — O Teste t... Bem, na verdade, é Teste t de Student, batizado assim em homenagem a William Sealy Gosset, sob o pseudônimo *Student*. E um fato interessante: Gosset trabalhou para a Guinness. Ele desenvolveu o Teste t para evitar que cervejarias rivais descobrissem as estatísticas que a Guinness usava em sua fabricação. Portanto, seria bastante adequado usar o mesmo teste para analisar seus próprios dados sobre cerveja.

— Falando em cerveja. — Olivia sorriu incisivamente para a garrafa que Luke ainda segurava.

— Certo. — Ele riu e estudou a garrafa por um momento antes de estreitar os olhos em óbvia contemplação. — Você gosta de IPA ou prefere algo um pouco diferente? Um pouco menos amargo, talvez?

Margot franziu a testa.

Olivia se ajeitou ligeiramente onde estava e deu de ombros.

— Eu...

— Acho que ela só gostaria de beber alguma coisa ainda neste século — murmurou Margot baixinho, de modo que apenas Elle pôde ouvir.

Elle contraiu os lábios e deu uma cotovelada suave em Margot, se virando e olhando para ela com olhos arregalados e risonhos.

—... não tenho preferência, na verdade — respondeu Olivia, balançando a cabeça.

Luke colocou a garrafa sobre a mesa.

— Comprei uma caixa de Gose no mercado. Não é tão boa quanto a que se toma em Goslar, na Alemanha, mas chega perto. Uma cerveja meio frutada e ácida. Interessa?

Olivia riu sem graça e jogou as mãos para o alto.

— Claro, eu acho.

— Boa. — Luke sorriu e começou a se encaminhar para a porta. — Volto num instante.

Assim que ele saiu do alcance de sua voz, Brendon se virou para o grupo e riu, embora de maneira afetada, passando a mão pelo cabelo.

— Acho que ele está nervoso. Meio deslocado, sabe?

— Todos nós já passamos por isso — disse Annie, ao que Olivia assentiu.

O papo continuou: Brendon incluiu Olivia em uma conversa com Katie e Jian, e Annie e Darcy falavam baixinho, com a cabeça bem próxima, cada uma com sua taça de vinho.

Elle pigarreou silenciosamente e prendeu o cabelo atrás da orelha, os dedos permanecendo na lateral do rosto, o brilhante em seu anelar cintilando sob a luz do luar.

— Jesus. — Margot deu um tapa na testa. — Porra, Elle, me desculpe. Puta merda.

Ela puxou a mão de Elle, movendo-a de um lado para o outro e suspirando quando a luz incidia nas facetas, refletindo um arco-íris brilhante no moletom de Elle.

— Nossa, Darcy foi com tudo.

— Né?

Elle riu e levantou a mão, mexendo os dedos, e Margot meio que adorou que o esmalte de Elle estivesse lascado, que ela não tivesse se preocupado em consertá-lo só porque tinha uma aliança para exibir. Tão Elle.

— Você falou alguma coisa sobre se casar no inverno, não foi?

Seus olhos se voltaram para a porta do pátio. Luke estava voltando com uma garrafa de cerveja em cada mão e indo direto para Olivia. Ele entregou-lhe uma garrafa, inclinou-se e sussurrou algo em seu ouvido, depois bateu o gargalo contra a garrafa dela com uma risada, que Olivia retribuiu.

— Você e Darcy já… hum… conversaram sobre…

— A data? — perguntou Elle, os olhos enrugados nos cantos. — Um pouco. Nada definido. Estamos meio divididas. Dezembro é um mês importante para a gente, mas também é um período agitado, e será que *realmente* quero organizar um casamento perto das festas de fim de ano? Não sei. Em um mundo ideal, eu gostaria de evitar janeiro. Não que eu tenha algo contra o mês, mas Vênus estará retrógrado do dia primeiro ao dia 29, então…

— Sim, provavelmente não é má ideia evitar isso, se puder.

Luke ocupou a almofada vazia ao lado de Olivia, perto o suficiente para que as coxas de ambos se tocassem. Ele pegou o saco de marshmallows do chão e ofereceu a ela com um largo sorriso.

— Marshmallow?

— Obrigada.

Olivia sorriu.

—… *definitivamente* quero evitar a semana do Natal, sabe? — continuou Elle.

Margot assentiu.

— Ahã.

Luke passou um palito para Olivia, segurando as cervejas enquanto ela espetava o marshmallow e o colocava no fogo.

—… não é como se Darcy ou eu tivéssemos tantos parentes que precisem vir de avião, mas tenho meus primos em Nova Jersey, e minha mãe seria capaz de ter um ataque se eu não os convidasse, sabe? E os voos ficam mais caros no fim do ano, então tem *isso*…

Luke disse algo que fez Olivia rir, dessa vez com tanta força que ela jogou a cabeça para trás, o cabelo dourado caindo sobre os ombros e pelas costas, o gorro escorregando e os olhos fechando. Luke mordeu o lábio, encarando-a abertamente.

Margot estreitou os olhos. Até aquele momento o cara fizera muito pouco para cair nas boas graças dela.

Olivia, por outro lado, parecia estar devorando tudo. Literalmente.

Quando um fio de fumaça escura saiu da crosta preta do marshmallow que Olivia queimou por engano, Luke assobiou.

— Toma.

Ele entregou a Liv um marshmallow marrom-dourado já escorrendo por entre dois biscoitos.

— Pode ficar com o meu.

— Ah. — Olivia aceitou com um sorriso. — Obrigada.

— Espera, você está com uma coisinha…

Luke estendeu a mão, limpando uma mancha de chocolate do canto do lábio inferior dela.

Sério?

Olivia não era criança. Ela sabia limpar a própria boca.

Luke sorriu carinhosamente e colocou o polegar na própria boca com uma piscadela.

Olivia abaixou o rosto, as bochechas adquirindo um tom escuro de rosa.

— Hum, obrigada.

— A seu dispor.

Margot revirou os olhos. Tinha como o cara ser *mais* clichê?

— Terra para Margot. — Elle estalou os dedos e franziu a testa. — Ouviu o que eu disse?

— Claro que sim. Você disse a coisa sobre as coisas, hum…

— *Merda.* Margot estremeceu. — Desculpe?

Elle pareceu preocupada.

— Você está bem?

— Eu? — Margot zombou. — Por que não estaria?

Elle baixou os olhos e torceu a haste da taça de vinho entre os dedos.

— Não sei. Você tem parecido meio... estranha ultimamente.

— *Estranha.*

— Estranha. — Elle roeu a unha do polegar. — Olha, eu sei que casamentos não são muito a sua praia, então, se não quiser ser minha madrinha, posso convidar...

— Ei, ei, *pera lá.* — Margot levantou as mãos, interrompendo Elle antes que ela pudesse terminar aquela afirmação verdadeiramente absurda. — Se não você pode convidar *quem*?

Margot sentiu um aperto no fundo da garganta. A ideia de ser substituída, de alguma prima aleatória de Elle tomar seu lugar e ficar ao lado dela justo no seu dia mais especial, estava tão fora do reino do aceitável que todo o corpo de Margot rejeitou a ideia, os músculos enrijecendo.

— Você não precisa convidar ninguém, Elle. Eu... estou dentro. Dentraço.

Ela seria a madrinha mais entusiasmada que Elle já tinha visto. Margot se tornaria expert no Pinterest, a rainha dos projetos faça-você-mesmo e da elegância rústica — seja lá o que aquilo significasse —, com direito a velas em potes de vidro e frases inspiradoras de autores desconhecidos. Ela tatuaria VIVA, RIA, AME na bunda se fosse para deixar Elle feliz.

— Que bom, porque não tenho ninguém em mente além de você, e mesmo que tivesse... — Seu sorriso vacilou. — Não há ninguém que eu preferiria como minha madrinha.

Ferrou. A visão de Margot ficou turva, os olhos se enchendo de lágrimas. Ela arrancou os óculos e os jogou na almofada, beliscando em seguida a ponte do nariz.

— Merda, Elle. Você vai me fazer borrar meu delineador. Tem noção do quanto eu me esforcei para deixar os dois lados iguais?

— Ei. — Elle cutucou Margot amistosamente com o joelho. — Eu não queria forçar a barra, mas… o que está rolando com você, Mar?

Margot abriu a boca…

— E por favor não diga *nada*, porque é óbvio tem alguma coisa acontecendo.

Margot estufou as bochechas. Sua desculpa estava descartada, então.

Elle se aproximou e baixou o tom de voz para um sussurro.

— Tem a ver com a Olivia?

Margot recuou.

— O quê? — Na tentativa de disfarçar a voz embargada, Margot gargalhou. — Por que teria algo a ver com a *Liv*?

Elle a olhou com um sorrisinho e um olhar sagaz. O espaço entre as omoplatas de Margot coçou e a fez rolar os ombros para trás.

— Não sei. — Os lábios de Elle se curvaram em um sorriso irônico. — Talvez porque você não para de olhar para o Luke como se quisesse arrancar os olhos dele ou como se estivesse pensando em maneiras novas e criativas de torturá-lo.

— Não há necessidade de reinventar a roda — murmurou Margot baixinho. — Ou a forca.

Elle a encarou boquiaberta.

— Brincadeira. — Margot bufou. — Cem por cento zoação.

Elle ergueu as sobrancelhas.

— *Tá bom.* Noventa e nove por cento zoação, e esse um por cento desejando que ele pise descalço em uma peça de Lego.

Elle suspirou.

— Margot.

— *Affe.* Precisamos mesmo falar sobre… — Ela gesticulou vagamente, inclinando a garrafa de cerveja para a frente e para trás entre elas —… *isso*? O que estou sentindo não…

Margot sentiu um aperto no peito, uma onda de pânico ao observar Luke e Olivia por trás das chamas da fogueira. As pernas deles estavam apontando uma em direção à outra, os joelhos se tocando, e Olivia falava e gesticulava, animada quando respondia às perguntas dele, seu rosto corado se iluminando cada vez que ela ria.

Margot mordeu o lábio.

Porra.

O que ela estava sentindo?

Sentimentos.

Margot não devia *ter* sentimento algum, não dos que brotam *do peito*. Mas puta merda, *estava* rolando todo tipo de coisas ridículas dentro do peito dela naquele momento, contrações e palpitações e o coração golpeando o esterno como um aríete.

Que merda. Aquilo era para ser só *sexo*. Era para ser casual. Sentimentos não estavam no menu. Sentimentos eram estritamente proibidos; aquele era o ponto principal. Uma amizade colorida com satisfação garantida, só a parte boa de uma relação, as recompensas sem os riscos, era como assobiar e chupar cana.

Não era como se o sexo não fosse maravilhoso. Sexo com Olivia era… Palavras não faziam jus. Alucinante, arrepiante, *incrível.* Mas Margot queria mais.

Ela franziu a testa quando Luke disse algo que fez Olivia empurrar o braço dele de brincadeira. Ela queria *aquilo*. Sentar ao lado de Olivia, descansar a mão na coxa de Olivia, ser a pessoa que dá marshmallow para Olivia, ser a pessoa que faz Olivia rir. Ser *a* pessoa. A pessoa de Olivia.

Nem Luke, nem Brad, nem ninguém. *Ela.* Margot queria que fosse ela ao lado de Olivia.

Ela podia imaginar perfeitamente.

Acordar ao lado de Olivia todas as manhãs. Adormecer ao lado dela todas as noites.

Como seria fácil deixar esses sentimentos crescerem, deixar-se apaixonar por Olivia, apaixonar-se por ela *de novo*.

Mergulhar fundo.

E como seria horrível dizer a Olivia que ela queria mais, abrir seu coração frágil, expor todos os seus muitos sentimentos confusos, apenas para ouvir uma recusa educada. As coisas entre elas se tornariam constrangedoras, ambas dividindo um apartamento de sessenta e cinco metros quadrados, suas vidas emaranhadas de formas novas. Só para morrer de dor cada vez que Olivia entrasse em casa e prender a respiração cada vez que saísse, imaginando quando chegaria a hora de ela ir embora e nunca mais voltar, os sentimentos de Margot grandes demais, consumindo todo o oxigênio, impedindo que as duas coexistissem no mesmo espaço.

Como seria difícil se recompor.

A história se repetia e ela era uma grande idiota por deixar isso acontecer, acreditando que Olivia algum dia a escolheria, que algum dia desejaria Margot tanto quanto ela a desejava.

Margot tomou um gole da cerveja, a garrafa tremendo um pouco quando a colocou de lado.

— A minha vibe simplesmente… não bateu com a do Luke, ok?

Elle fez uma careta, torcendo o nariz.

— Sua *vibe* não bateu com a dele?

— Aham. — Margot cruzou os braços e olhou através do fogo. — Tipo, o que a gente *sabe* sobre ele na real? E se o nome verdadeiro dele nem for Luke?

Elle riu.

— Ok, Margot. Tenho certeza de que se o Brendon, colega de quarto na faculdade e *amigo* do cara, acha que o nome dele é Luke, provavelmente é Luke.

— Pode ser abreviação de alguma coisa — argumentou. — O nome dele pode ser... não sei... — Margot teve um branco. De onde diabo viria um nome como Luke? — *Luketh.*

Elle perdeu tudo, rindo com tanta força que derramou vinho no chão. Darcy jogou de leve um guardanapo nela, fazendo biquinho.

Margot estava angustiada. Ela queria isso, alguém que olhasse para ela com aquele misto de irritação e carinho quando ela estivesse sendo totalmente ridícula. Alguém, não. *Olivia.*

— Você quis dizer *Lucas*?

Elle apertava a barriga, tentando, em vão, segurar o riso. Os olhos de Olivia percorreram o pátio, seus lábios se curvando em um sorriso quando seu olhar encontrou o de Margot.

Margot baixou a cabeça, o rosto pegando fogo de uma forma que não tinha nada a ver com o calor da fogueira. Seu coração batia desordenadamente e seu estômago estava embrulhado. Como ela não previu isso, era uma incógnita. Ela não *desejou* prever isso. Se tivesse parado um minuto para pensar de fato, teria previsto? Era inevitável. A partir do momento em que Olivia a beijou — droga, a partir do momento em que Margot a convidou para morar com ela —, tudo isso estava fadado a acontecer.

Casual nada mais era do que uma garantia fraca contra o inexorável e, como ondas batendo contra uma rocha, era uma mera questão de tempo até que seus sentimentos a desgastassem, enfraquecessem sua determinação, até que os furos começassem a se abrir, transbordando seus sentimentos onde não pertenciam. Ela poderia tapar os buracos, mas sempre apareceria um novo.

Quando se tratava de Olivia, Margot não sabia fazer nada além de *mergulhar de cabeça.*

— Preciso te dizer que você está sendo ridícula ou você já sabe e só está sendo difícil? — disse Elle.

Margot fungou. Segunda opção.

— Só estou dizendo que o Luke é tipo... um sósia daqueles filmes piegas de sessão da tarde com seu sorriso perfeito e cabelo perfeito e um trabalho que envolve literalmente salvar a vida das pessoas e... e esses *ombros*.

Elle piscou.

— Está chateada por ele ter ombros?

— Ombros *largos*.

— Ah. Um esclarecimento importante. — Elle mordeu o lábio. — Você sabe que pode conversar comigo, não sabe?

Margot olhou para ela de soslaio.

— Estou conversando. Meus lábios estão se movendo, minha boca está emitindo sons.

— Mas você não está *de fato* dizendo nada.

Margot não tinha como discutir. Elle tinha razão.

— Certo. — Margot deu uma olhada rápida ao redor para garantir que todos estavam suficientemente ocupados com as próprias conversas, que ninguém ouviria. Sua confissão era apenas para os ouvidos de Elle. — Minha amizade com a Olivia pode ser um pouco mais complicada do que fiz todos acreditarem em um primeiro momento.

— Ah, não me diga? — ironizou Elle.

Margot a empurrou.

— Shhh. Depois eu conto mais, ok? Eu não... O foco dessa viagem é o casamento da Annie e do Brendon e, *olá*, o seu noivado. São duas coisas enormes e aqui estou eu, agindo como se o mundo girasse ao meu redor e dos meus sentimentos.

— Você *nunca* age como se o mundo girasse ao seu redor, Mar. Acho que falo por todos nós quando digo... Oi, Brendon.

— Ei.

Brendon se agachou, apoiando os braços nas costas do sofá atrás delas. Ele apontou o queixo para Luke e Olivia e sorriu.

— Eles parecem estar se dando superbem, né?

Um buraco se formou no estômago de Margot.

— Não sei.

Ele franziu a testa.

— Como assim?

Margot ergueu um ombro, tentando fingir indiferença para Brendon.

— Não estou achando muito.

— Hum. — Ele franziu ainda mais o cenho. — Sério?

Elle assentiu depressa.

— Total. Estou sentindo uma vibe superplatônica.

Do outro lado do pátio, Luke se inclinou, sussurrando no ouvido de Olivia, cujo rosto ficou rosa. Margot achou que ia vomitar, o estômago embrulhado e um nó azedo se formando na garganta. Brendon, inteiramente alheio a seu turbilhão de emoções, sorriu com presunção e se levantou.

— Não sei, não. Para mim eles parecem ter uma senhora química.

Ele bateu os nós dos dedos nas costas do sofá e voltou para junto de Annie, que se aninhou ao seu lado assim que ele se sentou.

Uma senhora química? O queixo de Margot tremia quando ela se inclinou para a frente, tirando o celular do bolso.

Talvez Luke tivesse cabelo perfeito, dentes perfeitos e um emprego perfeito — todos pontos a seu favor —, mas ele tinha um gosto questionável para cerveja, e nem morta Margot deixaria um sósia do Ryan Gosling estragar o que ela tinha com Olivia. Podia não ser tudo o que ela queria, tudo o que desejava, tudo o que seu coração ganancioso ansiava, mas o que elas tinham era alguma coisa.

E alguma coisa com Olivia Grant sempre seria melhor do que nada.

Margot apoiou a boca da garrafa de cerveja no lábio inferior e passou o dedo na tela.

MARGOT (23h03): Qual é o meu recorde? Quatro?

Margot deixou o celular sobre a coxa, com a tela voltada para baixo, e fingiu interesse na conversa que acontecia ao redor. Jian estava falando sobre algo que acontecera no trabalho, zoando levemente Brendon, que aceitou como um lorde, rindo com todos os outros. Margot riu quando todos os outros riram, concordou quando todos concordaram, tudo sem prestar atenção de verdade, porque observava Olivia pelo canto do olho.

Quando Olivia tirou o celular do bolso e olhou para a tela, levantou os olhos brevemente na direção de Margot, que tomou mais um gole e fingiu estar entregue à conversa. Então seu celular vibrou.

Olivia (23h05): Recorde de quê?

Os lábios de Margot se contraíram.

MARGOT (23h06): Vezes que te fiz gozar em uma noite.

Do outro lado, Olivia se atrapalhou com o celular e o deixou cair no sofá. Margot mordeu o lábio, engolindo uma risada quando Luke se adiantou para pegá-lo, devolvendo-o sem olhar para a tela. O rosto de Olivia adquiriu um tom violento de vermelho que se alastrou pela mandíbula. Margot digitou rapidamente.

MARGOT (23h07): Você fica linda quando fica vermelha. A melhor parte é como fica no tom mais lindo de rosa pelo corpo todo, até a boceta.

Olivia deve ter engolido em seco, porque começou a tossir.

— Você devia beber alguma coisa, Liv — aconselhou Margot, mordendo a bochecha quando Olivia a fitou com um olhar penetrante.

A luz do fogo refletia em seus cílios loiros cada vez que ela piscava, transformando o dourado de seus olhos castanhos em um mel quente e terroso, misturado a apenas um fino anel de verde ao redor das pupilas dilatadas.

— Estou bem — assegurou Olivia, dispensando Luke quando ele tentou oferecer sua cerveja a ela, mal o olhando.

Uma centelha de satisfação ardeu no peito de Margot.

Um minuto depois, seu celular vibrou.

OLIVIA (23h09): Não é justo.
MARGOT (23h10): O que não é justo?
MARGOT (23h11): Estou te excitando ou algo assim? Fazendo você pensar sobre a noite passada?
MARGOT (23h11): Porque eu estou pensando.
MARGOT (23h12): Sua voz fica tão gostosa quando me implora para deixar você gozar. Quando me implora para te foder um pouco mais forte.
MARGOT (23h12): Prometo que serei justa, Liv.

Mesmo do outro lado do pátio, a vários metros de distância, era óbvio como as mãos de Olivia tremiam enquanto digitava. Como sua garganta oscilava convulsivamente como se ela engolisse em seco. Como seu rubor ainda não havia cedido — na verdade, havia se intensificado para um tom de escarlate. Quando Olivia passou a língua pelo lábio inferior cheio, umedecendo-o, Margot nunca quis tanto morder algo em sua vida; tanto que chegava a *doer*.

Todo o barulho ao redor — as conversas, as risadas, o estalo da lenha na fogueira — virou ruído de fundo quando Olivia levantou os olhos e encarou Margot do lado oposto, a expressão intensa e impenetrável, um precursor do texto que vibrou contra a coxa de Margot.

Com grande relutância, Margot tirou os olhos de Olivia e olhou para a tela.

Olivia (23h13): Já é mais tarde?

Olhando diretamente para Olivia, sem vontade de piscar e perder uma das microexpressões que passavam por seu rosto bonito e vermelho, Margot virou a cerveja e bebeu o que restava de um só gole. Com o gargalo da garrafa pendurado entre os dedos, ela se levantou e se dirigiu ao grupo.

— Odeio ser estraga-prazeres, mas vou indo nessa.

Todos desejaram a ela uma boa noite de sono, a conversa diminuindo enquanto outros expressavam seu desejo de se retirar também para acordar bem cedo e ir para as pistas.

Quando chegou à porta do pátio, o celular de Margot vibrou de novo.

Olivia (23h16): Não tranca a porta.

Margot sorriu.

Talvez ela não fosse a pessoa perfeita para Olivia, a pessoa que Olivia queria de corpo e alma, a pessoa por quem Olivia ansiava e com quem sonhava à noite. Mas Margot poderia dar isso a ela.

Margot poderia ser a *melhor* nisso.

Capítulo quinze

Olivia pediu licença dez minutos depois que Margot saiu do pátio.

Ela teria ido embora mais cedo, se não fosse Luke tentando convencê-la de ficar e tomar mais uma cerveja.

Nada contra Luke. Ele parecia um cara legal, simpático, charmoso, realizado. Mas Olivia não queria *legal*.

Tudo o que ela queria era Margot. As mãos em seu corpo, a boca na sua pele. Margot cumprindo o que prometeu. Margot, Margot, Margot.

Sua mente girava em loop, seu corpo pegando fogo antes mesmo de Margot tocá-la. A mera sugestão foi suficiente para fazê-la corar da cabeça aos pés. Fazê-la desejar com uma ferocidade surreal. Como se não ter as mãos de Margot sobre ela nos próximos minutos pudesse fazê-la entrar em combustão espontânea, o que parecia um pouco extremo, mas os pensamentos daquele momento não eram exatamente coerentes.

Tudo o que ela sentia por Margot era extremo, excessivo, muito rápido, e nada muito sensato, mas lá estava ela. A atitude mais inteligente que poderia ter tomado era ir embora antes que Margot percebesse que o que Olivia sentia era muito *mais* do que as duas haviam combinado, mas não conseguiu. Como se afastar de Margot quando Olivia conseguira tudo o que sempre quis… exceto o que ela *não poderia* ter? Exceto o que parecia inalcançável?

Olivia era muitas coisas, mas gananciosa não era uma delas.

Quando conseguiu entrar e chegar à porta que separava seu quarto do de Margot, Olivia já estava zumbindo, quase vibrando de necessidade, com a calcinha desconfortavelmente molhada. Ela estava sofrendo desde que Margot a provocara com a promessa de *mais tarde*, e as mensagens sugestivas não ajudaram.

Ela estava mais do que pronta para Margot cumprir sua promessa.

Assim que bateu de leve com os nós dos dedos na porta de Margot, ela se abriu por dentro. Margot estendeu a mão, puxando Olivia pela barra do suéter. Assim que a porta se fechou, Margot a pressionou contra a madeira, beijando-a imediatamente, sem necessidade de saudações.

O beijo foi doloroso; mais cheio de mordidas do que qualquer outra coisa. Margot mordeu com força o lábio inferior de Olivia, aplacando a dor com um movimento da língua, e deslizou as mãos pelas laterais de sua cintura antes de ir direto para a barra do suéter, interrompendo o beijo apenas para arrancar a peça de roupa pela cabeça de Olivia. Ela atirou o suéter para trás e quase no mesmo instante estava de volta, enterrando o rosto na lateral do pescoço de Olivia. Em seguida, passou os lábios no maxilar dela, deixando um rastro de beijos no pescoço, depois mordiscando a pele da clavícula.

Olivia ofegava no silêncio do quarto e apertava firme a cintura de Margot, os dedos cravados na faixa de pele nua que seu suéter curto revelava. Abaixo dele, ela já estava só de calcinha.

— *Meu Deus*, Margot. O que… de onde veio isto?

Margot ergueu a cabeça. Já era tarde, o quarto estava todo escuro exceto pelo brilho prateado da lua quase cheia e pelas estrelas espalhadas pelo céu como purpurina. Mas havia luz suficiente entrando pela janela para distinguir os contornos do rosto de Margot, a maior parte na sombra, exceto a ponta do nariz e a testa, a crista de uma bochecha e o brilho intenso dos olhos igualmente escuros. Ela deslizou a mão entre as coxas de Olivia e a tocou por cima da legging, pressionando com força o clitóris com a palma da mão.

Olivia sibilou e mordeu o lábio inferior.

— Está reclamando? — perguntou Margot, apertando um pouco mais.

Com o lábio ainda preso entre os dentes, Olivia balançou a cabeça.

— Tem certeza? — Margot deslizou a mão para cima, os dedos brincando com o cós da legging de Olivia antes de deslizar por baixo do elástico, descer e parar, as pontas dos dedos emoldurando o clitóris de Olivia, mas sem tocar. — Porque eu posso parar.

Olivia balançou a cabeça tão rápido que ficou tonta.

— Ótimo. — Margot arrastou os lábios de volta pelo pescoço de Olivia e a recompensou deslizando dois dedos ao longo de sua entrada antes de mergulhá-los. Um suspiro abafado escapou de Olivia e sua cabeça bateu contra a porta. — Porque estou só começando.

Olivia apertou Margot com mais força, os dedos cravando na pele macia da cintura por baixo do suéter. Ela suspirou mais uma vez quando Margot arrastou os dedos por seu ponto G.

— Você está encharcada, Liv… — Margot enterrou o rosto na curva do ombro de Olivia e pressionou os lábios acima da clavícula em um beijo angustiante de tão carinhoso comparado ao que Margot estava fazendo com ela da cintura para baixo, e em contraste com as palavras que saíam de sua boca. — Você estava pensando nisso? Pensando em sentir os meus dedos bem enterrados dentro de você? Estava pensando em mim te fodendo enquanto conversava com nossos amigos? — Ela levantou a cabeça e mirou Olivia nos olhos por baixo dos cílios. — Enquanto conversava com Luke?

Os dedos de Margot se curvaram para a frente, com força, arrancando um gemido da garganta de Olivia.

— Isso foi um sim?

Olivia ofegou quando Margot beliscou seu mamilo por cima da renda do sutiã.

— *Sim.*

Com mais um beijo na mandíbula de Olivia, Margot tirou a mão de sua calcinha, fazendo-a choramingar com a interrupção, mas manteve os dedos enganchados na cintura da legging e os usou para puxá-la até a cama, no lado do quarto menos banhado em sombras, virando-a e pressionando-a contra os lençóis.

Então Margot puxou a cintura da legging de Olivia e a desceu depressa pelas coxas e pelos pés, junto com a calcinha. Havia uma urgência no toque de Margot que nem sempre esteve ali. Vontade, também, mas isso não era novidade. A novidade era como quase parecia que Margot *precisava* de Olivia nua.

Como se Margot precisasse *dela*.

Uma pressão repentina que não existia antes surgiu no peito de Olivia, um aperto que subiu até o fundo de sua garganta e dificultou sua respiração até ela não ter escolha a não ser respirar fundo quando os dedos de Margot deslizaram por entre suas pernas e mergulharam nela de novo.

— Era nisso que você estava pensando? — Margot passou os lábios pela parte interna da coxa de Olivia enquanto seus dedos aceleravam.

Olivia arqueou as costas no colchão, tentando se firmar, agarrando lençóis que ela não conseguia encontrar, a cama ainda perfeitamente arrumada, intocada até aquele momento.

— Porra. — Ela engasgou, movimentando-se nos dedos de Margot. — *Sim.*

Margot chupou a delicada dobra de pele onde o quadril de Olivia encontrava a coxa, a olhou com as pupilas dilatadas e os lábios carnudos, molhados e vermelhos, mantendo o ritmo entre as pernas de Olivia.

— Porra, Liv. Se você pudesse se ver. Como você está linda, toda inchada e encharcada, sendo fodida pelos meus dedos.

O rosto de Olivia queimou e ela fechou os olhos, mordendo o lábio com força para abafar a série de sons que saíam de sua boca. Com uma das mãos, Olivia ainda torcia os lençóis esticados e, com a outra, massageava o seio, se beliscando através do sutiã do mesmo jeito que Margot fizera.

— Isso. — Margot mordeu a dobra da coxa de Olivia. — Toma tudo que você precisa.

A tensão foi crescendo no ventre de Olivia, o prazer mais profundo e diferente do que se Margot estivesse focada em seu clitóris. Margot acelerou o ritmo, curvando os dedos com mais força contra aquele ponto dentro dela, fazendo Olivia prender a respiração e suas coxas vibrarem incontrolavelmente.

Olivia deslizou a mão pela barriga para começar se tocar, mas parou um pouco antes de chegar lá.

— Você quer gozar? — murmurou Margot contra seu quadril, parecendo satisfeita com a demonstração de controle de Olivia.

Ela balançou o quadril e arqueou as costas.

— Demais. Porra. Por favor.

Margot deu mais um daqueles beijos precisos na coxa de Olivia, desta vez no lado oposto.

— Ainda não, querida.

Olivia pressionou as palmas das mãos nos olhos e mordeu a língua com força para não implorar. Um gemido estrangulado escapou, o eco repercutindo em seus ouvidos.

Os dedos de Margot aceleraram, levando-a cada vez mais ao limite, passando o polegar pelo clitóris inchado e negligenciado de Olivia o mais superficialmente possível. Até que a tensão que crescia dentro dela explodiu e Olivia se contraiu e desabou sob o toque de Margot.

As coxas de Olivia se uniram, prendendo a mão de Margot. Nem assim Margot parou, nem sequer deu a Olivia um segundo para se recuperar antes de reabrir suas coxas e prender com o antebraço uma das pernas contra o colchão, fodendo Olivia em meio aos espasmos secundários, direto para outro orgasmo que roubou o ar de seus pulmões e incendiou seu peito.

Demais. Com os olhos ainda fechados, Olivia estendeu o braço e empurrou de leve o ombro de Margot, que entendeu a deixa e recuou.

A sensação de um beijo suave na barriga, bem pertinho do umbigo, fez Olivia abrir um olho quando os batimentos retornaram para algo próximo do normal. Margot estava olhando para ela, permitindo-se dar um sorriso lento que fez a pulsação de Olivia acelerar e seus músculos contraírem ao redor dos dedos que ainda estavam mergulhados dentro dela. Margot mordeu o lábio, sorrindo, enquanto os removia lentamente e subia na cama. Ela passou os dedos úmidos na boca de Olivia, cobrindo seus lábios com sua própria excitação.

— Abre.

Uma respiração irregular escapou de Olivia ao entreabri-los e colocar a língua para fora, saboreando os dedos de Margot, provando do gosto intenso e um pouco doce. Margot acompanhou sua respiração, ofegando, os olhos escurecendo. Seu fôlego vacilou, soltando o ar ruidosamente. Ela pôs a mão na lateral do pescoço de Olivia, roçando com o polegar sua saboneteira enquanto se aproximava mais, cobrindo a boca de Olivia com a sua e pressionando o quadril na coxa dela.

Olivia deslizou as mãos por baixo do suéter de Margot, roçando as laterais do corpo, a parte baixa dos seios. Ela interrompeu o beijo para ajudar Margot a tirar o suéter e voltou a tocá-la em todos os lugares possíveis, incapaz de manter as mãos para si. Foi traçando um caminho desde a lombar de Margot até as laterais de seu corpo, descendo o bojo esquerdo do sutiã e fechando os lábios em volta do mamilo.

O suor escorria pela pele de Margot, pontilhando o espaço entre os seios, a cavidade do pescoço, a parte inferior da coluna, escorregadia sob as mãos de Olivia, que enganchou seu quadril para ajudá-la a se mover com um pouco mais de força.

Sons irregulares escaparam de Margot à medida que se movimentava mais depressa, em busca do próprio prazer, até estremecer e ela gritar contra o ombro de Olivia, todo o corpo trêmulo, arrebatado pelo êxtase.

Assim que recuperou o fôlego, Margot levantou a cabeça e olhou para Olivia com as pálpebras pesadas e um sorriso doce, e, por um momento angustiante, Olivia não conseguiu fazer seus pulmões funcionarem porque Margot a olhava como se fosse algo especial. Como se Olivia fosse algo que Margot quisesse manter.

Lentamente, Margot se inclinou e roçou os lábios nos de Olivia em um beijo suave que a fez apertar os dedos dos pés e sentir o sangue correr sem controle nas veias. Não havia nada da urgência do beijo anterior, quando Margot a imprensou contra a porta, mas não por isso foi menos apaixonado, tirando o fôlego de Olivia como havia feito antes. Dessa vez não houve dentes, apenas o toque suave de lábios nos lábios, a doce fricção da língua de Margot na boca de Olivia.

Ela deve ter feito um barulho, dado um suspiro, porque os lábios de Margot se curvaram, sorrindo contra os seus. Margot recuou, dando um beijo casto no lábio inferior de Olivia, e abrindo um sorriso maior, os olhos muito escuros brilhando.

— Oi.

Olivia estendeu a mão para ajeitar uma mecha de cabelo atrás da orelha de Margot antes que caísse em seu rosto e manteve os dedos na lateral do pescoço, acariciando a pele onde sua pulsação ainda batia forte.

— Oi pra você também.

Margot estremeceu e alcançou as cobertas para subi-las e formar um pequeno e caloroso casulo. O suor na pele de Olivia começara a esfriar, então ela se aninhou de bom grado sob o edredom.

Olivia subiu os pés e inseriu os dedos sob as panturrilhas de Margot. Uma risada irrompeu de seus lábios quando Margot sibilou, torcendo o nariz de uma forma que lembrava estranhamente, mas de modo *adorável*, da Cat.

— Desculpa.

Quando Margot projetou o lábio inferior para exagerar um beicinho, Olivia não se conteve. Ela aproximou a mão, traçando o contorno da boca de Margot, o arco de seus lábios, a curva sob seu nariz.

— Fofinha — sussurrou.

Um sulco se formou entre as sobrancelhas de Margot e Olivia imediatamente o alcançou para desfazê-lo.

— E pensar que eu tentei parecer sexy — admitiu Margot, piscando.

Olivia riu pelo nariz.

— Acho que tem alguma coisa no seu olho.

Margot riu e pegou a mão de Olivia, entrelaçando os dedos nos dela. Ela roçou os lábios na parte interna do pulso de Olivia e sorriu.

— É agora que você me diz que sou mais sexy quando não estou tentando?

Olivia fechou um olho.

— Espera sentada.

— Grossa.

Margot enfiou a mão debaixo das cobertas, beliscando a cintura de Olivia e fazendo-a soltar um gritinho.

— Desculpe, desculpe. — Olivia riu. — Você já deve saber que te acho *extremamente* sexy. Mesmo quando você faz beicinho e fica parecendo a Cat. E, claro, fica ainda melhor quando parece que você tem alguma coisa nos olhos.

Margot se envaideceu.

— Acho que vou aceitar.

— Então. — Olivia se enterrou mais fundo nas cobertas, rolando de lado e encarando Margot. — Você ainda não me explicou o que deu em você.

As mensagens. A incapacidade de Margot de manter as mãos longe. Como ela pareceu determinada a desestabilizar Olivia, mais resoluta do que o normal.

Margot olhou para as mãos das duas, os dedos ainda entrelaçados.

— Preciso ter um motivo? Querer você não basta?

Sim. Não. Talvez? Olivia conteve um suspiro. Ela não sabia onde estava com a cabeça, apenas esperava que Margot dissesse algo... *mais*. Mais revelador? Mais vulnerável? Algo mais próximo do que Olivia sentia. Esperava que Margot quisesse conversar a respeito. Falar sobre seus sentimentos. Se é que os tinha. Quais eram eles. A intensidade deles.

Uma coisa era certa: Olivia não queria apenas o *bastante*. Quando se tratava de Margot, ela queria *tudo*.

Ela se sentou, esticando a mão pela beirada da cama em busca do suéter, não porque estivesse com frio, mas porque já se sentia vulnerável o suficiente sem estar totalmente nua.

— Onde a senhora pensa que vai? — Margot passou o braço em volta da cintura de Olivia, puxando-a para baixo das cobertas. — Não terminei com você. Ainda.

Olivia sentiu um aperto no peito, a linha entre a dor e o prazer tênue demais.

O *ainda* poderia nunca acontecer, e mesmo assim seria cedo demais.

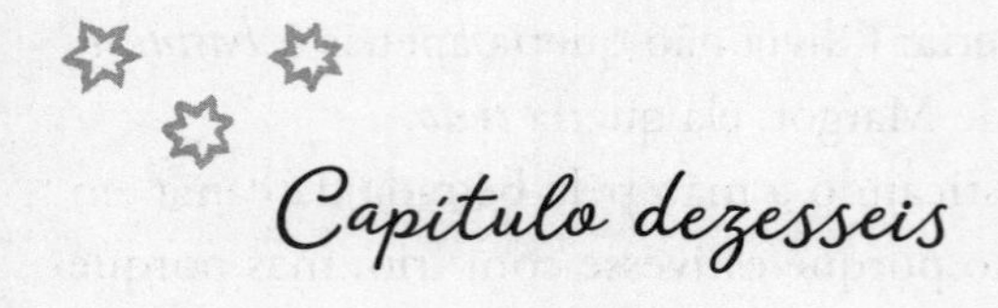

Capítulo dezesseis

Alguém bateu na porta do quarto.

Margot se afundou mais no travesseiro. *Tão cedo.* Ela estava quente, quase quente demais, o braço em volta de sua cintura…

Opa.

Margot abriu os olhos. Aquela não era sua casa. Era…

Ela repassou a noite anterior em sua cabeça de uma só vez. Chegada na pousada. Ida para o pátio. *Luke.* Mensagens para Liv. Suas coxas se apertaram. Tudo o que veio depois, até as primeiras horas da manhã.

Quem quer que estivesse na porta bateu mais alto, fazendo Olivia reclamar de um jeito adorável antes de enterrar o rosto na nuca de Margot.

Uma luz cinza infiltrava-se por uma fresta nas cortinas. Estava cedo demais para arrumação de quarto.

— *Ei, Mar? Já está todo mundo lá embaixo. Você vem?*

Merda. Era Elle.

Com os olhos ainda se acostumando, Margot tateou a mesa de cabeceira atrás dos óculos, os colocou no rosto e pegou o celular para ver a hora. 7h06. Cedo, mas não tanto quanto ela achava. Havia duas mensagens de texto e uma chamada perdida, todas de Elle.

ELLE (6h45): vamos nos encontrar para o café da manhã às 7

ELLE (6h57): mar?

Uma chamada perdida às 7h.

— Porra — resmungou Margot, arrancando outro gemido de Olivia, cujo braço apertava sua cintura.

Ela suspirou e passou os dedos pelo antebraço de Olivia.

— Liv, preciso me levantar.

Com cuidado, Margot saiu da cama, estremecendo com o chão gelado ao pisar descalça. Pegando as roupas no caminho, vestiu o suéter do dia anterior, grata por chegar até o meio da coxa, e abriu a porta, colocando a cabeça para fora, a cama visível do batente.

O sorriso de Elle se desfez.

— Ainda não está pronta?

— Hum, não. Eu… eu dormi demais. — Ela se encolheu. — Desculpe.

— Tudo bem. Quer encontrar a gente… — Os olhos de Elle se arregalaram comicamente. — Putz, foi mal. — Ela os fechou e balançou a cabeça, rindo baixinho. — Esqueci o que eu ia dizer. Você quer encontrar a gente lá embaixo?

— Pode ser. Estarei lá em quinze minutos, ok?

— Sem pressa. — Elle sorriu abertamente. — Leve o tempo que precisar.

Assim que fechou a porta, Margot baixou a cabeça e gemeu. Tudo o que ela queria era voltar para a cama com Liv e aproveitar aquela pequena bolha que elas construíram, um oásis de lençóis macios e pele ainda mais macia, a lareira emitindo um calor do qual nem precisavam, sem arder como ela ardia quando Liv a tocava, mesmo nos lugares mais inocentes. A parte interna do pulso ou a parte de trás do joelho, a lombar, um beijo na base da nuca que a derretia por completo.

— Tá tudo bem?

Margot se virou e viu Olivia sentada com o lençol enrolado em volta do corpo, o cabelo desgrenhado, olhos sonolentos, lábios inchados e rosados.

Margot apontou o polegar para trás, indicando a porta.

— Era só a Elle. Perdemos a hora, eu acho.

Olivia arregalou os olhos.

— Espera, que horas são? — Ela pegou o celular da mesa de cabeceira. — Droga. Ainda preciso olhar meu e-mail.

Olivia pulou da cama, tropeçou nos lençóis quando eles se enroscaram em suas pernas, mas conseguiu se equilibrar. Ela os chutou de lado e se abaixou, recolhendo suas roupas. Quando levantou o rosto, franziu a testa.

— Ei, você está usando meu suéter.

— Ah. — Margot abaixou o queixo e riu. Não era de se admirar a cobertura tão extensa de suas coxas. Olivia era mais alta, com o tronco muitos centímetros mais longo. — Acho que estou.

Olivia atravessou o quarto descalça, *completamente* nua, apoiou os braços nos ombros de Margot e deu um beijo rápido em sua boca que a fez estremecer.

— Fica bem em você.

As pontas das orelhas de Margot queimaram.

— Obrigada. — Ela arrastou os olhos pelo corpo de Olivia em um olhar lento e exagerado. — Talvez eu tenha que roubar suas roupas com mais frequência.

Olivia mordeu o lábio e corou, a cor se espalhando pelo peito.

— É melhor eu tomar banho e me arrumar.

O estômago de Margot escolheu aquele momento para emitir um grunhido cruel, roncando alto. Ela e Olivia riram.

— Não é má ideia. Precisamos encontrar o pessoal lá embaixo para o café da manhã.

No exato instante que Olivia recuou, as mãos caindo ao lado do corpo, Margot sentiu falta de seu calor.

— Ok. Te encontro aqui?

Margot assentiu e foi para o banheiro, tomando uma chuveirada tão rápida que deve ter batido algum recorde. Ela pulou a maquiagem e só penteou o cabelo e vestiu a primeira coisa que viu, um suéter preto simples e uma calça jeans.

Cinco minutos depois, enquanto Margot lutava com o zíper da bota esquerda, Olivia voltou, parecendo um coelhinho com sua calça cargo cor-de-rosa com isolamento térmico e um casaco de lã creme. Ela trazia nos braços uma jaqueta rosa que combinava com a calça.

Olivia juntou as sobrancelhas.

— Você vai assim?

Margot puxou as mangas.

— Vou?

Olivia mexeu no zíper da parte superior de seu casaco, baixando-o alguns centímetros antes de puxá-lo de volta até o pescoço, distraindo Margot com aquele tentador pedaço de pele.

— Certo. Pronta?

Margot deu um tapinha no bolso, conferindo se estava com a chave do quarto e o celular antes de trancar.

— A propósito, o DJ respondeu — informou Olivia enquanto entravam no elevador. — Ele está com o setlist e os pedidos de músicas do formulário que enviamos com a confirmação de presença, o que é um alívio.

— Eu te disse. — Margot chutou levemente a canela de Olivia. — Você estava se preocupando à toa.

— Tem razão. Estou só... nervosa? Tudo tem que ser perfeito.

— Nem é seu casamento, Liv. — Margot riu.

— Eu sei.

Olivia ajeitou o cabelo atrás da orelha e mordeu o lábio inferior. Margot quis estender a mão e soltar aquele lábio. Cedendo ao impulso, ela acariciou a mandíbula de Olivia, aninhando a lateral de seu rosto, e passou a ponta do polegar ao longo do lábio inferior, ofegando quando Olivia pôs a língua para fora e tocou sua pele, sorrindo maliciosamente em seguida.

Margot afastou a mão com uma risada trêmula.

— Atrevida.

Olivia deu um sorriso hesitante.

— Brendon é cliente fiel da minha chefe há anos e ela confia em mim para que esse casamento ocorra sem problemas. Você não tem ideia de como tive que literalmente *implorar* para Lori me deixar pegar esse projeto. — Olivia coçou a sobrancelha com a unha do polegar. — Sem falar que eu *adoro* a Annie e o Brendon de verdade. Mesmo que minha carreira não dependesse do sucesso desse casamento, eu ainda gostaria que tudo fosse perfeito. Eles merecem.

O fato de Olivia se importar com os amigos de Margot, com as pessoas que *ela* amava, as pessoas pelas quais faria qualquer coisa, despertava emoções que Margot nem sabia que tinha. Ela teve que engolir em seco duas vezes antes de poder falar.

— Sei que Annie e Brendon estão muito felizes com tudo que você tem feito. Você tem sido... incrível.

Olivia abaixou o queixo.

— Não é nada.

Pelo contrário. O altruísmo de Olivia, sua infinita capacidade de cuidar, a tornavam inacreditavelmente *especial*.

O coração de Margot subiu na garganta, onde pareceu construir um novo lar.

— Está enganada. Você não tem ideia de como…

O elevador apitou e as portas se abriram, salvando Margot de falar demais sobre o que sentia por Olivia.

Olivia não fez nenhum movimento para sair do elevador, encarando-a, em vez disso, com os olhos arregalados. Seus cílios batiam contra seu rosto a cada piscada, parecendo combinar com a pulsação frenética na base do pescoço de Margot.

— Não tenho ideia do quê? — sussurrou Olivia.

Margot engoliu em seco, o som constrangedoramente alto no pequeno espaço, mesmo com as portas do elevador abertas.

— De como você é incrível. — *Merda.* Exagerado. Margot tossiu. — Você sabe. No que você faz.

Olivia analisou o rosto de Margot. Um canto de sua boca subiu.

— Obrigada, Margot.

Alguém pigarreou. Havia um homem parado do lado de fora com a mão apoiada na porta, mantendo-a aberta. Ele sorriu, sem graça.

— Droga — murmurou Margot. — Desculpe.

Ela saiu correndo do elevador, levando um segundo para se orientar quando chegou ao saguão.

— Acho que o restaurante é por aqui.

Olivia segurou Margot pelo cotovelo, puxando-a para a esquerda. Ao virar o corredor havia uma recepção, vazia, com uma placa em um quadro-negro declarando que os visitantes podiam sentar onde quisessem. Margot passou pela porta e olhou em volta procurando…

— Margot!

No fundo do restaurante, ocupando uma mesa comprida, estavam seus amigos. E Luke. Elle estava meio em pé, meio sentada, pairando sobre a cadeira com uma das mãos apoiada na mesa e a outra acenando para elas.

Restavam dois assentos vazios, juntos, Elle de um lado, Luke do outro. Decidindo em uma fração de segundo, algo de que provavelmente se arrependeria, Margot ocupou o lugar ao lado de Luke, deixando a cadeira ao lado de Elle para Olivia.

— Primeira a dormir e última a acordar? — comentou Brendon, sorrindo.

— Eu demorei, hum, a pegar no sono — justificou Margot, lançando um rápido olhar para Olivia pelo canto do olho. — Não sei por que, mas fiquei rolando na cama a noite toda.

Elle engasgou com o suco de laranja.

Margot franziu a testa.

— Você está bem?

— Aham — resmungou Elle, aceitando um guardanapo de Darcy.

Luke apoiou os antebraços na beirada da mesa, olhando para trás de Margot.

— E você, Liv? Eu, er, bati na sua porta esta manhã.

Ele abriu um sorriso adoravelmente torto, e o peito de Margot apertou. *Liv?* Desde quando alguém, tirando ela, chamava Olivia de *Liv*? Aquele apelido era coisa da *Margot*. *Dela*, não dele.

— Você deve ter o sono pesado.

Olivia corou e assentiu depressa.

— Pois é.

Margot pegou seu copo d'água ao mesmo tempo que Olivia, seus dedos se tocaram.

— Desculpe.

Ela deslizou o copo de Olivia na direção dela, tomando um gole rápido do seu antes de colocá-lo à direita de seu prato.

Que ridículo! Ela explorara o corpo todo de Olivia com as mãos e a boca, usara os dedos para deixá-la louca, e ainda assim o mais simples contato a fazia estremecer como se tivesse enfiado o dedo em uma maldita tomada?

Elle pigarreou e declarou:

— Todos nós já pedimos. Mar, eu me adiantei e pedi o de sempre.

Por "o de sempre", Margot podia apostar que Elle se referia a panquecas e bacon, o prato preferido de Margot, não importava aonde fosse. Elle lançou a Olivia um sorriso de desculpas.

— Eu teria pedido algo para você, mas não tinha ideia do que poderia querer. Eu disse à nossa garçonete para... Ah, aqui está ela.

Olivia pegou o cardápio da mesa, examinando-o rapidamente, e se virou para a garçonete.

— Vou querer a omelete de cogumelos com molho pesto. — Ela sorriu e devolveu seu cardápio. — E pode me ver uma xícara de chá verde, também? Obrigada.

Margot pegou o bule de café do centro da mesa e encheu a caneca.

— Não vai usar isso para esquiar, vai? — perguntou Brendon.

— Quem, eu?

Margot abaixou a caneca e franziu a testa para sua roupa. Qual era a de todo mundo questionando a roupa que escolhera?

— Qual é o problema com a minha roupa?

Luke deu uma gargalhada que imediatamente fez Margot subir a guarda.

— Essa calça jeans vai ficar encharcada em segundos.

Margot recuou, de queixo caído.

— Mas que porra?

Eles estavam tomando café da manhã; isso era indelicado, até mesmo para ela.

Brendon se afogou com a água, rindo tanto que lágrimas brotaram de seus olhos.

— Ah, merda. — Ele riu ainda mais. — Não. *Margot.*

Annie apoiou a mão no ombro trêmulo de Brendon e sorriu.

— Acho que o que Luke estava tentando dizer é que calça jeans não é à prova d'água ou vento. Se você cair, vai congelar na montanha.

— Algodão é fatal — disse Luke, assentindo como se aquilo devesse fazer algum sentido para ela.

Margot olhou ao redor da mesa. Todos, exceto ela, usavam alguma versão do que Olivia usava: calças de esqui com isolamento térmico e muitas camadas. Margot franziu a testa, seu estômago começando a afundar lentamente em direção aos joelhos.

— Bom, não vamos *todos* esquiar, vamos? Há uma instalação no cume onde se pode tomar uma cidra e ficar na frente da lareira, certo?

Annie deu de ombros.

— Imagino que sim? Sendo sincera, não sei. Não esquio desde que estive em Courchevel com meus primos, então estou louca para matar a saudade das pistas.

Margot mordeu o lábio.

— Elle? Você não esquia.

Elle torceu o nariz.

— Não *muito*. Mas eu ia para Whistler com minha família todo inverno quando era mais nova. Já faz um tempo, mas pode ser divertido...

Margot se virou para Olivia, que estremeceu.

— Brad e eu costumávamos ir para Stevens Pass. Não sou uma *ótima* esquiadora nem nada...

— Fui instrutor voluntário de esqui no ensino médio — ofereceu Luke, debruçando-se sobre Margot para falar com

Olivia. — Se precisar que eu lhe mostre como funciona, ficarei mais do que feliz em ajudar. — Seus lábios se contraíram. — Cair na pista.

Olivia riu.

Médicos Sem Fronteiras, instrutor voluntário de esqui...

— De onde você é?

De uma história da carochinha?

— Norte de Lake Tahoe — respondeu Luke com seu sorriso largo e ofuscante de tão branco.

— Hum.

Margot tomou um gole de café.

— Acho que vou ficar bem — disse Olivia. Ela gesticulou para Margot, que sentiu um frio na barriga. Nem vem. — Mas talvez Margot precise de algumas instruções.

— Estou de boa. — Margot rasgou a tira de papel em volta de seu guardanapo. — Sério.

— Não, tudo bem — disse Luke. — Estou acostumado a ensinar crianças, então não acho que vai ser um problema.

Ah, não. Margot respirou fundo, com as narinas dilatadas, e expirou devagar.

Seu lado racional sabia que Luke provavelmente era um cara decente. Como não, sendo amigo de Brendon? O próprio Brendon era um *golden retriever* em forma de gente, um marshmallow de um metro e noventa de altura envolto em músculos. As chances de ele se associar com algum idiota puxa-saco eram mínimas. Luke devia ser um cara incrível e versátil.

Mas o ciúme *não vinha* do lado racional.

Ela se conhecia o suficiente para saber *por que* sua vibe não batia com a de Luke e que seus sentimentos tinham menos a ver com *ele* e mais a ver com ela. Ela e Olivia, especificamente seus sentimentos por Olivia, com os quais ela não sabia lidar e que estavam muito mal resolvidos porque ela não sabia *como* resolvê-los sem dizer nada a Olivia, o que — *ha*, até parece.

Margot não odiava Luke. Odiava o que ele representava. A realidade de sua situação, o fato de que Margot não tinha direito de sentir o que sentia, porque Olivia não era dela. Luke ou qualquer outra pessoa poderia aparecer, conquistar Olivia e cavalgar com ela em seu cavalo branco rumo a um felizes para sempre...

Ela estava trincando os dentes com tanta força que sentiu uma dor irradiando da mandíbula — embora nada que chegasse perto da punhalada afiada entre as costelas que quase lhe tirava o fôlego ao pensar em perder Liv.

Insegurança era *uó*.

Entender a raiz de sua irritação não a fazia gostar mais de Luke, mas, ei, pelo menos não estava em negação.

Pelo menos ela poderia escolher como reagir. Poderia ficar calma. Completamente relaxada. *De boa*. A última coisa de que ela precisava era que suas emoções mais distorcidas e feias tomassem conta e prejudicassem a semana do casamento de Annie e Brendon.

Então ela estampou um sorriso no rosto.

— Talvez eu queira, sim, Luke.

Não. Ela ficaria bem. Se Elle — a pessoa menos atlética que Margot conhecia — sabia esquiar, podia ser tão difícil assim?

— Para começar, temos que arranjar um traje de esqui adequado para você — começou Luke, analisando as roupas de Margot. — Calça e jaqueta de esqui. O resto você pode alugar lá em cima.

Elle se animou.

— Acho que vi algumas opções fofas na lojinha do hotel. Podemos passar lá depois do café e dar uma olhada.

— Por mim tudo bem.

A garçonete voltou com bandejas repletas de comida.

— Omelete Denver?

Brendon levantou a mão.

— Minha.

Assim que todos estavam com seus pratos, a conversa mudou para o casamento.

— Recebi uma resposta do fornecedor sobre a opção vegetariana — disse Olivia. — É possível ser feito sem glúten, então sua mãe vai ficar bem. Farei questão de reforçar para a cozinha no dia.

Brendon assentiu com um sorriso agradecido.

— Obrigado. Minha mãe, er, meio que nos pegou de surpresa com essa nova, hum, dieta que ela está seguindo.

Darcy deu uma garfada em seus ovos e revirou os olhos.

— Ainda tenho a sensação de que mamãe vai fazer algo dramático, tipo ir vestida de branco.

— Não sei — refletiu Annie, batendo os dentes do garfo nos lábios. — Eu apostaria em preto. Véu fúnebre e tudo mais.

Brendon se encolheu.

Olivia largou o garfo, parecendo preocupada.

— Isso é algo em que precisarei interferir? Porque não tenho muita experiência em primeira mão com conflitos familiares durante...

— Estamos brincando — tranquilizou Darcy, sorrindo. — Nossa mãe é um pouco difícil, mas não deve fazer cena.

— Ufa. — Olivia pôs a mão no peito. — Fiquei um pouco preocupada.

— Não fique — disse Margot, aproximando-se de Olivia e empurrando-a de leve. — Mesmo que algo acontecesse, Brendon já me encarregou de interferir.

O sorriso de Brendon beirou uma careta.

— Estamos chamando de *Plano G*.

Diante da cara de interrogação de Olivia, Darcy esclareceu:

— Nossa mãe se chama Gillian.

Brendon olhou para o outro lado da mesa e encarou Margot. Ele tentou dar uma piscadela daquele jeito todo errado dele, adorável e hilário em sua incapacidade de piscar.

Margot escondeu o sorriso com uma garfada de panqueca.

Olivia a cutucou antes de se aproximar, bagunçando seu cabelo quando sussurrou:

— Por que tenho a sensação de que não é essa a origem do nome do plano?

Margot terminou de mastigar e disse:

— É sim. É só um pouco mais complicado do que parece, eu intervir. Porque Gillian é meio doida.

Margot estremeceu ao se lembrar de Gillian tentando subir na bancada do bar no chá de panela de Brendon e Annie.

— Ela tem um monte de problemas pessoais e ninguém tem certeza de como ela pode reagir no dia do casamento, então Brendon e eu imaginamos diferentes problemas que podem surgir e a melhor forma de resolvê-los antes que eles, hum, explodam? As delícias de ser madrinha.

Olivia sorriu.

— Com grandes poderes vêm grandes responsabilidades.

Margot riu em seu guardanapo.

— Gostei. Me faz parecer *muito* mais importante do que sou.

Olivia inclinou a cabeça, analisando Margot a fundo de uma forma que causou um frio na barriga.

— Acho você muito importante, Margot.

Olivia tinha que parar de dizer coisas assim, dando a Margot esperança de que talvez aquela *coisa* entre as duas poderia significar mais. De que Olivia quisesse mais. A ideia de que ela queria Margot e não apenas as partes que eram fáceis, sexy e divertidas. Que também queria as partes difíceis. As inseguranças, a sinceridade nua e crua e as coisas que Margot nem sempre gostou a respeito de si mesma, mas que eram parte do pacote completo. Tudo o que fazia Margot ser quem ela era.

Margot abaixou o queixo e riu.

— Ah, é? Então está sugerindo que tudo o que preciso é de uma fantasia chamativa para completar essa nova personalidade de super-herói que estou criando?

Olivia fez um biquinho e cantarolou como se fingisse pensar no assunto.

— Não sei. Ouvi coisas boas sobre o smoking que você escolheu. — Seu sorriso era malicioso. — Estou ansiosa para te ver nele.

Um calor subiu pelo pescoço de Margot.

— Tem certeza de que não quis dizer para me ver *sem* ele?

— Hum.

Dando de ombros bem discretamente, Olivia pegou seu chá. Ela segurou a xícara entre as mãos, os dedos finos entrelaçados em volta da cerâmica.

— Não sei. Gosto de desembrulhar meus presentes.

Margot conteve um gemido.

Olivia pegou um pedaço de bacon do prato de Margot com uma piscadela e um sorriso.

Sem-vergonha. Margot engoliu em seco e voltou a prestar atenção na conversa — mas ninguém estava falando.

Na verdade, praticamente a mesa toda a estava encarando com diferentes graus de choque estampados no rosto, os olhos indo de Margot para o prato e para o bacon entre os dedos de Olivia.

Ela franziu a testa.

— Que foi?

— Você nunca divide sua comida — disse Brendon.

— O quê? — Margot riu. — Isso não é verdade.

— Você fez um discurso completo sobre crescer com irmãos e... e quase arrancou meu dedo quando tentei roubar seu chocolate, Margot.

Elle a observava com curiosidade, os olhos semicerrados e os lábios presos entre os dentes, como se Margot fosse um quebra-cabeça que Elle estava determinada a resolver. Sua atenção foi para Olivia e voltou e... O estômago de Margot deu uma cambalhota. A menos que Elle já tivesse decifrado tudo.

— É só bacon — alegou Margot, revirando os olhos. Ela mostrou o prato e sacudiu-o para Brendon. — Você quer?

— Não, estou cheio.

Margot pôs o prato de volta na mesa e se esticou para pegar o bule de café. Ela estava com a caneca pela metade quando, de rabo de olho, viu a mão de alguém à direita indo diretamente para o bacon. Agindo sem pensar, um impulso para proteger a comida em seu prato, um instinto arraigado graças aos anos se protegendo dos irmãos... e tudo bem, ok, também não era a fã número um de Luke, mas ela arrastou o prato para o lado, tirando-o do alcance.

— Você foi criado por *lobos*? — perguntou.

Luke mostrou as mãos e riu.

— Mas você *ofereceu*.

Sim, para o *Brendon*. Ela fungou. Seu bacon, suas regras; ela não tinha obrigação de compartilhar.

Só que... todos a estavam olhando de novo como se ela tivesse enlouquecido, incluindo Elle, incluindo Olivia, que a encarava ainda segurando sua caneca de chá, os lábios entreabertos em aparente choque, e...

Margot jogou uma tira de bacon no prato de Luke.

— Disponha. — Ela limpou as mãos no guardanapo e se afastou da mesa. — Eu vou...

Elle se levantou tão rápido que sua cadeira quase tombou.

— Para a lojinha comigo?

Margot engoliu o suspiro. Não adiantava adiar o inevitável.

— Claro.

As duas saíram do restaurante e atravessaram o saguão em silêncio. Assim que chegaram à lojinha, Elle parecia não estar mais aguentando segurar a língua. Ela encarava Margot com os olhos arregalados e apertava os lábios em uma linha fina e pálida. Os olhos de Elle pareciam prestes a saltar das órbitas se ela encarasse mais um pouco.

— Para de me olhar assim. — Margot riu, um pouco nervosa. — Está me assustando.

— Não posso *olhar* para minha melhor amiga? Minha melhor amiga que deveria saber que pode me contar *qualquer coisa* que eu vou ouvir? Com prazer, até.

Margot estreitou os olhos.

— Já saquei qual é a sua.

— O quê? — Elle fingiu ignorância, os olhos azuis brilhando com falsa inocência. — Eu não disse nada.

— *Elle.*

Elle deu de ombros.

— Como eu disse, quando estiver pronta para conversar, estarei pronta para ouvir. — Ela sorriu um pouco culpada. — Então... já está pronta? Ou preciso tirar ainda mais paciência não sei de onde?

Santo Deus.

— Ainda não se passaram doze horas. — Margot balançou a cabeça, mas não conseguiu expressar nenhuma verdadeira irritação. — *Horas.*

Elle mordeu o lábio, as sobrancelhas subindo, a expressão ansiosa.

— Isso foi antes de você enxotar os dedos do Luke do seu *bacon*.

— É a proteína do café da manhã, Elle. Não é tão difícil de entender.

Elle fez um biquinho com o lábio inferior.

Margot revirou os olhos, buscando afetação e errando feio quando engoliu em seco, de repente com a garganta seca a ponto de o ato de engolir ser audível. Droga.

— Eu nem sei por onde começar.

— Do começo? — sugeriu Elle, apontando na direção dos trajes de esqui.

Havia diversas prateleiras com opções no fundo da loja, a maioria em cores berrantes que fizeram Margot estremecer ao se imaginar descendo uma montanha parecendo um cone de trânsito.

— Do começo — repetiu Margot, vasculhando uma arara de jaquetas. — Qual começo? O começo há onze anos? O começo quando Liv e eu nos conhecemos no jardim de infância? Ou o começo em que nos reencontramos no mês passado?

— Qualquer um deles? Todos? *Ou* acho que *eu* poderia te contar o que já sei?

Margot congelou, uma das mãos agarrada ao cabide de um vistoso casaco verde-ervilha.

— O que você já sabe... E o que seria isso, exatamente?

Elle mordeu o lábio e se encolheu de vergonha.

— Hum, as paredes do hotel são mais finas do que você imagina.

— O quê. — Margot agarrou a prateleira de metal e ficou olhando.

— Hum, era para ser uma pergunta? — Elle riu e se encolheu de nervoso. — Eu... Sim, então. Ontem à noite, Darcy e eu meio que… ouvimos algumas coisas. E hoje de manhã, quando você atendeu a porta, estava usando o suéter que Olivia usou ontem à noite. E então, hum… Várias coisas fizeram muito sentido de repente.

Margot começou a ficar tonta.

— Ah. Entendi. Isso foi, hum… — Uma risada estranha explodiu de seus lábios. — Esclarecedor.

Elle deu uma risadinha.

— Ah, meu Deus. Você está vermelha.

— Bem, *dã*. Você acabou de me dizer que ouviu… — Ela parou, fazendo um gesto vago que não significava muita coisa, mas comunicava bastante.

— Eu e você moramos juntas por dez anos. Não é a primeira vez que uma de nós escuta a outra… — Elle imitou o gesto de Margot —… *você sabe*. Quero dizer, pelo amor, minha *mãe* te flagrou no primeiro ano da faculdade.

E até hoje, a sra. Jones não olhava Margot nos olhos. Margot na época argumentara que, se a sra. Jones não queria vê-la nua e em ação, devia ter batido antes de entrar no dormitório que elas dividiam.

— Sim, bem, acho que não esperava que tivesse soado tão… Não sei…

— Pornográfico? Bom, pelo que ouvi, parecia um pornô *bom*. Do tipo que você tem que pagar para assistir e sabe que estão tratando bem os atores, sabe? Alta qualidade. — Elle se encolheu. — Não que estivéssemos *prestando atenção*, eca, não! Só foi difícil ignorar. Mas tentamos. Muito. Nós, er, ligamos a TV *bem* alto. — Elle sorriu com doçura. — Mas parabéns, Mar. Vocês pareciam estar se divertindo para valer.

— Ah, meu Jesus. — Margot enterrou o rosto nas mãos e gemeu. — Alguém me mata.

Elle bateu nela com o quadril e riu.

— Relaxa. Não se preocupa, Darcy e eu não vamos dizer nada. Claramente não era assim que você queria que alguém descobrisse que…

Margot espiou por entre os dedos quando Elle parou, erguendo as sobrancelhas na expectativa de que ela completasse a frase.

Margot tirou as mãos do rosto e deu um suspiro profundo, o som parecendo vir do fundo de sua alma.

— Não sei o que estou fazendo, Elle. Mas estou tão envolvida que não tem nem graça.

O sorriso de Elle desapareceu.

— Ok, não estou mais rindo. Por que você não começa do início?

Margot a olhou feio.

— O início que fizer mais sentido para você — esclareceu Elle.

Margot respirou fundo e simplesmente… desabafou.

— Como eu disse, Olivia e eu éramos amigas. Éramos *melhores* amigas. Não importa para onde ela fosse, eu ia atrás. Se alguém estivesse procurando por ela, me encontraria junto. — Ela mordeu o lábio. — Na verdade, houve um verão em que Liv praticamente foi morar com a minha família. Tive mononucleose e ela faltou aos treinos com as líderes de torcida e desistiu da vaga na equipe só para não me deixar sozinha.

Elle sorriu e, se Margot não estava enganada, foi um sorriso um pouco triste. Melancólico. De expectativa. Claro que Elle leria nas entrelinhas, captaria o que Margot não estava dizendo.

— Pelo visto vocês duas eram muito próximas.

Margot coçou a testa.

— É, pode-se dizer que sim. — Ela engoliu em seco, o nó na garganta crescendo. — Não precisa ser um gênio para ver onde isso vai dar. Em algum momento, não sei direito quando, afinal, quem sabe exatamente quando essas coisas começam? Mas eu me apaixonei por ela. De verdade. Eu estava apaixonada por ela, uma coisa ridícula e estúpida e que só percebi quando ela começou a namorar outra pessoa. Brad. Um idiota. — Ela revirou os olhos. — E não só porque era ele quem namorava ela e não eu.

Elle assentiu e, para seu crédito, esperou em silêncio que Margot continuasse.

— Ficou tudo bem. Eu... Ok, não. Isso é mentira. Foi uma merda. Eu sentia aquela angústia que só um adolescente é capaz de sentir, ficava deitada na cama, olhando para o teto e ouvindo Ingrid Michaelson cantar sobre corações frágeis, escrevendo no meu diário. Lotando cada página. — Ela abaixou a cabeça e deu uma risada. — Tenho certeza de que preenchi *diversos* diários com relatos sobre como minha vida era injusta de tão terrível.

Ela ansiara, desejara, ardera, padecera. Se parecia doloroso e emocionalmente carregado, Margot experimentara.

— E você nunca contou nada?

— Sério? — Margot bufou. — É óbvio que não. Olivia estava com Brad e eu não queria estragar a nossa amizade, então fiquei quieta. — Ela franziu os lábios. — Consegui bagunçar tudo sem nunca dizer nada. — Margot olhou para aquela jaqueta horrível em tom de sopa de ervilha. — Na primavera do último ano, Brad e Olivia estavam em um dos muitos *tempos* que deram durante o relacionamento. Ele que terminara daquela vez. Eu fiz o que sempre fazia e levei porcarias para a gente comer e filmes antigos, pronta para ser o ombro em que Liv precisava chorar. Mas não foi bem assim...

Sua boca estava seca, a língua grudada no céu da boca. Ela engoliu com dificuldade, tentando produzir um pouco de saliva.

— O pai dela estava viajando com os amigos, então estávamos sozinhas em casa. De repente, estávamos abrindo uma garrafa de vodca barata, e quando me dei conta… — A voz dela falhou. — Ela estava me beijando. — Elle apertou o braço de Margot. — Era tudo que eu queria na época, e eu apenas deixei rolar. Não fiz perguntas. Quer dizer, minha melhor amiga, por quem eu era estupidamente apaixonada, estava me beijando. Do alto dos meus 18 anos, sempre com tesão, o que havia para questionar? — Ela riu. Os jovens e suas bobagens. — Uma coisa levou à outra e a gente transou. Transou *muito*. Fiquei a semana inteira na casa dela e nem estávamos… não estávamos bêbadas o tempo todo. Depois daquele primeiro dia, não tocamos mais na vodca. Mas também não tocamos no assunto. Quer dizer, nós *conversamos*. Não foi uma maratona sexual dia e noite.

— Imagino que haveria assaduras sérias nesse caso. — Elle riu, parecendo imediatamente arrependida. — Desculpa.

— Nós conversamos, só não definimos as coisas. E foi erro meu, acho, presumir estarmos na mesma página.

— Vocês não estavam?

O coração de Margot estava apertado. Se a sensação não fosse tão ruim, ela quase se deslumbraria ao ver como uma mágoa de uma década ainda podia doer tanto.

— Não. Brad voltou de Cancún. — Ela revirou os olhos. — Ele e eu tínhamos o primeiro tempo de aula juntos. Alguém perguntou sobre a separação e ele deu de ombros, acrescentando que ele e Liv tinham conversado na noite anterior. Que eles estavam resolvendo. Reatando. A primeira coisa que ele fez no intervalo foi ir direto até o armário dela e… ele simplesmente a beijou. E Liv deixou.

A ardência em seus olhos piorava a cada piscada, a dor no peito aumentando até ela temer que sua próxima expiração lhe escapasse na forma de um soluço. *Merda.* Margot contraiu os lábios, forçando o ar pelo nariz, conseguindo se controlar. Ela fungou.

— Falei para a enfermeira que não estava me sentindo bem e fui para casa. Liv me mandou uma mensagem naquela noite. Algo na linha de "Brad quer voltar, dá para acreditar? O que eu digo?". Eu disse que ela não precisava se preocupar, que eu não contaria a ninguém o que tinha rolado entre nós naqueles dias. Porque o que tinha rolado naqueles dias ficou naqueles dias. E eu, er, eu disse que ela deveria voltar com Brad.

Elle franziu a testa.

— E por que você fez isso?

Margot riu, apesar de achar aquilo tudo, menos engraçado.

— O que eu deveria ter feito, Elle? Ela perguntou. Ela não deveria ter perguntado. Eu pensei... pensei em muitas coisas, e nenhuma delas importava. As coisas ficaram estranhas nas semanas seguintes, mas ainda havia uma partezinha minha que esperava que talvez as coisas mudassem quando fôssemos para a faculdade. Brad não parecia o tipo de cara que gostava de namoro à distância, sabe? — Ela respirou fundo. — Mas pouco antes da formatura, Liv lançou uma bomba, revelando que ia para a Universidade Estadual de Washington em vez da minha. Ela escolheu Brad em vez de mim, em vez de todos os planos dela, de todos os *nossos* planos. De novo.

"Então Olivia se mudou para Pullman com Brad, e foi isso. Aí eu passo onze anos sem ver ou falar com Liv, e um belo dia entro em um prédio em Queen Anne com minha melhor amiga para encontrar meus outros amigos e *bum*! Ela é a organizadora do casamento de Brendon e continua... — Margot piscou com força e baixou os olhos, encarando os sapatos surrados. — Ela continua linda como eu me lembrava e está bem na minha frente. Então ela precisou de um lugar para ficar e eu ofereci.

Sem aviso, Margot se viu nos braços de Elle. A amiga embalava sua nuca com as mãos e... *ai,* Elle pisava no pé de Margot.

Margot estremeceu, mas retribuiu o abraço; os inevitáveis hematomas valeriam o consolo momentâneo.

Elle recuou e piscou.

— Uau. Que novela.

Só mesmo a Elle para fazer Margot rir em um momento como aquele.

— Eu sei.

— Como é que eu nunca soube de *nada* disso?

— Porque eu não queria que você soubesse? Sem ofensa, mas não é o tipo de coisa que você gostaria de contar à sua nova colega de quarto na faculdade. *Oi, meu nome é Margot. Quer ouvir tudo sobre meu coração partido?*

— Eu teria escutado — afirmou Elle, parecendo indignada. — Mesmo depois. Não acredito que você nunca disse nada. *Onze anos.*

— De verdade? Não quero ser um clichê ambulante, mas neste caso é realmente uma daquelas coisas *não é você, sou eu*. Eu não queria falar sobre isso com ninguém. Ninguém sabe. Nem meus irmãos, nem meus pais, nem ninguém. Eu poderia ter passado o resto da vida sem contar a ninguém, mas... Não sei o que estou fazendo — admitiu. — Achei que eu seria capaz lidar, mas não sei, Elle. Eu não sei mesmo.

— Lidar exatamente com o *quê*? — perguntou Elle. — Se vocês já estão...

Elle parou, com uma expressão séria enquanto fazia outro daqueles gestos vagos.

— Fazendo um sexo maravilhoso? Não é uma questão de saber se ela me quer nesse sentido. É todo o resto.

Margot precisava de algo para fazer com as mãos, então passou para a próxima prateleira de jaquetas, todas em tons bem menos ofensivos.

— Já pensou em, sei lá, perguntar como ela se sente?

Margot pegou uma jaqueta grafite do cabide que parecia promissora e — droga. Não era o tamanho dela. Estava começando a parecer que sua única opção era aquele tom de verde pavoroso.

— Claro. Cogitei isso.

E decidiu não fazer.

Elle a olhou com o rosto repleto de decepção.

— Margot.

— Olivia está morando no quarto ao lado, Elle. Ela está organizando o casamento do Brendon. Percebe como seria complicado se o nosso rolo desse errado?

— Ela é a organizadora do casamento apenas pela próxima semana. Nem uma semana.

— Mas ainda será minha colega de quarto — argumentou Margot. O nó em sua garganta cresceu. — Ainda será minha amiga.

— Do que você realmente tem medo, então?

Margot tamborilou os dedos nas coxas.

— Eu não… Eu sinto que acabei de ter Liv de volta e… não quero perdê-la. Não quero que aconteça o mesmo que aconteceu no passado. Eu querer Liv e Liv querer… *não* a mim. Sério, entende como seria estranho dividir um apartamento, contar como eu me sinto e ouvir Liv dizer que não quer o mesmo que eu? Que *isso* é tudo que ela quer? Não daria para continuar morando juntas.

Ela não sabia se a amizade resistiria ao mesmo golpe duas vezes. Seu coração definitivamente não.

— Você está fazendo muitas suposições, Margot. Não acha que deveria conversar com ela antes de tudo? Sobre o que aconteceu no passado e sobre o que está acontecendo agora?

Parecia a pior ideia, exatamente o oposto do que Margot queria.

Comunicação era fundamental para qualquer relacionamento — ela *sabia*. Margot lera livros e fanfics suficientes, assistira a filmes suficientes para conhecer as armadilhas da falta de comunicação, a frustração de ver duas pessoas se afastando apenas porque não conseguiam falar o que pensavam. Se ela ganhasse um dólar para cada vez que quis atravessar a tela e esganar alguém, gritar e dizer "só conversem pelo amor de deus" ou "diga logo como você se sente", ela poderia comprar aquelas botas de couro ridículas que ficava namorando na vitrine da Nordstrom, rezando para que entrassem na promoção.

Mas a realidade era diferente. Quando se tratava de conversar, *compartilhar*, como tantas coisas, falar era mais fácil do que fazer.

— Olha, costumo ser totalmente em prol de "conversar a respeito". Mas é muito mais fácil dizer a alguém para conversar do que fazer isso a gente mesmo. O problema não é abrir a boca e dizer as palavras; essa é a parte *fácil*. É mais... É o que vem depois. Quando as palavras já saíram e não dá mais para voltar atrás. No momento, estou vivendo o gato de Schrödinger da probabilidade de relacionamento. Estou metade com esperança, metade com agonia até que provem o contrário.

— Tá, mas como poderia ser melhor viver no limbo de um relacionamento?

A doce, *doce* Elle a olhava de olhos arregalados e expressão inocente.

Margot passou os dedos pelo cabelo, puxando as pontas.

— Não é. — Ela suspirou. — Você tem razão. É uma merda. Só estou...

— Com medo? — Elle sorriu amavelmente.

Margot passou as mãos por baixo dos óculos e esfregou os olhos.

— Apavorada — disse, deixando cair os braços para os lados.

Elle estendeu a mão para pegar a de Margot, apertando com força. A pressão no peito de Margot diminuiu.

— Prometo que nada do que vai acontecer será tão ruim quanto a pior hipótese que você imaginou.

Margot bufou com ironia.

— Odeio dizer isso, Elle, mas isso é menos tranquilizador do que pensa. Você subestima minha capacidade de imaginar catástrofes.

— Não vou dizer que suas preocupações são infundadas. Não estou dentro da cabeça da Olivia. Não sei como ela se sente, mas vejo o jeito que ela olha para você e... acho que você devia simplesmente dizer o que sente. Deixar ela ciente do que está acontecendo na *sua* cabeça, porque eu te amo, Margot, mas o que você está fazendo agora não é justo com nenhuma de vocês. Você precisa dizer a ela o que você quer.

Mais uma vez, Elle acertou em cheio. O que Margot estava fazendo, dizendo querer uma coisa, mas agindo como se quisesse outra, *não era* justo. A respiração de Margot ficou presa e doía demais engolir. Olivia merecia coisa melhor do que *isso*, do que ser arrastada involuntariamente para o turbilhão emocional de Margot.

Ela estava certa. Margot precisava contar como se sentia.

Que ela queria mais.

Mas contaria só depois do casamento.

Elle poderia afirmar até a morte que Margot estava preocupada por nada, mas não havia como Elle saber disso com certeza. Saber que Olivia queria Margot do jeito que Margot a queria.

Até onde Margot sabia, poderia dar tudo errado. E este não era um risco que ela podia correr a tão pouco tempo do casamento de Brendon. Ele contava com ela, e a carreira de Olivia dependia do sucesso do evento.

Se parte do motivo para adiar fosse porque Margot estava com medo… era direito dela. Dane-se que ela queria um pouco mais de tempo garantido com Olivia antes de introduzir a possibilidade de… de perdê-la na equação.

Não era como se nunca fosse dizer nada. Margot tinha *anos* de prática em esconder seus sentimentos de Olivia. O que eram mais alguns dias?

Ela engoliu em seco.

De alguma forma, parecia tempo demais e, ao mesmo tempo, não o suficiente.

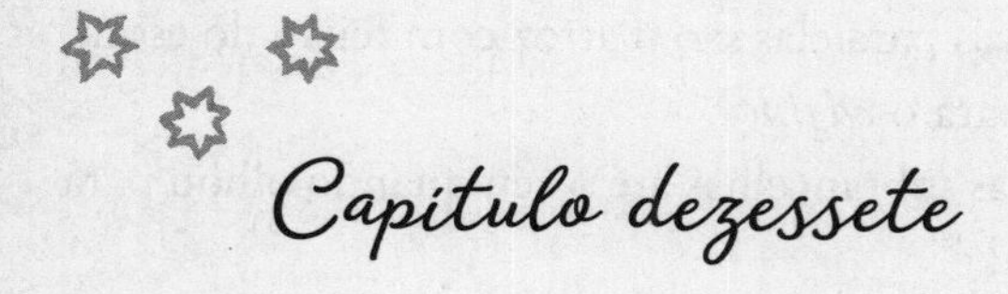

Capítulo dezessete

— Ok, então você domina o freio e a parada. Então, concluímos a conhecida técnica da cunha. Maravilha. A próxima técnica que deveria praticar é a curva paralela, completamente oposta à cunha. Chamamos de paralela porque os esquis ficam…

— Paralelos?

Margot arqueou uma sobrancelha, a astúcia afiada de seu olhar temperada pelo casaco verde berrante e fofo que ela fechara até o queixo, fazendo-a parecer uma ervilha gigante. Uma ervilha fofa. Uma ervilha fofa que Olivia queria muito beijar, mas não podia porque elas estavam em público e o lance delas era *casual*.

Deus, para uma palavra que Olivia associava a tantas de suas coisas favoritas — sua calça jeans mais confortável, a camiseta surrada favorita que por acaso pegara *emprestado* de Margot anos antes e nunca devolvera, o restaurante da sua rua que servia o melhor caranguejo da vida… *Casual* estava começando a irritar. Ela baniria o termo de seu vocabulário se pudesse, o descartaria completamente.

Que se dane isso de *casual*. Ela queria o oposto de seja lá o que isso significasse. Complexo? Ela preferia mil vezes *complexo*.

— É, isso. Curvas paralelas são o arroz com feijão do esqui. É a posição ideal para o *edging**.

Margot ergueu as sobrancelhas até o céu quando olhou para Olivia, atrás de Luke.

— Desculpe, para o quê?

Olivia tapou a boca com a mão enluvada, abafando uma risadinha, e Margot apertou os lábios, os olhos brilhando de malícia ao encontrar seu rosto.

— *Edging* — repetiu Luke. — Margot se virou para Luke com impaciência, a ponta do nariz já vermelha e os cílios escuros colecionando pequenos flocos de neve. — É como você controla sua velocidade. Ao inclinar a borda dos esquis, você consegue diminuir a velocidade. E para o *carving*, as curvas mais difíceis, quanto mais você pratica o *edging*...

Margot riu alto.

— Falei alguma coisa engraçada? — Luke franziu a testa.

Margot contraiu os lábios e uma onda de risada se formou na garganta de Olivia, acompanhada pelos risos de Margot. Olivia também deixou escapar uma risadinha, mas logo depois mordeu a bochecha.

— Não — disparou Margot, mal capaz de pronunciar a palavra sem tremer queixo e ombros.

— Certo. — Luke não parecia muito convencido, mas deu de ombros e prosseguiu. — Como eu estava dizendo, quanto mais você pratica o *edging*, mais controlado é seu *carving*...

Margot se dobrou ao meio e explodiu.

Um sorriso apareceu nos cantos da boca de Olivia, o som da risada de Margot aquecendo seu peito o suficiente para enfrentar a temperatura congelante.

---

* *Edging*, no inglês, também significa a prática sexual de levar uma pessoa à beira do orgasmo várias vezes. [N.E.]

— Ela está bem? — perguntou Luke a Olivia, baixando a voz e se aproximando um pouco mais do que o estritamente necessário.

Olivia assentiu e recuou para dar um pouco de distância entre os dois, as pernas pesadas pelos esquis presos aos pés. Já fazia mais de um ano que ela não praticava e ainda podia contar nos dedos o número de vezes que havia esquiado no total. "Enferrujada" seria um eufemismo.

— Margot está bem. Ela só…

Margot bateu as mãos e expirou bruscamente.

— Desculpe, foi mal. Estou bem. O que você estava dizendo?

Luke franziu a testa, olhando-a como se ela tivesse perdido a cabeça.

— Por que não sobe de volta no tapete mágico e tenta fazer uma curva paralela na parte inferior da pista de principiantes?

O tapete mágico era um transportador de pessoas, como uma esteira rolante, que puxava os passageiros por uma pequena colina para que dominassem o básico antes de prosseguirem para terrenos mais avançados. Havia dois na estação: um levando a uma pequena encosta e outro a uma colina um pouco mais íngreme para quem procurava uma opção mais intermediária. Ainda não avançada, de forma alguma, mas uma descida mais longa, perfeita para praticar curvas mais complexas.

O restante do grupo, já experiente o suficiente para enfrentar as pistas de fato, havia seguido para o teleférico. Luke se oferecera para ajudar Olivia a aperfeiçoar o que já sabia e ensinar a Margot o básico. Depois de duas viagens no tapete mágico para iniciantes, Olivia estava bastante confiante de que não cairia de bunda, ou pior, de cara em um banco de neve.

Margot bateu uma continência atrevida e foi até a esteira, seus esquis se afastando mais a cada passo que dava. Olivia se encolheu.

— Arrasta os pés, Mar, não levante. Avance. Use as coxas.

— Entendi. — Margot acenou com a mão enluvada.

— Liv e eu vamos para a próxima encosta, ok? — avisou Luke, apoiando a mão nas costas de Olivia e a guiando para o mais extenso dos dois tapetes mágicos, que os levaria um pouco mais alto na montanha.

Os passos arrastados de Margot vacilaram, seus olhos indo para a mão de Luke na cintura de Olivia. Ela cerrou a mandíbula e assentiu.

— Claro. Encontro vocês aqui embaixo.

Olivia reprimiu um tremor ao toque, ao uso de seu apelido *e* à reação de Margot. Não que ela se importasse de ser chamada de Liv, mas Luke nem perguntou se podia. Aquilo a irritou e a lembrou de como Brad se apropriara do apelido que o pai dela usava. Por mais de dez anos, ela sofreu em silêncio, no início porque não queria ser grosseira ou ríspida e, depois, porque era tarde demais. Ela deixara passar muito tempo para dizer qualquer coisa depois que o marido a chamou de Livvy por mais de um ano.

Naquele momento, ela não queria fazer uma cena. E daí se o amigo de Brendon a chamasse de Liv? As chances de vê-lo de novo depois deste fim de semana eram mínimas.

Luke era um cara legal, mas só isso. Olivia não queria *legal.* Ela queria Margot.

Olivia sorriu enquanto Margot se aproximava do tapete mágico, arrastando os pés desajeitadamente, andando como se estivesse incomodada com a calcinha enfiada na bunda. Olivia queria *aquilo*. Margot, com sua risada aguda e sorrisos maliciosos e piadas sujas e coração enorme. Sua confiança tranquila e lealdade inabalável. Até sua incapacidade de esquiar — embora parecesse decidida e determinada a se virar — e tendência de agir primeiro e pensar depois. Tudo nela, até os defeitos, era cativante para Olivia.

O que Margot queria, por sua vez, permanecia um mistério. Era difícil saber com todo aquele morde-assopra, com ela agindo como se aquela *coisa* entre as duas fosse casual e depois a olhando como se Olivia fosse algo precioso, de uma forma que ninguém mais jamais olhara, nem mesmo Brad. Mantendo uma distância de um metro entre as duas quando estavam perto de Brendon e dos outros amigos, mas beijando-a de um jeito extremamente carinhoso na privacidade do elevador. Querendo manter o que estava acontecendo em segredo, esconder dos amigos pelo restante da semana — ou pelo menos foi o que disse —, mas olhando feio para Luke a todo instante.

Ela não achava que aquela mudança, uma intensidade no olhar de Margot e uma urgência na maneira como tocava Olivia, que não existia antes, era coisa da sua cabeça. Mas uma voz terrível e ansiosa lá no fundo sussurrava que Margot só estava agindo como se quisesse algo mais com Olivia porque outra pessoa a queria também.

Olivia não sabia quanto mais poderia aguentar.

— Então, você gostaria?

Luke a observava com expectativa quando chegaram ao topo da encosta.

— Desculpe? Acho que não ouvi. Eu gostaria do quê?

Luke sorriu tranquilo e repetiu:

— De sair um dia desses? Você disse que era relativamente nova na cidade e, mesmo que eu não more aqui há alguns anos, ainda tenho uma boa noção da área.

O canto direito da boca de Luke estava um pouco mais alto que o esquerdo, o sorriso torto. Ao não sentir a mínima reação à covinha ou aos dentes perfeitos dele, Olivia teve a prova de como estava *louca* por Margot. Seu coração nem acelerou.

— Posso te mostrar alguns lugares, te levar em alguns dos meus antigos favoritos. Se tiver interesse.

Internamente, Olivia estremeceu com a ideia.

— Ah, sim. Noite passada foi bem legal. Seria incrível se *todos* nós saíssemos juntos, né? Em grupo? Seria ótimo.

Por favor, pega a deixa.

Luke vasculhou um dos muitos bolsos de sua calça cargo, tirou o celular e o colocou na palma da mão dela.

— Toma. Grava seu número que eu mando uma mensagem com o meu. Podemos combinar algo um dia desses.

— Claro.

Olivia salvou seu número nos contatos e devolveu o aparelho, suspirando de alívio quando ele simplesmente o guardou no bolso com um sorriso e não insistiu no assunto ou exigiu que ela se comprometesse com um encontro.

Ela ajustou a pegada nos bastões, se inclinando para a frente, dobrando um pouco os joelhos para ganhar velocidade e, ao se aproximar do final da encosta, juntou os esquis, tomando cuidado para evitar que as pontas se cruzassem. A neve subiu em volta de suas pernas quando ela parou depressa, conseguindo se manter firme e razoavelmente equilibrada.

Luke lançou um jato de neve ao dobrar os esquis com força para o lado.

— Isso aí. Acho que está pegando o jeito. — Ele apoiou os óculos de proteção na cabeça e sorriu. — Acha que podemos ir para os teleféricos?

— Hum…

Ela ergueu os óculos e olhou para a base da encosta à procura de Margot. Era difícil não encontrar a jaqueta cor de ervilha e a calça de esqui combinando, mas *nada*. Margot não estava em lugar nenhum. Olivia umedeceu os lábios ligeiramente rachados pelo vento e arrastou o esqui em semicírculo.

— Você viu a Margot?

Luke levou a mão à testa para bloquear o brilho do sol, semicerrando os olhos enquanto procurava.

— Não. Mas não é como se ela pudesse ter ido longe ou…

— Ei!

O queixo de Olivia caiu.

Cambaleando ligeiramente, com os joelhos retos demais para se equilibrar direito, Margot descia a colina que Olivia e Luke haviam acabado de esquiar, ganhando velocidade. Ela levantou um dos bastões e acenou.

— Até que não é tão difícil! — Margot riu, gritando com um solavanco que a fez desviar levemente para a direita. — Não é nem um p… *Merda*!

Um lampejo de medo atravessou seu semblante, visível mesmo a vários metros de distância. Olivia sentiu um frio no na barriga e um aperto no peito.

— Como eu desacelero? Como faço para parar?

— Cunha! — gritou Luke. — Junta os esquis!

Ah, *droga*. Em pânico, Margot aproximou os esquis, mas não apenas na frente, o que a fez ganhar ainda mais velocidade.

Luke xingou baixinho.

— Formato de pizza, lembra?! Pizza!

— Hein? — gritou Margot.

— Não mencionei essa analogia? — Luke apertou a nuca. — Merda.

E das grandes. Margot se aproximava rapidamente do final da encosta, sem indícios de que conseguiria desacelerar.

Olivia juntou as mãos em volta da boca e gritou:

— Cunha, Margot! Cunha!

Margot dobrou os joelhos, unindo a frente dos esquis, diminuindo a velocidade enquanto derrapava até o final da encosta e continuava deslizando, para além de onde Luke e Olivia estavam, em direção à barreira de malha plástica laranja neon.

O coração de Olivia disparou e pareceu parar por completo quando Margot esquiou direto para a rede, freando abruptamente e caindo para trás. A neve fina levantou ao seu redor, pousando de volta delicadamente.

Luke começou a se arrastar até ela, mas Olivia não estava disposta a perder tanto tempo. Ela se agachou, apertou as fixações para tirar as botas dos esquis, os deixou ao lado dos bastões no chão, e correu pela clareira até onde Margot estava, caída no chão e olhando para o céu com uma expressão atordoada.

— Mar?

Olivia se ajoelhou ao seu lado, afagando com as mãos trêmulas o rosto coberto de neve de Margot.

— Você está bem? Diz alguma coisa.

Margot fez uma careta e deixou escapar um gemido terrível, o som perfurando o coração de Olivia e criando um nó em sua garganta.

— Mar? — repetiu ela, agora mais baixo, mais desesperada, sua voz embargada enquanto imaginava as piores hipóteses. Ela segurou o rosto de Margot e implorou: — Por favor, fala alguma coisa.

— Ai.

Margot tossiu, piscando enquanto abria por completo primeiro um olho, depois os dois, olhando atordoada para Olivia.

Olivia teve que engolir o nó duas vezes antes de ser capaz de pronunciar outra palavra.

— Onde está doendo? Nas costas? São as suas costas? Não se mexe. Tenho quase certeza de que você não deve se mexer.

Ela lera aquilo em algum lugar. Ou ouvira. Não se deve mexer em alguém depois de um acidente grave, quedas, colisões e... Olivia engoliu com dificuldade, precisando de ar.

Margot gemeu, depois emitiu o som mais doce que Olivia já tinha ouvido em toda a vida: uma risada, embora um pouco sofrida, a boca formando uma careta enquanto ela bufava docemente.

— Meu orgulho.

— Seu *o quê*?

Olivia passou os polegares pelas maçãs do rosto de Margot, os dedos levemente trêmulos.

Margot se mexeu, apoiando-se nos cotovelos com um ligeiro estremecimento, e Olivia colocou as mãos em seus ombros.

— Meu orgulho — repetiu, o rosto ficando escarlate, e foi isso que Olivia pensou que ela havia mesmo dito. — E minha bunda. — Seus olhos percorreram o próprio corpo, o lábio inferior se projetando em um beicinho enquanto olhava para os pés. — E meu dedinho do pé.

Absurdamente aliviada, Olivia agarrou a gola da abominável jaqueta de Margot e puxou-a para perto, plantando seus lábios nos dela, engolindo o pequeno suspiro de surpresa que Margot deu.

Margot pôs uma das mãos na nuca de Olivia e enroscou os dedos em seu cabelo. Sua mão tremia, ou talvez fosse Olivia quem tremia — era difícil saber, estando tão próximas. Os nós dos dedos de Olivia doíam com a ferocidade com que ela segurava a jaqueta de Margot, impedindo-a de sair dali. Impedindo-a de se mover.

Em algum lugar atrás dela, alguém pigarreou e, com muita relutância, Olivia afrouxou o aperto no casaco de Margot, levantou a cabeça e congelou.

Luke sorriu, um pouco sem jeito.

— Você se joga de cabeça nas coisas, hein?

O coração de Olivia pulou uma batida, depois acelerou, martelando contra o peito quando ela encontrou os olhos de Margot.

É. Ela se jogava.

Capítulo dezoito

Margot olhou para o hematoma roxo na lateral do pé esquerdo. Seu dedinho estava inchado, com o dobro do tamanho normal e latejava no ritmo de sua pulsação. Era um aborrecimento mais do que qualquer coisa, embora, se o pressionasse, a dor irradiava pelo topo do pé e chegava até o tornozelo.

Alguém bateu na porta, não na que dava para o hall do hotel, mas a que ligava o quarto dela ao de Olivia.

Sentindo a boca subitamente seca, Margot tentou engolir. Ela respirou fundo, o ar passando entre os lábios com um assovio.

— Entra.

Olivia enfiou a cabeça no quarto. Depois que retornaram ao hotel, ela vestira uma legging e um moletom enorme. As mangas eram compridas demais, ultrapassando os pulsos e o dorso das mãos, deixando de fora apenas as pontas dos dedos. Ela arregaçou o tecido até os cotovelos e fechou a porta, onde se apoiou, deixando o quarto inteiro entre as duas. O espaço parecia maior do que realmente era.

— Oi. Como você está?

Péssima. Mas melhor, agora que Olivia estava ali.

Margot fungou e deu de ombros, voltando a atenção para a colcha bordada dobrada aos pés da cama.

— Ah, sabe como é, já estive melhor.

— E o pé? — Olivia se afastou da porta e se aproximou da cama onde Margot estava deitada, com três travesseiros nas costas para se manter quase sentada, e outra pilha elevando seu pé. — Como está?

Margot contraiu os lábios, oferecendo um sorriso irônico.

— Doendo demais. E a aparência consegue ser pior ainda.

Ela se sentou, ajeitando os travesseiros e estremecendo com a pontada aguda que percorreu a lateral do pé.

— Horroroso, né? Tomei dois analgésicos extrafortes. Espero que façam efeito ainda neste século. — Margot pegou um travesseiro sobrando ao seu lado e o abraçou. — Mas acho que a avaliação de Luke estava certa. Não quebrei. Consigo mexer, mas dói muito. Acho que só tomou uma bela de uma surra. — Ela fez uma careta. — Assim como meu orgulho, aparentemente.

Margot se sentia uma completa idiota. Ela não apenas se estabacara, como o fizera em público, diante de dezenas de esquiadores. Olivia e Luke tinham visto tudo de camarote e, claro, ela estava mais focada na dor do que em qualquer outra coisa no momento, mas tinha uma vaga lembrança de algumas criancinhas apontando para ela. Ui.

Olivia mordiscou o lábio inferior. Uma hora se passara desde aquele beijo, e Margot jurava que ainda sentia o gosto do protetor labial sabor baunilha de Olivia.

— Por que fez aquilo, Margot? — perguntou Olivia, balançando a cabeça devagar. — Sem ofensa, mas você é *pavorosa* esquiando.

— Eu...

— A *pior*.

Margot fez um beicinho. Estava na ponta da língua: *nem todo mundo pode ser perfeito em tudo como o Luke*. Mas o comentário teria feito até mesmo ela parecer uma fedelha malcriada. O ciúme e a insegurança a colocaram naquela situação em primeiro lugar, deixando-a com o pé inchado, o orgulho ferido e um coração sentido.

Talvez fosse hora de tentar algo novo. Seguir o conselho de Elle. Ser sincera.

— Não há nenhuma chance de colocarmos esta conversa no calendário e voltarmos a ela em, hm, digamos… alguns dias? — brincou.

Olivia não riu. Ela afundou os dentes no lábio inferior, não mais mordiscando, mas mordendo-o de fato. Seus cílios tremulavam a cada piscada rápida, a pele ao redor dos olhos ficando rosada.

— Você tem noção de como fiquei com medo? — Sua voz rachou, fazendo o peito de Margot se abrir. — Te vendo bater naquela barreira? Sem saber se você estava bem ou machucada, ou…

— Estou bem, Liv. — Ela apontou para o pé apoiado. — Um pouco machucada, e na certa vou mancando até o altar no sábado, então, nada de salto alto para mim, infelizmente, mas estou bem.

Olivia fungou com força e esfregou a lateral da mão sob os olhos.

— Eu não sabia. Como eu poderia saber que você estava bem? Te vi descer uma colina, se chocar com uma barreira e *desmoronar*. Você não pode me culpar por imaginar o pior.

Margot abraçou o travesseiro com mais força, o peito doendo de remorso, uma pontada forte entre as costelas lhe tirando o fôlego por uma fração de segundo. Ela nunca quis causar problemas a Olivia, dar a ela motivos para preocupação. Machucá-la era a última coisa que Margot queria, assim como perdê-la.

Desmoronar pode ter sido um exagero, mas o que Margot disse a Elle de manhã, na loja de presentes? Para não subestimar a capacidade de Margot de ser catastrófica. Margot definitivamente poderia se identificar, imaginar os piores cenários possíveis, assistindo-os como um filme diante dos próprios olhos.

Mesmo com a dor no peito, Margot sentiu frio na barriga. O momento era péssimo, mas a prova de que Olivia se importava com ela o suficiente para ficar daquele jeito deu a Margot esperança de que talvez os piores cenários dela fossem tão exagerados quanto Elle garantira que seriam. A maneira como Olivia a beijara após o acidente, com as mãos trêmulas segurando seu rosto, foi o primeiro sinal. Este foi o segundo. Agora, tudo o que Margot precisava era de confirmação.

— Me desculpe, Liv. Eu não esperava cair tão feio. Quem faria isso? Não dá para prever esse tipo de coisa.

Ela engoliu em seco, o sangue correndo descontroladamente dentro de suas veias, os nervos revirando seu estômago.

— É que você e o Luke fizeram parecer tão fácil, e eu estava indo bem na pista dos principiantes…

Quando Olivia ergueu as sobrancelhas, expressando que Margot estava viajando, ela retificou:

— Eu estava não me saindo *mal* na pista dos principiantes. Achei que pelo menos sabia como parar. — Mas era diferente parar depois de ganhar tanta velocidade. — Eu só…

Vi o Luke com as mãos em cima de você, vi você gravar seu número no celular dele, fiquei cega e não consegui mais pensar.

Naturalmente, Margot era uma pessoa competitiva. Na hora, fez todo o sentido se arriscar um pouco mais, colocar à prova as habilidades — ela estava sendo generosa, pensando melhor agora — que havia aprimorado. Provar que poderia ser tão atlética quanto Luke, tão *desejável* quanto Luke. Ela não se orgulhava, mas era isso que estava pensando, isso que a levou a subir até a encosta mais alta antes de estar pronta.

Olivia cruzou os braços, transferindo o peso de um pé para o outro. Mas, fora essa pequena demonstração de impaciência, parecia tranquila em esperar que Margot terminasse.

Bom, aí vai.

— Fiquei com ciúme, tá? — Margot abraçou o travesseiro com mais força. — Fiquei com ciúme, fui idiota. Não me orgulho disso. Pelo contrário. Quer dizer... que *droga*, Liv. Você acha que gosto de me sentir assim? Porque não gosto. Eu odeio. — Ela engoliu em seco antes que sua voz começasse a falhar. — Quando vi Luke flertando com você, pensei que conseguiria lidar, mas aí, quando eu vi você passar seu número... Ou pelo menos *achei* que era isso que você estava fazendo... Eu simplesmente... não pensei.

Agira por impulso.

Olivia continuava de braços cruzados, arrastando os dentes pelo lábio, machucando-os ainda mais.

— E daí? Quer dizer que você está chateada porque outra pessoa me quer?

— Não. — Seu coração gaguejou, seu estômago embrulhou. — Não é nada disso. Estou quase convencida de que o mundo inteiro te quer, Liv. Você não tem ideia do... do apelo que você tem. Eu não quero você só porque Luke te quer. Quero você porque eu... — Merda. Margot respirou fundo, o ar estremecendo entre seus lábios. — Eu sempre quis você. Tenho sentimentos por você, tá bom? Gosto de você. Nunca senti isso por ninguém. Ninguém me entende do jeito que você me entende. Nunca senti que morreria se não tocasse em alguém. *Você* me faz sentir isso. — Ela trincou a mandíbula e apertou os lábios em uma tentativa de conter as lágrimas. —

Isso não é *novo*. Isso não é pelo Luke. Simplesmente… simplesmente é… é como me sinto.

Olivia descruzou os braços e bufou.

— Você é ridícula. Tem noção disso?

Merda. Margot sabia que isso iria acontecer, mas saber não evitou a amargura em seu peito. Seu coração batia forte na garganta, a dor piorando quando ela engoliu o nó.

— Sinto muito, ok? Não posso evitar o que sinto por você. Se você me acha tão ridícula…

Olivia riu e tampou os olhos com as palmas das mãos.

— Cala a boca. Você é a pessoa mais irritante que eu já conheci, Margot.

Margot se curvou sobre o travesseiro, com a respiração acelerada demais. Ela fungou com força, os olhos ardendo e a visão turva. *Porra.*

— Preciso admitir que não é o elogio que eu estava esperando. "A melhor em comentários engraçados" ou "a melhor em sexo oral", tudo bem, mas a pessoa mais irritante? *Ui.*

Deus, ela havia ferrado tudo. Chutado o balde. Passado dos limites. Ido longe demais. Ela só queria ficar com Olivia, mas, ao tentar trazê-la para perto, a afastou. Que desastre. Ciúme nunca foi uma característica atraente em uma companheira, e elas nem eram isso. Eram amigas — e Margot teria sorte se Olivia quisesse continuar sendo sua amiga depois daquele comportamento atroz. Ela se preparou para a rejeição.

Olivia deixou os braços caírem ao lado do corpo.

— O Luke é um cara muito legal.

Merda. Lá vem. A tensão deu um nó em seu estômago, depois o revirou do avesso. Ela não precisava ouvir o resto.

— Você não precisa…

— Ai, meu Deus, Margot, por favor, pelo amor de tudo que é sagrado, cala a boca. — Olivia bufou e balançou a cabeça, fazendo seu cabelo, preso em um rabo de cavalo alto, roçar os ombros.

Margot mordeu a língua, todas as palavras que queria dizer obstruindo sua garganta.

— O Luke é um cara muito legal... — repetiu Olivia, torcendo a faca um pouco mais.

Ela levantou os ombros e endireitou a coluna como se estivesse se fortalecendo para desferir o golpe final. Seu olhar fixou-se em Margot, duro e determinado, com um vestígio de algo que Margot não conseguia nomear, algo que a deixou sem ar.

— Mas eu não quero o Luke. — Olivia engoliu em seco e abriu um pequeno sorriso. — Eu quero você.

O coração de Margot se inflou como um balão.

Olivia a queria.

Seus batimentos cardíacos dispararam.

Mas Olivia a queria *como*?

Ela agarrou o travesseiro como se fosse sua única salvação.

— Não sei se consigo ter algo *casual*, Liv — confessou, colocando as cartas totalmente na mesa. — Aparentemente, não consigo ser casual. Não quando se trata de você. — Ela riu e esfregou o rosto. — Na verdade, sou péssima nisso. Quase tão péssima quanto sou esquiando. — Olivia riu, o som afrouxando os nós dentro de Margot. — Quando se trata de você, pra mim é tudo ou nada, Liv — confessou.

Olivia deu um passo lento e hesitante em direção à cama, depois outro, este um pouco mais seguro, mais rápido. Cada passo deixava os nervos de Margot mais em frangalhos. Olivia se sentou na beirada da cama e secou as palmas das mãos nas coxas.

— Tudo ou nada, hein?

— Pois é — confirmou Margot, com a voz trêmula.

Ela jogou o travesseiro de lado e se ajeitou para encarar Olivia da melhor maneira que pôde, com o pé apoiado e para o alto.

— Se quiser, sei lá, dizer algo que me tranquilize, fique à vontade.

Olivia estendeu a mão para a de Margot e entrelaçou os dedos nos dela. O gesto, por si só, deu esperança a Margot. As pessoas não costumavam dar as mãos a alguém que planejavam dispensar educadamente.

— *Eu* que *te* beijei, esqueceu?

— Como eu poderia esquecer? — brincou Margot.

— Eu não… — Olivia corou. — Eu só estive com você e Brad em toda a minha vida. Eu nunca *curti* casual. Acho que isso deixa claro que também nunca considerei o que rolou entre a gente como algo casual. — Ela apertou os dedos de Margot e riu. — Poderíamos ter evitado isso conversando a respeito. Vou culpar sua boca suja por me distrair.

As orelhas de Margot arderam e uma risada borbulhou em seus lábios.

— Foi mal?

— Se não era o que você queria, por que agiu como se fosse? — perguntou Olivia.

— Eu não sabia o que *você* queria e tive medo de que, se eu te contasse o que *eu* queria e não fosse recíproco, você… sei lá, se sentiria constrangida e isso atrapalharia o casamento do Brendon. Ou que você se sentiria desconfortável e se mudaria de casa. E eu não queria isso. Eu não *quero*. Então preferi apostar no que eu achava ser mais seguro. Achei que conseguiria manter o que sinto em segredo. — Ela deu um sorriso irônico. — Considerando que… Enfim, eu já devia saber.

Com a mão ainda segurando a de Margot, Olivia franziu a testa.

— Considerando o quê?

Margot baixou os olhos para o colo e riu.

— Eu realmente não quero repetir o passado, Liv.

— Não quero ser pedante aqui, mas acho que teríamos que ter *vivido* o passado antes de podermos *repeti-lo*.

Margot fechou os olhos e se encolheu por dentro.

— Nós transamos. Brad te quis de volta. Vocês voltaram. Fim da história.

Olivia largou a mão de Margot, seu semblante passando por uma enxurrada de emoções, antes de balançar a cabeça de queixo caído.

— Espera, calma aí. *Como é?*

— Você estava lá, Liv. Você sabe o que aconteceu.

Por favor, não me faça ter que desenhar.

Olivia zombou suavemente:

— Pelo que me lembro, mandei uma mensagem para você contando que ele queria voltar, perguntando o que...

— Você não deveria ter tido que perguntar — disparou Margot, encolhendo-se quase imediatamente.

Deus, Margot não conseguia acreditar que elas estavam realmente falando sobre isso.

— Passamos a semana juntas. Nós... Pensei que aquilo tinha significado alguma coisa. Pensei... — *Droga.* Margot suspirou com força e encontrou os olhos de Olivia. — Você foi minha primeira, sabia? E eu não dava muita importância para esse tipo de coisa. — Ela umedeceu os lábios. — Ou melhor, não dava até ser você. Então, sim, foi importante para mim, e pensei que você soubesse disso. Aí você me manda uma mensagem dizendo que seu ex quer voltar e me pergunta o que acho que você deveria fazer? Eu esperava que a resposta fosse óbvia, mas o fato de você ter perguntado, de ter perguntado *para mim*... Porra, Liv. Como você acha que eu me senti? Como você acha que fiquei quando, semanas depois, descobri, por terceiros, que você não ia para a Universidade de Washington como tínhamos conversado, como tínhamos planejado? Que, em vez disso, você descartou todos os nossos planos e foi para a Universidade Estadual ficar com o Brad? Como você acha que foi para mim?

Como se Olivia ter escolhido Brad não tivesse sido ruim o suficiente, Margot sentiu como se sua melhor amiga, a garota que ela amava, a pessoa que ela acreditava que sempre estaria lá, de repente não estava mais. Como se Olivia estivesse abandonando não só os planos delas, mas também Margot. Como se talvez Margot não significasse tanto para Olivia quanto Olivia significava para ela. Como se ela fosse fácil de superar. Fácil de esquecer.

Olivia engasgou, abrindo e fechando a boca antes de conseguir afirmar:

— Não foi *nada disso*.

Margot cruzou os braços.

— Eu estava lá, Liv. Acho que sei bem o que aconteceu.

Olivia pressionou a mão na testa e suspirou.

— Ok. Primeiro: eu não fui para a Universidade Estadual para ir atrás do Brad. Lembra da bolsa para qual me candidatei? Então, eu não consegui. — Ela apertou os lábios e baixou os olhos. — Mesmo com a bolsa, a Universidade de Washington seria mais cara. Sem auxílio nenhum, então? — Ela balançou a cabeça. — Se eu tivesse dito ao meu pai que queria ir para a Universidade de Washington, eu sabia que ele tentaria dar um jeito, mas eu não poderia pedir aquilo a ele. Eu não poderia pedir que ele se sobrecarregasse financeiramente quando passei para outra faculdade que também era boa e que *estava* me oferecendo uma bolsa. Ajudou o fato de Brad estar estudando lá também? O fato de termos reatado e que, na época, ele me queria? O fato de que eu *sabia* que ele me queria? Não vou mentir e dizer que não foi uma vantagem, um ponto a favor da Universidade Estadual. Mas não foi esse o motivo, Margot.

Margot engoliu o nó na garganta.

— Ah.

Ela teve que reprimir um "por que você não me contou?", mas já sabia a resposta. Elas mal se falavam naquela época, até mesmo porque, depois de dormirem juntas, Margot evitou Olivia, preferindo lamber suas feridas sozinha. Sofrer em silêncio. Processar internamente o quão errado aquilo dera.

— Quanto ao motivo de eu ter perguntado o que você achava que eu deveria fazer, é porque eu queria que você me *confirmasse*. Eu queria que você me dissesse que me queria. Foi por isso que eu perguntei. A gente não tinha conversado sobre nada. Sobre o que tudo aquilo tinha significado, sobre nossos sentimentos. Eu esperava que você me dissesse… — Ela afundou os dentes no lábio inferior. — Tudo que eu queria era que você me quisesse do jeito que eu queria você.

Margot queria. *E como.*

— Eu queria. Eu… — Ela balançou a cabeça. — Isso foi há onze anos, Liv. Tínhamos 18 anos de idade e…

— Não acho que a gente deva perder tempo com "e se". — Olivia deu um sorrisinho discreto, contido. — Você tem razão. Vai saber o que teria acontecido? Há um milhão de formas pelas quais poderia ter dado certo e mais um milhão pelas quais poderia ter sido uma catástrofe.

Margot assentiu. Por mais que desejasse Olivia, ela não estava pronta para um relacionamento sério aos 18 anos. Claramente, suas habilidades de comunicação na época precisavam de aperfeiçoamento — na verdade, muito provavelmente até hoje precisavam, mas ela estava aprendendo e tentando, e isso já era meio caminho andado, não era? Toda aquela angústia típica da adolescência era uma receita para o desastre.

— Mas agora?

Olivia se inclinou e passou os lábios pelo canto da boca de Margot em um beijo breve demais. Ela recuou e fixou os olhos nos de Margot.

— Agora.

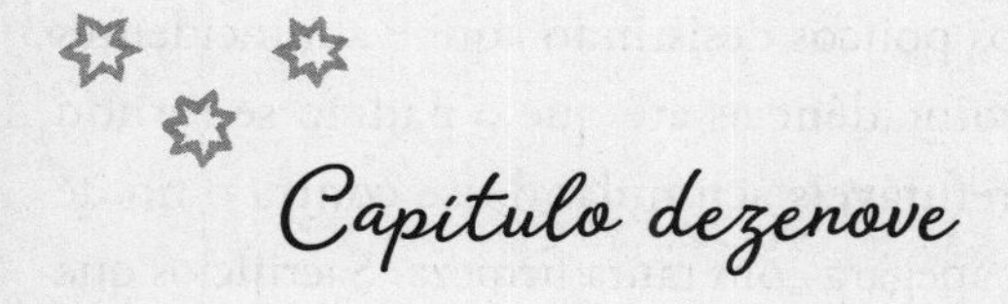

Capítulo dezenove

Olivia esticou o braço até a mesinha de cabeceira e rolou para o lado quando seus dedos só tocaram a madeira lisa, o celular longe demais para alcançar.

— Ei, onde pensa que vai?

Margot envolveu sua cintura com o braço, puxando-a ainda mais para o meio da cama e se aconchegando em suas costas.

— Eu estava tentando ver a hora. Não podemos nos atrasar para o jantar.

Margot se aproximou mais, como se *coladas* não fosse perto o suficiente, como se qualquer espaço entre as duas fosse inaceitável. Olivia sentia o mesmo.

Era tudo muito novo.

Não apenas estar deitada ali, envolta pelos braços de Margot, mas ter o que ela tanto queria.

Por muito tempo, tudo o que Olivia queria lhe parecera inatingível, seja por alguma barreira enorme e intransponível, por expectativas irreais demais, ou por uma distância menor, como as pontas dos dedos quase se tocando. *Quase* era sempre pior porque a esperança que despertava levava a uma decepção ainda maior sempre que, inevitavelmente, a coisa não dava certo. Uma bolsa de estudos para a faculdade dos sonhos. Um relacionamento com Margot. Todos os pequenos desejos dos quais ela fora aos poucos desistindo aqui e ali, incidentes justificados como coincidências até que o padrão se tornou claro, evidências irrefutáveis acumulando-se contra o fio de esperança ao qual se apegara com tanta firmeza. Sacrifícios que fez pensando que valeriam a pena para ser feliz para sempre com Brad, barganhas em nome do amor que se tornaram mentiras que ela contava a si mesma porque a verdade era triste demais. E tudo só para descobrir que o felizes para sempre, por si só, era uma farsa.

Depois de certo ponto, como não havia mais esperança de *ter, querer* tornou-se inútil. Por que se importar? Por que continuar passando por decepções constantes? Talvez algumas pessoas apenas não fossem feitas para ter o que queriam, para serem felizes. Então ela decidiu pela segunda melhor opção, pelas migalhas de contentamento onde pudesse encontrá-las. Nunca totalmente satisfatórias, mas o suficiente para sobreviver, para persistir.

Mas agora...

Era tudo ou nada. Um calor irradiou pelo seu peito. Margot a queria.

Talvez a decepção não fosse uma inevitabilidade. Talvez as coisas em sua vida até agora tivessem acontecido por um motivo, do jeito que deveriam ser. Todas aquelas pequenas decepções não eram becos sem saída que Olivia pensava, mas reviravoltas necessárias, todas a direcionando para algo maior, algo melhor, algo duradouro, algo real. *Algo dela.* Uma convergência perfeita do lugar certo na hora certa.

Margot tocou o pé gelado na panturrilha de Olivia. O outro pé continuava para o alto, os travesseiros embaixo ligeiramente tortos, um deles pendendo da beirada da cama, arriscando cair.

— Não quero levantar — queixou-se Margot.

Ela afastou o cabelo da nuca de Olivia com os dedos também gelados, causando arrepios ao longo da coluna. Com os lábios quentes e leves como uma pluma, Margot acariciou sua nuca, deixando Olivia toda arrepiada.

— Estou com frio e você está tão quentinha e a cama é tão confortável…

Fatos, mas ela tinha a sensação de que, mesmo que estivesse deitada em um bloco de concreto, estaria igualmente relutante em sair de lá. O desejo de ficar na cama tinha menos a ver com o conforto do colchão e o calor do edredom e tudo a ver com Margot enroscada nela.

— Já pulamos o almoço.

A boca de Margot curvou-se contra sua pele.

— Isso é questionável — disse, sua voz era alegre, quase tímida. — Eu comi.

Olivia explodiu numa gargalhada.

— *Margot!*

— O quê?

Margot se apoiou em um dos cotovelos, olhando para Olivia com uma expressão exasperada, um sorrisinho plácido nos lábios, o retrato da inocência se Olivia não a conhecesse direito. O canto esquerdo de sua boca se contorceu, achando graça, denunciando a falsa compostura.

— Estou mentindo?

— Você é ridícula.

Olivia mordeu o lábio, balançando a cabeça devagar.

Margot sorriu maliciosamente e pôs a mão na cintura de Olivia.

— Não aja como se não gostasse.

Antes que Olivia pudesse responder, Margot se inclinou e reivindicou sua boca de um jeito que a fez dobrar os dedos dos pés e ser atravessada por uma onda de calor. Ela fechou os olhos e mergulhou no beijo, se rendendo à sensação da língua de Margot traçando seus lábios ainda sensíveis de tantos toques e mordidinhas.

— Margot, as reservas — ofegou. — A gente não pode...

Plantando beijos da boca até o queixo e descendo pela mandíbula, Margot a silenciou:

— Brendon disse que o horário de saída é só sete e meia. Temos tempo.

Ela deslizou a mão que estava na cintura de Olivia pela barriga, envolvendo-a entre as coxas, dedilhando com o polegar seu clitóris ainda sensível. A respiração de Olivia ficou presa na garganta, seu coração acelerando à medida que o quadril se movia agradavelmente, abrindo as coxas.

— Isso — murmurou Margot contra a pele de Olivia, com a testa pressionada em sua bochecha e olhando para seu corpo enquanto passava os dedos por seus grandes lábios.

Margot inseriu dois dedos e os curvou para cima, dando a Olivia algo para apertar, e... *Deus,* ela chegaria lá muito rápido.

Ela deu um beijo angustiantemente doce na mandíbula de Olivia.

— Já está quase lá, hein?

Margot esfregou o nariz na lateral do rosto de Olivia, os lábios roçando o espaço abaixo da orelha, os dentes mordiscando o lóbulo. A dorzinha sutil enviou uma onda de prazer direto ao seu ventre e fez Olivia contraí-lo. Margot sorriu contra sua pele, curvando os dedos com mais força.

— Vai, Liv. Goza pra mim...

Sua respiração falhou, seu peito queimou e ela chegou ao êxtase, as coxas e o quadril estremecendo conforme os dedos de Margot se curvavam, prolongando o prazer. Quando ficou demais para suportar, Olivia empurrou delicadamente a mão de Margot, fechando os joelhos. Margot deu outro daqueles beijos carinhosos em seu rosto e libertou os dedos. Olivia mordeu o lábio com força, engolindo um gemido ao sentir a sensação de vazio.

Margot caiu de costas na cama com um suspiro de satisfação.

— Ainda me acha ridícula?

Olivia bufou.

— O fato de você ainda estar pensando nisso só prova como você é completamente ridícula.

— Completamente?

Margot riu, um som radiante e agudo que surtiu um efeito engraçado no coração de Olivia; não exatamente um aperto, mais para uma vibração. Como se houvesse borboletas presas em seu peito.

— Então, fui promovida para *completamente* ridícula em vez de apenas ridícula?

Olivia apertou os lábios para não rir.

— *Promovida?*

Com uma bufada sarcástica, Margot rolou na cama e beliscou a cintura macia de Olivia, que se debateu, contorcendo-se, os pés enroscados nos lençóis enquanto tentava escapar. Olivia riu, empurrando o braço de Margot.

— Para, não!

Margot desistiu, deixando os dedos e a palma da mão apoiada na cintura de Olivia, logo abaixo dos seios.

— Você está com sorte. — Olivia rolou, tomando cuidado para evitar o pé machucado de Margot enquanto se movia para entre suas coxas. — Acontece que eu gosto do ridículo.

Margot sorriu e estendeu a mão, enredando os dedos no cabelo da nuca de Olivia. Ela a puxou, arqueando o pescoço para beijá-la no meio do caminho. Mas logo suas pernas se afastaram, permitindo que Olivia se acomodasse entre elas. Olivia deslizou os lábios sobre a renda preta que envolvia os seios de Margot, depois foi descendo pela barriga, a língua atiçando o umbigo só para ver o que acontecia. Margot deu um murmúrio agudo, agarrando com dificuldade o lençol e elevando o quadril enquanto mordia o lábio inferior.

Olivia roçou os lábios na faixa de pele entre os ossos do quadril de Margot, desceu a costura da calcinha e enganchou os dedos sob o elástico, puxando ainda mais.

Margot acariciou a lateral do rosto e a parte inferior do maxilar de Olivia, que levantou a cabeça e apoiou o queixo na parte baixa do abdômen de Margot, tomando cuidado para não afundar demais. Margot olhou para ela por entre as pálpebras pesadas e pressionou a ponta do polegar no centro de seu lábio inferior.

— Você fica incrivelmente gostosa assim.

O rosto de Olivia esquentou, o elogio fazendo um calor irradiar em seu peito, e ela lambeu a dobra do quadril de Margot onde a renda preta da calcinha terminava. Ela beijou a pele, recuando quando Margot sibilou. Sua pele desbotava do vermelho para o rosa. Se Olivia quisesse deixar uma marca, coisa que definitivamente queria, teria que se esforçar mais.

Algo zumbiu sobre a mesa de cabeceira, batendo no abajur. Era o celular de uma das duas.

Margot bufou.

— Ignore.

Bom plano. Olivia enganchou os dedos na faixa da calcinha de Margot. O celular parou de tocar enquanto ela descia a calcinha de Margot pelas coxas e…

Quando o zumbido recomeçou, Margot deu um soco na cama, frustrada, choramingando baixinho.

— Caramba. Juro por Deus, se for o Brendon, eu vou surtar. Não são nem seis horas. — Ela bufou alto e se sentou, torcendo o tronco para alcançar a mesa de cabeceira, e franziu a testa. — Não é o meu.

Margot se esticou ainda mais, tateando em busca do celular de Olivia na extremidade da mesinha, e conseguiu puxá-lo o suficiente para olhar a tela.

Margot juntou as sobrancelhas com um rápido lampejo de irritação antes de controlar o semblante, ficando neutro demais, vazio demais para ser natural. Um músculo em sua mandíbula, logo abaixo da orelha, se contraiu, como se ela estivesse apertando os dentes de trás, o que causou um nó no estômago de Olivia.

— Toma. — Margot pegou o aparelho da mesa de cabeceira e o estendeu. Ela pigarreou baixinho, olhando pelo quarto, para todos os lugares, menos para Olivia. — É o Brad.

Olivia traçou a parte de trás dos dentes com a língua, encarando fixamente o nome de Brad na tela até as letras borrarem e seus olhos arderem, forçando-a a piscar. Uma imagem inversa do nome dele estava gravada atrás de suas pálpebras, branca sobre um fundo preto. Ela atenderia e resolveria o assunto, seja lá *qual* fosse o problema agora, diria a Brad o que ele precisava ouvir e... E depois? Tudo de novo na próxima vez que ele ligasse? Nas próximas? Por quanto tempo isso ia durar?

Naqueles minutos, mesmo que breves, era como se ela nunca tivesse ido embora, ainda *cedendo*, mesmo a quilômetros de distância. Olivia detestava ver o nome do ex no identificador de chamadas, odiava saber que havia noventa e nove por cento de chance de ele estar ligando por causa de alguma bobagem, usando-a. Mas havia aquele um por cento de chance, aquela pequena parte dela, aquela voz, lá no fundo, que não conseguia deixar de cogitar, não conseguia deixar de se preocupar. *E se?* E se desta vez ele estivesse ligando por um motivo realmente importante? E se na única vez em que ela deixasse cair na caixa postal, seu pai estivesse precisando de ajuda e…

Margot olhou para o aparelho ainda vibrando na sua mão.

— Não vai atender?

Talvez tenha sido porque ela perguntou, dando a Olivia a chance de tomar a decisão, em vez de dizer o que ela *devia* fazer, mas seu coração se aqueceu.

Ela pegou o celular, tocando de leve nos dedos de Margot, que desviou os olhos e coçou o pescoço, pousando os dedos na base do pescoço.

Olivia se preparou e arrastou o dedo pela tela, mandando a ligação para a caixa postal.

— Se ele tiver algo importante a dizer, pode me mandar uma mensagem.

Ignorar Brad não foi apenas satisfatório: a ausência do nome dele na tela foi um alívio. Um ato *necessário*, algo que ela deveria ter feito havia muito tempo. Algo que ela estava fazendo naquele momento não para tirar a sutil carranca do rosto de Margot, mas por si mesma. Porque Margot tinha razão. O padrão de estar sempre à disposição de Brad não era saudável e não era justo.

Olivia merecia coisa melhor.

Margot avançou para beijar Olivia. Seus lábios se curvaram e, mesmo que Olivia não tivesse enviado Brad para a caixa postal por Margot ou por causa de Margot, o jeito que ela sorriu foi um benefício adicional.

Margot recuou e deslizou os dedos pela orelha de Olivia depois de prender uma mecha de cabelo atrás dela.

— Tudo bem?

— Sim, eu…

O celular vibrou de novo, ainda em sua mão. Um breve zumbido, uma mensagem. Olivia fechou os olhos.

— Droga — murmurou.

Ela deslizou a tela, digitou a senha com o polegar e tocou na notificação de texto na parte superior.

BRAD (18h03): ei, eu te liguei

Bastava. Estava na hora de ser direta.

Olivia (18h05): Estou ocupada, Brad. A menos que seja uma emergência, precisa parar de me ligar direto. Não é certo. Não sou sua mãe.

Olivia olhou para a mensagem, mordendo o interior do lábio, lendo e relendo até memorizar tudo. Ela manteve o polegar sobre a tecla de apagar, excluindo a última frase antes de clicar em *enviar*. As mãos de Margot repousavam levemente em seus ombros, seu toque tranquilizador, acariciando as clavículas de Olivia em círculos. Quando Olivia levantou a cabeça, Margot deu um sorriso torto.

— Tudo certo?

— Pedi para ele parar de me ligar a menos que seja uma emergência. — Ela ergueu as sobrancelhas e abriu um sorriso irônico. — Mas melhor não criar muita expectativa.

O celular vibrou com a chegada de outra mensagem.

BRAD (18h07): não precisa ser grossa, livvy

Ah, claro. Porque impor limites fazia dela uma pessoa grossa. Ela revirou os olhos e virou o telefone para mostrar a mensagem a Margot, que precisou semicerrar os olhos e se aproximar da tela para enxergar, cutucando com a língua o interior da bochecha.

— Jumento — murmurou, zombando da tela.

Olivia riu.

O celular vibrou de novo, despertando mais uma onda de irritação. Antes que pudesse virar a tela para olhar, Margot se reaproximou e leu o que ele escreveu.

— Mas o que... Acho que ele te enviou um link. — Margot torceu o nariz. — Eu não abriria.

Quando Olivia virou o celular, o aparelho vibrou com a chegada de outra mensagem. *Deus*, o cara não desistia.

BRAD (18h09): <link>

BRAD (18h09): vc não me contou q seu pai ia mudar

O que ele quis dizer com seu pai ia mudar? Mudar *o quê*? A URL havia sido encurtada para um link que não fornecia nenhuma pista contextual, nenhuma ajuda. Sem clicar, ela não saberia o que era nem o que tinha a ver com qualquer mudança.

Rezando para Brad não ter enviado nenhuma pornografia — algo do qual ela não duvidaria —, ela clicou no link. O navegador abriu e o site ficou carregando, carregando, lento como uma lesma. A barra no topo da página avançava devagar, a tela branca até de repente não estar mais.

Um anúncio de imóvel à venda? Brad enviara a ela um link com um anúncio de imóvel à venda. Um anúncio da casa do pai dela.

A casa do pai dela, à venda... E não só à venda, mas à venda havia *duas semanas*.

O nó que se formou em sua garganta quase a impediu de engolir. Ela apertou a barriga, capaz de sentir a pulsação na palma da mão. Seu coração estava batendo rápido demais e... Olivia se recostou, quicando na cama, encostando os joelhos no peito, de repente tonta.

— Liv? — Margot apoiou as mãos nos joelhos de Olivia. — O que houve?

Sem responder, ela passou o celular para Margot, que franziu a testa e recuou, pegando os óculos da mesinha de cabeceira. Ela rolou de volta até o topo da página, erguendo as sobrancelhas enquanto examinava a tela.

— Brad te mandou isso?

Margot franziu os lábios quando Olivia lentamente assentiu.

— Tem certeza de que é verdade? Será que não é uma montagem ou algo assim?

— Não acho que manipular uma listagem de imóveis seja a praia do Brad. Por que ele faria isso?

Margot deu de ombros.

— Não sei. É do Brad que estamos falando. Por que ele te enviaria isso? O que ele ganha em te avisar?

Olivia pressionou o polegar sob a crista da sobrancelha. Uma pulsação sutil começou a latejar por trás de seus olhos.

— Pedi para ele me avisar se soubesse de alguma coisa sobre o papai, lembra? Acho que isso é ele me avisando. Ou isso, ou… Não sei, Margot. Talvez ele esteja sendo intrometido? Não sei.

Ela não sabia de nada.

Margot olhou de volta para a tela.

— Está sendo anunciada há duas semanas?

Aparentemente. Duas semanas antes, seu pai não comentara nada sobre vender a casa. Nem uma vez, nem uma alusão passageira, sobre sequer estar cogitando colocá-la à venda. Nada.

Olivia pegou o celular.

— Preciso ligar para o meu pai. Não entendo por que ele não me contou que estava se mudando.

Não fazia sentido.

Margot devolveu o celular sem dizer nada, apenas com um sorriso triste.

Olivia abriu suas ligações recentes, ignorou o número de Brad e tocou no ícone ao lado de *Pai*. Após o primeiro toque, respirou fundo. Dois toques. Ela suspirou impacientemente. *Atende.* Três. Ela prendeu a respiração.

Oi, você ligou para o Gary. Não posso atender agora. Deixe seu nome e número que retornarei assim que possível. Obrigado!

— Não atendeu? — perguntou Margot quando Olivia baixou o celular, encerrando a ligação antes que o sinal para deixar recado apitasse.

Ela balançou a cabeça e ficou encarando o contato do pai.

— Vou ligar de novo.

Margot se esticou pela beirada da cama e pegou a camisa do chão. Depois que a vestiu, jogou o cabelo para trás e recostou-se na cabeceira. Ela pegou seu celular da mesinha, já desbloqueando ele.

Olivia clicou em *ligar* e prendeu a respiração.

Um toque.

Dois toques.

Seu estômago despencou.

Três toques.

Oi, você...

Ela fechou os olhos e bufou. *Droga, pai.* De todas as ocasiões para não responder, justo quando ela mais precisava falar.

Ela esperou a gravação do correio de voz terminar e dessa vez continuou na linha, esperando para deixar um recado. Mesmo que já o estivesse antecipando, o bipe estridente fez seu pulso acelerar.

— Oi, pai. Me liga quando ouvir esse recado. — Ela molhou os lábios, pensando se deveria dar o motivo da ligação. — Apenas me ligue. Por favor. Eu te amo.

Margot envolveu a coxa de Olivia, roçando com o polegar a parte interna do joelho. Quando Olivia abriu os olhos, Margot abriu um sorriso tranquilizador.

— Tenho certeza de que ele vai ligar de volta assim que puder.

Talvez, mas…

— Ainda não entendo por que ele está vendendo a casa. E por qual motivo não me contou. Ele ama aquela casa. Eu cresci naquela casa. Mamãe e ele…

Ela engoliu em seco com o nó na garganta que não desaparecia — que, na verdade, só crescia.

— Mamãe e ele compraram a casa quando se casaram. Eu não… eu não entendo. Ele nunca falou em vendê-la antes.

O pai dela adorava o imóvel. Deus, até as coisas que ele não amava, como o papel de parede amarelo do lavabo do andar de baixo, ele mantivera inalteradas porque haviam sido escolhidas por sua falecida mãe. Não fazia sentido.

— Deve haver uma explicação lógica, ok?

— A casa está à venda há duas semanas. Sabe quantas vezes já conversamos, quantas chances ele teve de contar? A gente se falou ontem mesmo.

— Ei… — Margot estendeu a mão, embalando suavemente a lateral do rosto de Olivia, que fechou os olhos e se apoiou na palma, pressionando os lábios na parte interna do pulso. — Por que isso está te assustando tanto?

Ela abriu os olhos e respirou fundo, com a garganta em carne viva.

— O que *mais* ele não me contou?

Quantas vezes ele afirmou que estava bem? Que seus exames de sangue estavam bons, que seus médicos estavam felizes com seu progresso, que ele estava se cuidando, comendo melhor e trabalhando menos? Isso era verdade ou ele só estava tentando acalmá-la, minimizar sua preocupação?

— Ele vai ligar de volta — repetiu Margot, passando o polegar na bochecha de Olivia.

Quando?

— Ele viaja amanhã, lembra?

E, mesmo que ele ligasse, que garantia Olivia teria de que o pai não faria o mesmo de sempre: ignoraria os receios dela, diria para ela não se preocupar antes de mudar de assunto?

Olivia não conseguiria dormir até descobrir o que estava acontecendo. Se o pai estava bem de verdade ou se... se...

E se ele estivesse vendendo a casa porque estava doente? E se ele não estivesse atendendo o celular porque *não podia*? E se não existisse pescaria nenhuma? E se ele estava de novo no hospital e não quisesse que Olivia soubesse?

Mesmo que Olivia não tivesse que se preocupar com a saúde do pai, a situação toda ainda seria estranha. Perturbadora. Afinal, eles se falavam com frequência.

Mas ela se preocupava, sim, com a saúde dele.

Deus, o que ela não daria para apertar o botão retroceder e voltar dez minutos no tempo, para quando ela e Margot estavam enroladas nos lençóis, quando o único tremor que sentia por dentro era causado por um frio na barriga do tipo agradável. Não aquela ansiedade horrível, não sua cabeça de repente imaginando todos os tipos de piores cenários.

Até entender tudo a fundo, seu cérebro tentaria preencher o espaço em branco que veio depois dos *e se* com um leque de opções horríveis. Olivia não só não conseguiria dormir, como no dia seguinte seria o ensaio de Annie e Brendon. E o casamento no dia posterior. Ela não podia se dar ao luxo de ficar distraída, imaginando, se preocupando.

Capítulo vinte

Olivia umedeceu o lábio, vermelho de tanto morder, levantou da cama e apanhou o suéter do chão.

— E se ele não estiver bem? E se ele...

— Ei, ei.

Margot também se levantou, estremecendo por causa de uma pontada de dor irradiando pela lateral do pé com o peso do corpo. Caminhar seria uma verdadeira merda.

— Você precisa respirar fundo, ok? Respira comigo.

Entrar em pânico não resolveria nada.

Abraçada ao suéter, Olivia contraiu os lábios e imitou Margot, inspirando pelo nariz. Margot prendeu o ar e levantou a mão para garantir que Olivia faria o mesmo, e expirou devagar, abaixando a mão. A expiração de Olivia saiu irregular, seus ombros caíram e se curvaram para a frente. Ela fechou os olhos com força, parecendo aflita, mas não mais à beira de um colapso.

— E se ele não estiver bem? — repetiu ela com a voz embargada.

O coração de Margot apertou com o som, com a maneira como Olivia fechou os olhos com força.

— Ele prometeu te contar se não estivesse. Eu estava do seu lado, lembra? Ouvi toda a conversa. Ele disse que não queria que você se preocupasse.

Olivia endireitou o suéter, que estava do avesso, e passou a gola pela cabeça. A estática fez com que alguns fios de cabelo se eriçassem em várias direções.

— Exatamente. Ele não quer que eu me preocupe. Mais uma razão para esconder as coisas de mim.

— Você não acha que... — Margot estremeceu, já antecipando a reação de Olivia ao que ela estava prestes a dizer. —... se o seu pai diz que está bem, você devia confiar nele?

Olivia passou os dedos pelo cabelo, fazendo uma careta quando eles prenderam em um nó.

— Eu já te disse. Ele dirigiu sozinho até o hospital quando teve um ataque cardíaco, Mar. E só deixou a enfermeira me ligar quando viu que teria que ficar internado.

Margot suspirou antes de continuar:

— Ok, entendo como algo assim pode não passar muita confiança... Que merda. Concordo plenamente e entendo que esteja cogitando o pior no momento. — Ansiedade e medo nem sempre eram emoções racionais. Porra, na maioria das vezes eram o completo oposto. A mente podia ser péssima às vezes. — Mas, olhando de fora, não creio que seu pai ter colocado a casa à venda signifique necessariamente que haja algo de errado com a saúde dele. — Ela abriu um sorriso. — Quem sabe? Talvez ele esteja vendendo porque quer se aposentar e se mudar para um daqueles condomínios para aposentados com tudo incluso na Flórida. Sabia que eles têm uma enorme comunidade nudista perto de Tampa? Eu assisti a um programa no HGTV. E eles carregam uma toalhinha para, quando visitam uns aos outros, se sentarem nela em vez de diretamente nos móveis. Eles adaptam tudo pensando nos aposentados. Talvez seu pai queira ampliar os horizontes.

Ela subiu e desceu as sobrancelhas, conseguindo arrancar um sorriso de Olivia.

— Meu pai odeia a Flórida.

Olivia afastou o cabelo do pescoço e o torceu em um coque, prendendo-o com o elástico no pulso. Algumas mechas se soltaram, emoldurando seu rosto.

— Tenho primos em Kissimmee. Da última vez que nós os visitamos, ele só fez reclamar do calor e da umidade. — Ela suspirou, os ombros caídos. — Eu só queria saber por que ele não me contou. Eu cresci naquela casa. Ainda tem caixas minhas no meu antigo quarto, roupas no armário que não trouxe comigo, todos os meus anuários continuam numa estante no corredor. Eu simplesmente não entendo.

Margot contornou a cama com dificuldade até pegar na mão de Olivia. Ela entrelaçou os dedos das duas e apertou, puxando-a para mais perto até passar um braço em volta de sua cintura. Olivia abaixou o queixo, sorrindo com carinho para suas mãos, o semblante abatido, mas sem mais parecer prestes a passar mal de preocupação. Progresso.

— Até você falar com ele, acho que está se estressando à toa, Liv. Precisa ouvir a história toda.

Ela apertou os lábios, a garganta estremecendo quando engoliu, balançando a cabeça devagar.

— Tem razão. Preciso falar com meu pai. — Ela bufou pelo nariz, um barulhinho alvoroçado pontuado por um revirar de olhos. — Só ele pode responder às minhas perguntas. Até lá, só tenho suposições e...

— Então você vai falar com ele.

Margot passou o polegar pelos nós dos dedos de Olivia, tentando acalmá-la da melhor forma possível. Ela ergueu as mãos de ambas o suficiente para roçar os lábios na lateral do polegar de Olivia em um beijo rápido. Sentiu um aperto no peito quando Olivia sorriu e... meu Deus, por que ela estava lutando contra aquilo? Cuidar de Olivia era tão natural quanto respirar. Margot devia saber que resistir era inútil, que ela sempre terminaria naquele mesmo lugar.

— Vai conversar com ele e ele vai explicar e tudo vai fazer sentido.

Olivia respirou fundo e estremeceu.

— Ou ele apenas vai dizer mais uma vez para eu não me preocupar. Você o ouviu. Ele é ótimo em esconder tudo embaixo do tapete e parecer bem mesmo quando não está.

Margot não conseguiu pensar em mais nada que pudesse tranquilizar Olivia; havia um limite de vezes que se podia dizer que tudo ficaria bem antes que as palavras perdessem o sentido.

— Vamos só esperar e ver o que ele tem a dizer, tá? Depois disso você pensa no que fazer.

O lábio inferior de Olivia tremeu e ela o prendeu entre os dentes, piscando rapidamente.

— Sou uma péssima filha — sussurrou.

— Que história é essa, Liv? Por que você pensaria isso? — Era absurdo. — Você não é. Jesus. Se você é uma péssima filha, nem quero saber o que isso me torna.

Olivia deu de ombros com indiferença.

— Não consigo entender por que ele não me contou algo assim.

Talvez porque ele sabia que a deixaria preocupada?

— Ele provavelmente não quer que você se preocupe. Foi essa a impressão que tive pela ligação que você atendeu no carro.

Olivia arranhou com os dentes o lábio inferior. Ela começaria a sangrar se não tomasse cuidado.

— Se ele não quer que eu me preocupe, é porque há algo com que se preocupar.

Margot cerrou os dentes. Não era *naquela* direção que ela queria levar Liv. Reacender as preocupações de Olivia era o *oposto* do que ela pretendia.

— Só espera até falar com ele, ok?

— Acho... acho que preciso falar com ele pessoalmente. Ver se ele está mesmo bem e se... É mais difícil para ele mentir na minha cara, sabe?

Justo. Ver para crer e tudo mais.

— Claro.

— Você acha?

— Totalmente. Não vejo meus pais desde... Nossa, desde o Natal. Se quiser, podemos ir juntas na segunda-feira. Ou no domingo, eu acho, se não estivermos muito cansadas ou de ressaca.

Os dedos de Olivia afrouxaram os de Margot e ela recuou.

— Eu estava pensando mais no sentido de: preciso falar pessoalmente e *agora*.

— Agora? Liv, isso é... — Ela engoliu em seco, contendo o "ridículo" na boca, o que seria uma merda de se dizer, mesmo que parte dela *achasse* ridículo. — Acho que você devia respirar fundo, relaxar, e podemos descer para jantar...

— Não tenho como relaxar até falar com meu pai, Mar. Não vou ser boa companhia. Vou ficar me preocupando, e a Annie e o Brendon não precisam aturar...

— Epa, epa. — Margot pousou as mãos na cintura de Olivia. — Ninguém "atura" nada, Liv. Conheço Annie e Brendon. Acredite em mim, eles odiariam saber que você está mais preocupada com a reação deles à sua angústia do que com o que está *de fato* angustiando você. Juro.

Olivia deu um passo para trás, depois mais um, longe demais para Margot alcançá-la.

— Não vou conseguir dormir de jeito nenhum esta noite.

— Ainda está cedo. Seu pai ainda pode te ligar.

— Mas...

— Você quer falar com ele pessoalmente, eu sei. — Margot suspirou e enfiou os dedos sob as lentes dos óculos, esfregando os olhos. — Mas você não pode simplesmente sair e ir para Enumclaw agora.

— Fica a menos de uma hora daqui. Se eu for agora, consigo chegar lá antes das oito. Posso conversar com ele e entender que merda está acontecendo e por que a casa está à venda.

Se eu for agora. Se eu for. Um buraco se abriu no estômago de Margot, a ideia disparando um gatilho em seu cérebro. Olivia queria ir embora. Ir para depois voltar… certo?

— Olha, sei que você está preocupada, mas o ensaio é amanhã. O casamento é no sábado.

Olivia já estava atravessando o quarto, pegando uma meia caída nos pés da cama e as leggings do chão. Ela se sentou na beirada da cama e enfiou um pé nas calças.

— Confie em mim, Mar, estou *bem* ciente da data do casamento. Estou organizando tudo, esqueceu? — Ela lançou um sorriso tenso para Margot. — Vai ficar tudo bem. Dirijo até lá hoje à noite, converso com meu pai, durmo e volto amanhã cedo. O ensaio é só à uma da tarde, e o jantar é só à noite. A montagem começa às três. Voltarei a tempo. Na verdade, há uma boa chance de eu chegar em Seattle antes de vocês, dependendo da hora que eu pegar a estrada.

Margot mordia a bochecha, pensando em uma forma mais delicada de dizer o que precisava ser dito sem irritar Olivia.

— Liv, mas você não acha que deveria, talvez… esperar um segundo? Pensar melhor... Ligar para ele de novo e mandar uma mensagem. De repente ele retorna hoje à noite, vocês conversam e, se continuar preocupada, podemos ir de carro no domingo. Juntas.

— Mas e se ele não ligar? — Olivia ajustou as leggings sobre os joelhos, levantando-se para puxá-las até a cintura. Ela colocou as mãos na cintura e franziu a testa. — Ele vai sair para pescar amanhã e avisou que talvez não tivesse cobertura e que não estaria o tempo todo com o telefone. Além disso, como você disse, o ensaio é amanhã, então se eu for hoje à noite não tem problema. Consigo voltar a tempo.

— Não é uma questão de conseguir voltar ou não, embora tudo possa acontecer. É mais uma questão de você largar tudo para ir ver como está seu pai, quando ontem mesmo ele afirmou estar bem e prometeu que contaria se não estivesse. Ele pediu para você não se preocupar. Pediu para você se divertir e *me* fez prometer que ia te ajudar a fazer isso.

Olivia olhou pela janela com os lábios franzidos.

— Ele também omitiu, convenientemente, a parte sobre a casa estar à venda. Não posso confiar muito naquela conversa, posso?

Margot enterrou o rosto nas mãos e gemeu.

— Você está exagerando, Liv.

Merda. Assim que as palavras saíram, ela desejou poder retirá-las. Apagá-las, fazê-las desaparecer. Ela espiou entre os dedos abertos.

Olivia virou a cabeça devagar, arregalando os olhos e abrindo os lábios.

— Poxa, valeu, Margot. O que mais? Vai me dizer que estou agindo feito uma louca?

— Não, eu só... *Deus*, você está sempre pensando no que todo mundo precisa, mas e o que *você* precisa? — Margot baixou as mãos. — Sei que você ama seu pai, mas é função dele cuidar de você, não o contrário.

Olivia abriu a boca para falar, mas Margot não tinha terminado:

— Sei que você se preocupa com ele, mas existe uma diferença entre se importar com alguém e cuidar desse alguém, e no momento você está confundindo as duas coisas.

Olivia cruzou os braços. Tudo, desde a posição de sua mandíbula até o modo como ela estava perfeitamente imóvel, com as costas retas como uma vareta, gritava "na defensiva".

— É mesmo? Então me diga como, em sua opinião de *especialista*, estou confundindo as coisas? Que eu saiba, você não tem como saber o que se passa na minha cabeça, Margot.

— Nunca afirmei ser especialista em nada. Estou falando como alguém que se importa com *você*. — Ela não conseguia acreditar que estava tendo aquela conversa de calcinha e sutiã. — Num mundo ideal, seu pai teria contado antes de anunciar a casa? Claro. Mas ele não fez isso, e é direito dele. Talvez ele tenha um bom motivo para não contar. Talvez, Liv... talvez ele não ache que seja da sua conta. É algo sobre o qual vocês precisam conversar? Ok, claro. Mas é algo sobre o qual vocês precisam conversar *agora*? Talvez você chegue a Enumclaw esta noite e volte a tempo para o ensaio amanhã, mas onde isso vai parar? Onde você estabelece um limite? Se Brad ligar e precisar de ajuda para encontrar o controle remoto da garagem, você vai entrar no carro e dirigir até Enumclaw para ajudá-lo a encontrar?

Olivia balançou a cabeça e recuou.

— Isso não tem *nada* a ver com o Brad.

Não? Talvez não diretamente, mas...

— Tem a ver com você priorizar as necessidades de todos antes das suas.

Como ela vinha fazendo havia anos. Havia tantos anos que, na metade do tempo, Margot tinha certeza de que Olivia nem percebia que o estava fazendo, de tão enraizado que o comportamento era.

— Não estou entendendo por que você mencionou o Brad. Eu não atendi a ligação dele, atendi? Mandei uma mensagem e pedi que parasse de me ligar. Mostrei para você.

O que mais você quer de mim, Margot? Que eu bloqueie o Brad? Que eu aja como se ele nunca tivesse feito parte da minha vida? O que posso fazer para mostrar que não *quero* o Brad? Eu quero *você*.

Margot mordeu a ponta da língua e contou até três para não dizer algo de que se arrependeria, porque estava *quase* arrancando o cabelo vendo como Liv podia até ter ouvido tudo o que ela dissera, mas não *escutou*.

— Você tem razão. Você fez mesmo isso. E, como eu disse, acho ótimo. Você está impondo limites. Só espero que tenha feito isso por você, não porque eu estava por aqui. Porque isso não deveria ser sobre mim ou o que eu quero. Nada disso é sobre mim, e não estou pedindo para você bloquear Brad ou esquecer que ele existiu — afirmou, embora com certeza não se importaria de tirar Brad da cabeça para sempre. — Não estou pedindo que faça nada, exceto o que é certo para você. Isso tem a ver com *você*. É o que estou tentando te falar, e você dizer o que acabou de dizer só prova meu ponto de vista. Você se separou do Brad e se mudou para a cidade por estar de saco cheio de fazer sacrifícios por ele e… E eu sei que é uma mudança complexa, e é fácil passar do altruísmo à abnegação. À *autossabotagem*.

Olivia tinha um histórico disso e, para falar a verdade, Margot também se beneficiara da natureza altruísta de Olivia uma, duas ou *dez* vezes. Nessas ocasiões, ela nunca havia pensado muito sobre as ações, além de registrar como Olivia era uma ótima amiga, mas talvez devesse. Talvez tivesse dado como certa a renúncia de Olivia, assim como todo mundo. Mas, mesmo que ela tivesse, não continuaria fazendo isso. Olivia sempre defendia todo mundo; ela merecia o mesmo em troca. Mesmo que não fosse divertido no momento. Olivia merecia.

— Não estou me autossabotando por querer saber como meu pai está — argumentou Olivia. — E eu não mandei Brad para a caixa postal por sua causa, fiz isso por mim.

Margot atravessou o quarto em direção a Olivia, mancando para evitar sobrecarregar o pé esquerdo.

— Não estou tentando brigar, tá? Brigar com você é a *última* coisa que quero fazer no momento. A última. — Quando Olivia abaixou o queixo, Margot arriscou e pegou sua mão, engolindo um suspiro de alívio quando Olivia a deixou entrelaçar os dedos nos dela. — Eu me importo com você, Olivia. Não estaria perdendo tempo dizendo nada disso se não me importasse. Eu te entregaria as chaves do seu carro, te daria um beijo no rosto e diria até amanhã. E então eu desceria e sairia com meus amigos e definitivamente não passaria a noite me preocupando quanto a você ter chegado bem ou como seria a conversa com seu pai. Eu não... — Margot fungou ao sentir a ardência inesperada no nariz, o borrão nos cantos dos olhos. — Eu penso em você o tempo todo, Liv. — Ela riu. — Mesmo quando não deveria, quando *não devia* ter pensado, quando me convenci de que não devia. Eu me preocupo com você e amo... — Sua garganta estava apertada. — Amo como você tem um coração tão grande e se preocupa com todo mundo, mas isso não pode ser às suas custas.

Se Olivia continuasse assim, daria tudo até não ter mais nada. Se esgotaria tentando manter todo mundo bem.

Um lindo rubor rosado coloriu as bochechas de Olivia.

— Não é tão grande.

Margot mordiscou o canto do lábio.

— Lembra da sua resposta quando Brendon perguntou por que você quis trabalhar com eventos?

Um pequeno vinco se formou entre as sobrancelhas de Olivia.

— Você disse que queria realizar os sonhos das pessoas.

Olivia franziu ainda mais a testa.

— E não tem nada de errado nisso.

— Não mesmo. — Margot traçou círculos nas costas da mão de Olivia com o polegar. — Só estou dizendo que também não há problema em querer coisas para si mesma. Você merece coisas boas.

O canto da boca de Olivia subiu.

— Eu te beijei, não foi?

Margot riu.

— Está dizendo que sou uma coisa boa?

— A melhor — declarou, aproximando-se e tocando os joelhos nos de Margot.

Margot mordeu o lábio, tentando não sorrir.

— Não sou muito boa.

— Não — concordou Olivia. Seu sorriso se suavizou, moderado, mas não menos doce. — Mas gosto de você mesmo assim. Gosto muito. Eu... Na real, *gostar* soa meio trivial comparado ao que sinto por você.

O coração de Margot apertou.

— Idem. É por isso que estou dizendo tudo isso. — Ainda segurando a mão de Olivia, ela respirou fundo e continuou: — Esqueça que mencionei Brad. Digamos que você chegue em casa e seu pai queira que você volte para Enumclaw. O que você faria?

Olivia jogou a cabeça para trás e franziu a testa.

— Que tipo de pergunta é essa?

— Só responda.

— Papai nunca me pediria para voltar a morar lá — argumentou, ainda franzindo a testa. — Foi ele quem praticamente me enxotou porta afora, esqueceu?

Margot só a observava, afrouxando o aperto das mãos quando Olivia estremeceu. Sem querer, ela estrangulara os dedos de Olivia.

— E você não vê como essa é uma questão que precisa resolver? Jura? Você não precisa da permissão de ninguém para seguir seus sonhos. Não precisa da permissão de ninguém para ser feliz.

— *Questão* — zombou Olivia, soltando a mão. — Nossa, não sabia que você era minha terapeuta agora.

Margot movimentou a mandíbula de um lado para o outro. Uma onda de frustração a deixou tonta.

— Não estou tentando ser sua terapeuta, Liv, e não foi uma acusação. Talvez seja novidade para você ter alguém que se importa com *você* para variar, mas comigo é assim. Talvez nem sempre seja bonito ou divertido, mas é… — *Real.* — É o que é. Então só me responde. Esqueça essa hipótese então. Se você for para casa e descobrir que seu pai não está bem, qual é o plano? O que você vai fazer?

Olivia cruzou os braços e franziu profundamente a testa.

— Eu poderia… — Ela fez um biquinho e deu de ombros num gesto de desamparo. — Não sei, tá legal? A verdade é que não sei o que eu faria. Não posso responder assim do nada. Eu teria que pensar, mas não tenho tempo agora. Preciso ir.

— Você não pode — disparou Margot, se arrependendo imediatamente do volume da própria voz. — Você não pode apenas ir embora.

Olivia congelou, a cara fechada, o olhar gelado.

— Não *posso*? Sem ofensas, mas você não tem o direito de me dizer o que posso ou não fazer, Margot. Já vivi isso com Brad o suficiente para a vida inteira e não preciso que venha de você também. — Suas narinas se dilataram. — Depois você também vai querer me dizer que tipo de livro posso ler? O tipo de companhia adequada? Que tipo de emprego posso ter?

Os batimentos cardíacos de Margot dispararam, um ruído branco enchendo seus ouvidos.

— Não me compare a ele.

— Então não aja como ele — esbravejou Olivia.

— Não estou dizendo o que você pode ou não fazer, Olivia. Não estou dizendo que não deve ver seu pai se é isso que acha que precisa fazer. Agora, se acho que faz mais sentido esperar até ele ligar ou ir de carro no domingo? Acho. Mas não estou tentando te impedir. Só estou tentando descobrir até onde isso vai. O que acontece da próxima vez que achar que alguém precisa de você? E se na próxima vez não for na noite anterior a um ensaio, mas na noite anterior à cerimônia em si? Ou no dia dela? Em que momento você abandona algo grande, desiste de algo importante para você, por achar as necessidades de outra pessoa mais importantes? Em que momento você vai e não volta?

Olivia pôs as palmas das mãos na testa e gemeu:

— Não vou voltar para Enumclaw, Margot. E não estou indo a lugar algum.

Talvez não agora, mas Margot poderia contar com a volta de Olivia na próxima vez? Ela poderia contar com Olivia *sempre* voltar ou será que tinha estado certa o tempo todo? Seria sempre só uma questão de tempo antes que Margot a perdesse?

Margot mordeu a parte interna bochecha, esperando que o breve lampejo de dor eliminasse a queimação na parte de trás dos olhos e a ardência no nariz, e respirou fundo.

— Acabei de ter você de volta e não quero ficar sempre com medo de perder você. De você ir embora.

O semblante fechado de Olivia suavizou-se, deixando apenas uma leve ruga entre as sobrancelhas.

— Então você precisa confiar em mim. Se estou dizendo que vou voltar, é porque eu vou. Mas se você não conseguir confiar... — A garganta dela tremeu. — Talvez isso seja uma questão *sua*.

Margot franziu os lábios e os olhos também porque... *droga*.

— Não é muito legal ouvir isso, né? — sussurrou Olivia.

Margot cerrou a mandíbula.

— E lá vai você de novo, fazendo a situação tratar de outra pessoa. Desviando de si mesma.

Típico.

Olivia fez um murmúrio zombeteiro e recuou.

— Que seja, Margot. Preciso arrumar minhas coisas.

Margot se abraçou e baixou o queixo.

— Acho que sim.

Em vez de ver Olivia sair, ela olhou para o chão, traçando os redemoinhos e os nós na madeira com a ponta do pé, mordendo a língua com força quando sua visão ficou turva, deixando tudo borrado e fora de foco.

Assim que Olivia saiu, Margot cambaleou para trás, a lateral do pé latejando pelo tempo passado em pé. Ela se sentou na cama, torcendo os dedos nos lençóis onde ela e Olivia estavam aninhadas menos de meia hora antes.

Menos de cinco minutos depois, Olivia voltou com a mochila pendurada no ombro, batendo no quadril a cada passo que dava, e parou a um passo de Margot.

— Tudo bem por você voltar para casa de carona com outra pessoa? — perguntou ela, ajustando a alça da bolsa.

— Eu me viro.

Ela pediria uma carona de volta com Elle e Darcy.

Margot piscou forte e rápido. Era apenas um momento de discórdia. Não era o fim do mundo, mesmo que parecesse um pouco.

Olivia contraiu os cantos da boca, transformando os lábios em uma linha fina. Sua garganta se contraiu e ela ajustou a alça da bolsa de novo, subindo-a mais pelo ombro.

— Tchau, Margot.

Qualquer iteração de *adeus* parecia definitiva demais, então Margot continuou calada.

O chão rangeu, a porta se fechou com um clique abafado e então…

Silêncio.

Margot estava sozinha.

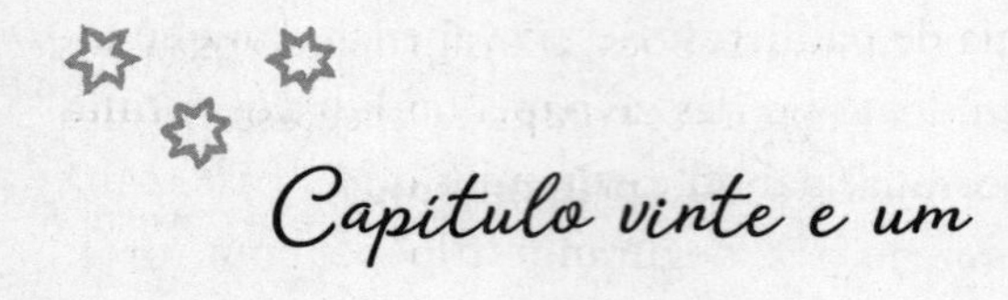

Capítulo vinte e um

Olivia apertou o volante até o couro gemer, sentindo um rasgo na costura da capa arranhar a lateral de seu polegar. A placa anunciando À VENDA, afixada na grama ao lado da caixa de correspondências, não foi uma surpresa, mas vê-la com os próprios olhos trouxe um nó inesperado no fundo da garganta enquanto estacionava ao lado do Volkswagen do pai e desligava o motor.

Era verdade. Não que ela acreditasse que Brad tivesse a capacidade ou a inclinação para inventar um anúncio como aquele — ele não só não tinha as habilidades, como também era preguiçoso demais para ir tão longe só para... o quê? Zoar com ela? Irritá-la? Brad não conseguia nem se dar ao trabalho de procurar sozinho um controle remoto de porta de garagem. No entanto, uma pequena parte de Olivia não queria acreditar. Se *recusava* a acreditar. O pai sempre fora um homem de poucas palavras, meio fechado até em relação às pequenas coisas. Mas isso? Isso não era pequeno; era uma coisa grande e... por que ele não dissera nada?

Bem, era hora de descobrir.

Olivia saiu e bateu a porta do carro, que chacoalhou com a força. Em vez de se dirigir imediatamente até a casa, ela caminhou até a placa de À VENDA e abriu a tampa da caixa plástica anexa cheia de panfletos. Restava apenas um, que estava um pouco úmido, as bordas do papel onduladas. A tinta do texto estava borrada, dando a entender que a casa tinha oito quartos em vez de três. Segurando o papel com força, Olivia seguiu direto para a porta da frente, o pulso acelerado enquanto subia os degraus da varanda de dois em dois. Ela notou leves manchas de tinta preta na pele quando bateu os nós dos dedos na porta.

A cortina translúcida ao lado da janela da frente se mexeu; provavelmente seu pai, curioso para ver quem era.

— Liv. — Seu sorriso logo se desfez ao ver a expressão no rosto da filha. — O que você está fazendo aqui? Você não deveria estar...

Olivia sacudiu o panfleto diante dele.

— A pergunta certa é por que tive que descobrir que você estava vendendo a casa por meio do Brad.

— *Brad?* — Seu pai recuou a cabeça e arregalou os olhos. — Por que você está falando com ele?

Ela sentiu um rubor subindo pelo pescoço, mas, para compensar, ficou um pouco mais ereta, levantando o queixo.

— Isso não vem ao caso, pai. Você tinha a intenção de me contar que estava vendendo a casa ou eu simplesmente levaria um susto na próxima vez que viesse te visitar?

O pai soltou um suspiro e esfregou a nuca, abaixando a cabeça.

— Não seja ridícula, Liv. Você costuma ligar antes de visitar...

Olivia cerrou a mandíbula. Ela estava ficando exausta de ouvir como estava sendo ridícula ou que estava exagerando, quando queria apenas uma resposta direta.

— Eu liguei. Duas vezes. Deixei uma mensagem de voz. Você não atendeu.

— Ah, droga. Acho que deixei o celular no carro.

Ele ainda não havia respondido à pergunta, a pergunta grande e primordial, aquela que a levara até ali.

— E a casa?

Seu pai passou a mão pelo queixo e deu outro suspiro cansado antes de se afastar da porta, gesticulando para que ela entrasse.

— Quer beber alguma coisa? Acho que ainda tenho uma caixa daquele chá que você gosta em algum canto no armário.

Olivia queria respostas, não chá, mas, se fosse beber alguma coisa, precisava ser muito mais forte que camomila.

— Quer saber? — Ela colocou as mãos na cintura. — Acho que quero uma daquelas cervejas que você guarda na geladeira da garagem e que acha que não sei. Obrigada.

Seu pai seguiu pelo corredor sem dizer nada e voltou um minuto depois com uma garrafa aberta em cada mão. Pelo menos era light, menos pior para a saúde dele.

Ela aceitou uma garrafa com um sorriso tenso.

— Obrigada.

Ele indicou o sofá para ela, se sentou em sua poltrona reclinável, mais velha que Liv, e tomou um longo gole de cerveja. Ela fez o mesmo, torcendo o nariz ao sentir o gosto. Ela nunca foi muito de cerveja, mas nas últimas semanas se acostumara com o sabor das cervejas escuras e amargas que Margot preferia. Em comparação, aquela tinha gosto de água.

Seu pai deve ter notado a cara feia, porque bufou:

— Fraca, né?

— Mas aprovada pelo médico.

Ela se recostou no sofá e jogou o panfleto na mesinha de centro.

— Ok. — O pai deu outro daqueles profundos suspiros e colocou sua cerveja em um porta-copos antes de se inclinar para frente, apoiando os antebraços nos joelhos. — Eu não queria que você descobrisse assim. Eu ia contar, juro que ia, mas…

— Você nunca nem *insinuou* estar pensando em vender, muito menos que já estava em andamento. Eu só… — Seus olhos começaram a arder, mas, se ela piscasse, tinha medo de chorar. — Por que você não me contou?

— Juro por Deus que eu planejava contar. — Ele esfregou o rosto. — Olha, Livvy, meu plano de saúde cobriu a maior parte das contas do hospital do ano passado, mas ainda há algumas despesas que venho pagando por causa de alguma burocracia entre o hospital e a operadora do plano de saúde.

Olivia despencou. Era a primeira vez que ouvia o pai falando sobre pagar alguma daquelas despesas por fora.

— Ok. Mas não é muito… É?

Ele balançou a cabeça.

— Minha poupança…

— Você teve que tirar da sua *poupança*?

Ela estrangulou a garrafa de cerveja com tanta força que a junção do vidro arranhou a palma da sua mão.

— Só um pouco — prometeu, erguendo a mão como se para acalmá-la.

Um pouco ainda era uma merda quando as economias já eram escassas desde o início.

— E só porque estão me fazendo trabalhar menos horas. Lembra? Eu disse que reduzi.

Ela assentiu.

— Tenho mais dinheiro saindo e menos entrando. — Ele gesticulou ao redor. — A casa é grande demais para uma pessoa. Não preciso de tanto espaço e, sendo sincero, as coisas estão ficando um pouco apertadas no final do mês. Se eu demorar muito mais, vou ter que abrir mão de alguma coisa, e a casa vale muito para vender às pressas por menos.

"Um pouco apertado" e "vender às pressas" na mesma frase não fazia sentido.

— Se o dinheiro estava curto, por que você não disse nada? Se tivesse me contado, eu poderia...

Seu aperto afrouxou e ela quase deixou cair a garrafa, segurando-a pelo gargalo. Um fio de cerveja escorreu pelas costas de sua mão, que ela observou com apatia.

Ela poderia ter *o quê*? Oferecido um dinheiro que não tinha? Sugerido voltar para casa e ajudar com as contas? Ela estremeceu. Talvez houvesse mais verdade no que Margot dissera do que Olivia inicialmente conseguiu — ou quis — reconhecer. Em que ponto ela *definia* o limite? Ela ainda tinha um, aliás? Algo lhe dizia que o fato de não saber era um problema. Uma *questão* que ela precisava abordar.

— Está tudo sob controle, ok? Vender a casa é a melhor solução. Sua mãe e eu renegociamos o valor quando você era criança, o que atrasou o pagamento total, mas os valores imobiliários dispararam nos últimos cinco anos. Posso vender, embolsar o valor e procurar algo menor, com um pagamento mensal mais administrável. Talvez até comprar algo à vista.

Olivia mordeu o lábio e olhou pela sala. Marcas de lápis nunca apagadas visíveis no batente da porta da cozinha, cada tracinho registrando sua altura com o passar dos anos. Se esticasse o pescoço, conseguia ver o banheiro, com aquele papel de parede horrível que a mãe escolhera.

— Mas você ama esta casa.

Os olhos do pai percorreram a sala, demorando-se nas fotos penduradas na parede, nos retratos de família e nas fotos antigas da escola.

— Eu amo. — Ele sorriu com carinho e encontrou o olhar dela com firmeza. — Mas, no final das contas, é só uma casa. O que mais amava nela eram as coisas que faziam com que ela fosse um lar. — Por um instante, os cantos de sua boca se contraíram. Ele respirou fundo e expirou ruidosamente, rindo enquanto esfregava a mão no rosto. — Sua mãe e você é que faziam desse imóvel um lar, Livvy. É muito grande para uma pessoa só.

Olivia sentia as pálpebras quentes e coçando, e havia uma queimação no fundo de sua garganta que nada poderia aliviar. Aquela era a casa onde ela crescera, a primeira que conhecera. No entanto, seu pai estava certo; era apenas uma casa, e já fazia muito tempo que ela não a considerava seu lar. Se ele quisesse vender, se fosse mesmo a melhor solução — o que parecia ser —, ela apoiaria a decisão. Ela só queria que ele a tivesse informado.

— Além disso, estou pensando em reduzir ainda mais minhas horas. — Diante da carranca de Olivia, ele riu e completou: — Me aposentar.

Ela riu de volta.

— Contanto que não planeje se aposentar e ir morar em uma comunidade na Flórida onde o uso de roupas é opcional...

As sobrancelhas do pai subiram até a linha do cabelo.

— Você sabe que odeio a Flórida.

— Nenhum comentário sobre a comunidade onde roupas são opcionais? — Ela estreitou os olhos, rindo quando ele apenas pareceu confuso. — Estou brincando. É só algo que Margot disse.

— Margot, hum?

O pai recostou-se na poltrona reclinável, cruzando o tornozelo sobre o joelho. Ele a analisou por um minuto, os olhos estreitos e a cabeça ligeiramente de lado.

— Deve ser legal se reconectar com ela depois de todos esses anos. Pelo que ouvi ontem na nossa ligação vocês parecem ter continuado do mesmo ponto em que pararam.

Ela baixou os olhos e cutucou a unha do polegar. Ele nem imaginava.

— Pode-se dizer que sim.

Quando ele não disse mais nada, ela conteve um suspiro.

— Nós meio que brigamos, na verdade. Pouco antes de eu vir para cá.

— Quer conversar sobre isso?

Ela engoliu a dor repentina na garganta.

— Não.

— Você se sentiria *melhor* se conversasse sobre isso?

Olivia deixou cair o rosto nas mãos e bufou. O pai e sua maldita lógica.

— Talvez? Não sei. Nós… trocamos algumas palavras duras e… — Ela respirou fundo e recomeçou do início. — O Brad me ligou para…

— Por que *Brad* fica ligando para você?

Ela pressionou o espaço entre as sobrancelhas.

— Vai me deixar terminar?

Seu pai resmungou algo baixinho, palavras que ela não conseguiu entender, mas gesticulou para que ela continuasse.

— Eu… Ok, ele me liga às vezes. Sempre para falar de coisas mínimas, bobagens. Eu atendo porque… pedi que ele ficasse de olho. — Ela se encolheu, temendo a reação do pai. — Caso ele soubesse de alguma coisa. Você sabe. Sobre você.

O pai franziu a testa.

— Por que você faria isso?

— Porque sim.

Ela limpou as palmas das mãos nas pernas e se levantou, precisando se mexer, contornou a mesa de centro e ficou em frente à lareira, torcendo as mãos nas mangas do moletom, compridas demais.

— Você me diz que está bem, mas o que isso *realmente* quer dizer? Eu me preocupo com você, tá bom? E, pelo jeito, faço bem, já que você decidiu colocar a casa à venda sem nem me contar.

— Eu não te contei porque não queria que se preocupasse. — Seu pai bufou. — E eu tinha toda a intenção de contar, mas aí você mencionou esse casamento importante que estava organizando e resolvi esperar passar.

— Poderíamos ter evitado isso se você simplesmente *falasse* comigo. Eu me preocupo porque você guarda as informações e sempre diz que está bem.

Seu pai jogou as mãos para o alto.

— Porque eu *estou*, Livvy. Tudo bem, admito que não contar sobre a casa foi um erro. — Suas sobrancelhas se ergueram, os lábios abrindo um sorriso irônico. — Claramente. Mas quando digo que estou bem, gostaria que você acreditasse em mim. Está tudo sob controle, ok?

Ela dobrou o excesso de tecido das mangas entre os dedos e mordeu o lábio.

— Foi o que Margot disse.

— E imagino que você não tenha gostado de ouvir isso — disse ele, balançando a cabeça.

Não, ela odiara. E odiava ainda mais agora, porque os argumentos de Margot faziam sentido. Contudo, isso ainda não justificava o fato de Margot ter dito que ela estava exagerando.

— Não muito. Brad me mandou uma mensagem com o link do anúncio do imóvel depois que deixei a ligação ir para a caixa postal e, quando liguei para você e você não atendeu, eu meio que dei uma surtada. Margot achou que eu devia esperar você me ligar de volta ou deixar para vir depois do casamento, mas eu estava preocupada demais. E ela me acusou de exagerar e disse que eu precisava parar de colocar as necessidades de todos antes das minhas, e *eu* a acusei de… — Ela se encolheu. — De ter medo de abandono, o que foi uma coisa horrível de se deixar escapar, eu admito, mas que também pode ser verdade?

Papai franziu a testa.

— É claro que eu não estava lá, então não tenho todos os detalhes, mas me parece que as duas trocaram palavras difíceis que achavam que a outra precisava ouvir?

Até que era uma avaliação justa da situação.

— Acho que sim.

— Não posso dizer que discordo dela, Liv. Você passou bastante tempo cuidando dos outros. E, como alguém de fora, posso imaginar que dizer o que ela disse não deve ter sido das coisas mais fáceis. Pense nisso. Ela provavelmente sabia que você poderia reagir mal, mas falou mesmo assim porque achou que você precisava ouvir. — O pai coçou o queixo, parecendo pensativo. — Acho que ela se preocupa com você.

— Foi o que ela disse. Que ela falou aquilo porque se importa.

— Nem sempre é fácil deixar alguém se importar com você, não é?

Ele ergueu as sobrancelhas incisivamente.

Deus. Seu queixo tremeu e ela mordeu o lábio para tentar parar com aquilo. *Não* era nem um pouco fácil. Apesar de ser algo que ela queria desesperadamente, era difícil deixar acontecer. Se permitir ter isso e… *merda.* Margot estava mesmo certa. Olivia não precisava da permissão de ninguém para ser feliz.

Somente a dela própria.

Seus dentes arranharam o lábio inferior.

— Ela não é a única. Digo, eu também me importo com ela.

— Não me surpreende nem um pouco, menina.

Ela revirou os olhos.

— Por quê? Porque eu me importo com todo mundo?

Seu pai riu.

— Não, porque é a Margot. Posso ser seu pai e nem sempre saber a coisa certa a dizer ou como dizê-la, mas tenho dois olhos e era óbvio para qualquer um que via vocês duas que não eram apenas amigas.

Olivia sentiu o rosto arder com a insinuação de que o pai sabia mais sobre o passado dela — ou pelo menos sobre os sentimentos dela — do que deixara transparecer todos esses anos. Ela contraiu os lábios, avaliando o quanto queria compartilhar.

— Ela era minha melhor amiga. — As sobrancelhas do pai se ergueram. — Ela *era*. Mas tá, eu tinha uma queda por ela, ok? E por um tempo pensei… — Ao ver o pai contrair os lábios para não sorrir, Olivia colocou as mãos na cintura, bufando baixinho. — Você não bisbilhotou meu diário não, né?

Jesus. Ela pôs a mão na bochecha, sentindo a pele em chamas. Que vergonha. Ela nunca mais conseguiria olhar nos olhos do pai se ele tivesse lido pelo menos *metade* do que havia naquelas páginas.

— Seu diário? — O pai deu uma gargalhada, a poltrona balançando com a intensidade da risada. — Meu Deus, não. Eu teria tido um ataque cardíaco uma década antes se tivesse feito isso.

O queixo dela caiu.

— *Pai!* Isso não tem graça.

Ele balançou a mão de um lado para o outro, enrugando o nariz.

— Ah, deixe disso. É um pouco engraçado, sim. Se não consigo rir de mim mesmo, sobre o que diabo eu vou rir?

— Condomínios para aposentados nudistas, é claro.

— Santo Deus. — Ele passou a mão pelo rosto. — E você disse que *Margot* colocou essa ideia na sua cabeça? — Ele estalou a língua e balançou a cabeça. — Considere-me duplamente feliz por nunca ter lido seu diário.

Quando ela riu, foi com o peito mais leve.

— Eu também, pai. Eu também.

— É bom ver você rir, Liv. Você riu muito pouco nos últimos anos. Acho que mudar para a cidade foi bom para você. E talvez... Margot tenha algo a ver com isso?

Uma centelha de calor ganhou vida no peito de Olivia, crescendo e se espalhando até as pontas dos dedos formigarem. Ela pressionou os dedos nos lábios e assentiu, fungando.

— Estou muito feliz, pai — sussurrou.

Ele se levantou da poltrona e a envolveu em um abraço. Olivia enterrou o nariz no peito dele, absorvendo o cheiro de seu sabão em pó, o mesmo que comprava há anos porque era o que a mãe dela usava.

— E eu estou feliz por você estar feliz, Livvy.

Quando ele, por fim, a soltou e deu um passo para trás, seu rosto estava vermelho e seus olhos estavam marejados, ou talvez só parecessem estar porque a visão dela própria estava totalmente turva. Ela mordeu o lábio inferior e fungou. O pai apoiou uma das mãos no ombro dela, o peso agradável e firme.

— São lágrimas de felicidade ou...?

Ela enxugou os olhos com a manga do suéter.

— Só estou com medo de ter feito besteira, pai. O que eu disse não foi muito legal. Não sei.

Assim como Margot, tudo o que Olivia dissera foi por se importar. Suas palavras foram reativas, uma resposta por Margot tê-la tirado de sua zona de conforto. Ela não se arrependia do *que* dissera, mas sim da *forma* como dissera, atacando. Não foi justo. Margot deixou claro que se importava com Olivia, mas Olivia correspondera?

— Você não nasceu ontem, garota. Sabe bem que nem toda discussão significa o fim.

Não, mas às vezes bastava apenas uma discussão. E aquela foi a primeira delas, a primeira *real*, não uma mera diferença de opinião. Podia significar tudo ou nada. Além do mais...

— Não nasci ontem, mas olha a porcaria que tenho para me basear.

Papai bufou.

— Verdade, mas a Margot não é o Brad.

— Graças a Deus — murmurou, fazendo o pai rir.

— O que você disse que está te preocupando tanto? Sobre Margot ter medo do abandono?

— É que... Não é só comigo. Com os amigos dela também, e... Eu não queria mudar o que disse. Só não concordo com *a forma* como disse.

Papai estufou as bochechas.

— E ela queria que você ficasse? Esperasse o casamento para vir até aqui?

— Aham.

— E você decidiu vir mesmo assim?

— Eu tinha um motivo — defendeu. — E volto amanhã.

Papai apertou seu ombro.

— Às vezes, as coisas que desencadeiam nossos medos não fazem muito sentido. Muitas vezes não são as mais lógicas.

Ela estremeceu. O mesmo poderia ser argumentado em relação às suas próprias ações.

— Verdade.

Exceto que talvez o medo de Margot *fosse* enraizado em algo lógico. Não a verdade, mas a versão de Margot, a versão do passado que Margot acreditava ser verdadeira até hoje. Acreditar que onze anos antes Olivia escolhera Brad em vez dela. Que Olivia abandonara os planos das duas para atravessar o estado todo atrás dele.

— Quer saber como consertar isso?

Ela levantou a cabeça e suspirou, bagunçando os fios de cabelo que nunca se prenderam ao coque desleixado, juntos aos outros que escaparam dele desde então.

— Sou *toda* ouvidos.

Ele riu e deu um tapinha no braço da filha.

— Esteja presente amanhã e continue a estar todos os dias.

Olivia assentiu. Estar presente e depois continuar. Poderia fazer isso. Provar para Margot que para ela também era tudo ou nada.

— Obrigada, pai.

— De nada. — Ele deu um passo para trás e enfiou os polegares nos bolsos da frente da calça jeans. — Já jantou?

Ela balançou a cabeça e pôs a mão na barriga.

— Não, eu estava nervosa demais para comer.

Ele apontou o polegar por cima do ombro em direção à cozinha.

— Fiz um chili. É de peru, não se preocupe. Estou seguindo uma dieta saudável para o coração.

O estômago de Olivia roncou.

— Parece uma boa. Tudo bem se eu dormir aqui? — Ela mordeu o lábio, encolhendo os ombros levemente. — Talvez a gente possa ver um filme ou algo assim?

Contanto que ela pegasse a estrada o mais tardar às dez, daria para chegar ao centro da cidade com tempo de sobra.

— Claro, menina. Você sabe que é sempre bem-vinda onde quer que eu esteja morando.

Ela sorriu.

— Só não prometo ir visitar onde quer que você esteja morando. Vai que você se apega a essa ideia de comunidade onde roupas são opcionais.

— Não sei, não. Estou começando a achar que a Margot *não* é a melhor influência.

Ele balançou a cabeça, os lábios se contraindo como se estivesse segurando um sorriso.

— Vou esquentar uma tigela para você. Você vai procurando algo na TV?

— É para já. — Ela sorriu. — Obrigada, pai.

Ele piscou e desapareceu na cozinha.

Olivia desabou no sofá e bocejou. O estresse do dia — o esqui, o acidente de Margot, o pânico, a discussão entre as duas, a viagem de carro até ali — somado à falta de sono da noite anterior pareciam estar cobrando a conta.

Antes de pegar o controle remoto, procurou o celular no bolso e clicou na conversa com Margot. Ela havia prometido enviar uma mensagem e cumpriria a promessa.

Olivia (21h08): Oi. Cheguei bem no meu pai. Ele está bem. Tivemos uma boa conversa, esclarecemos tudo.

Ela olhou para a tela. Provavelmente foi uma bobagem esperar que Margot respondesse. Era a última noite da viagem de despedida de solteiro de Annie e Brendon. Margot devia estar passando o dia com os amigos, não...

O celular, ainda em sua mão, vibrou.

MARGOT (21h10): Que bom que ele está bem.

MARGOT (21h10): Você ainda vai dormir aí ou acha que vai voltar?

Olivia estremeceu. Voltar e dirigir os quarenta e cinco minutos de Enumclaw até o hotel, dormir pouco e ter que fazer outra viagem daquelas, se não até mais longa por causa do trânsito, pela manhã, não parecia nada atraente. Mesmo se ela partisse naquele exato momento, só chegaria a Salish depois das dez.

Olivia (21h12): Vou dormir aqui e voltar pela manhã. Nos vemos amanhã e a gente conversa, ok?

Três pontinhos dançavam na tela, começando e parando, começando e parando, quase hipnóticos se não fosse pela forma como faziam seu coração disparar.

MARGOT (21h15): Ok.

Seu estômago afundou. Era isso? *Ok?*

O telefone vibrou de novo.

MARGOT (21h16): Nos vemos amanhã.
MARGOT (21h16): ♥

Que tolice um simples emoji de coração ter o poder de afrouxar os nós em sua garganta, não? Ela levou os dedos aos lábios sorridentes e digitou com uma das mãos.

Olivia (21h17): ♥♥♥

— Ei, Livvy?

Deus, não. Impossível já estar na hora de acordar. Ela não *acabara* de pegar no sono?

— *Quehorassão?* — balbuciou, afundando mais no travesseiro.

Olivia abriu um olho. Através das cortinas transparentes que cobriam a janela do seu quarto de infância, ainda estava escuro como breu.

Seu pai riu.

— Cedo. Eu só queria avisar que estou saindo. Para pescar, lembra?

Pescar. Certo. Ela assentiu.

— Aham. Ok.

— Pode trancar tudo quando sair?

— Aham.

Papai riu de novo e se inclinou, pousando os lábios na têmpora de Olivia.

— Eu te ligo. Cuidado na estrada, ok? E boa sorte amanhã com o casamento. Tenho certeza de que vai ser um sucesso.

— Obrigada, pai.

— Agora volte a dormir.

E ela voltou. Ou quase. Quando o alarme do celular tocou às oito e meia, Liv se arrastou e desceu as escadas, precisando desesperadamente de uma xícara de café.

Ela fechou os olhos ao encontrar o bule vazio. O pai devia ter enchido uma garrafa térmica para a viagem, mas não podia ter deixado nem uma xícara? Então ela suspirou e pegou um filtro para preparar uma nova leva, olhando no relógio acima do fogão. Dava tempo de preparar e saborear uma xícara antes de tomar um banho rápido e pegar a estrada.

Enquanto a cafeteira estalava e chiava, o bule enchendo, ela abriu a geladeira para examinar as opções de café da manhã. Ovos, *bacon*. Seu pai não podia comer... ah, bacon de peru. Menos mal. Talvez ele estivesse levando a dieta a sério, afinal. A gaveta de verduras e legumes estava abastecida e havia um pote de iogurte grego atrás de uma compota de maçã. *Parabéns, pai.* Na próxima vez que ele afirmasse estar bem, Olivia acreditaria.

Depois de encher uma tigela com iogurte e adicionar framboesas e um punhado de granola, Olivia apoiou o quadril na bancada com a colher em uma das mãos e o celular na outra, relendo sua lista de afazeres para os próximos dois dias enquanto comia. A cafeteira apitou assim que ela colocou a tigela vazia na lava-louças.

Com a caneca em uma das mãos e o telefone na outra, subiu as escadas, colocando sua playlist favorita do Spotify para tocar em ordem aleatória, e tomou um banho rápido. Seu antigo secador de cabelo — o mesmo que usava no ensino médio e que cheirava cada vez mais a metal queimado sempre que era usado — pifou no meio do procedimento, então ela deixou o restante dos fios secarem ao ar livre enquanto vasculhava a gaveta do banheiro em busca de um rímel, que, muito provavelmente, estava enterrado no fundo de algum nécessaire. Corretivo, não. Batom, batom, batom — quantos tubos ela *tinha*? Mais do que precisava, mas nada de rímel. Dane-se. Olivia virou o nécessaire do avesso, sacudindo o conteúdo em cima da bancada e…

Não.

Posicionado bem na beirada da bancada, seu celular oscilou antes de cair e quicar — não no chão de cerâmica, mas na borda aberta do assento do vaso.

Plop.

Merda.

Seu estômago despencou lentamente, até os joelhos, até o chão. Olivia espalmou o rosto e gemeu. *Que nojo.* Ela enfiou a mão na água, pegou o aparelho e puxou uma toalha do gancho ao lado da pia. Enquanto o secava, cruzou os dedos para que, por algum milagre, a tela ainda estivesse funcionando e... *Ah! Graças a deus.*

A tela se iluminou, mas quando ela foi digitar a senha... tudo ficou preto.

Merda.

Arroz. Ela precisava de arroz. É o que se deve fazer quando o celular cai na água, não é? Enfiar o aparelho dentro de um saco de arroz para os grãos absorverem toda a umidade por alguns minutos.... Ou seriam horas? *Dias?* Ela não tinha tanto tempo.

O jeito era comprar outro mais tarde, assim que voltasse para a cidade. Ela dirigiria para casa, encontraria Margot, iria ao ensaio e depois até a loja da operadora antes do jantar de ensaio naquela noite. Um bom plano. De qualquer forma, já passara da hora de pegar um modelo mais novo.

Depois de guardar o celular em um saco plástico e jogá-lo na bolsa, ela pegou uma garrafa térmica na prateleira superior do armário acima do fogão, encheu de café e desligou a cafeteira. Com a mochila de viagem pendurada no ombro, a bolsa em uma das mãos e o café na outra, Olivia calçou as sapatilhas e saiu. Deixou tudo no carro antes de voltar para trancar a casa com a chave reserva que o pai escondia sob o vaso de flores na extremidade da varanda.

Com a casa segura, Olivia pulou no banco do motorista, afivelou o cinto de segurança, enfiou a chave na ignição e...

O motor fez barulho, mas não pegou. Ela engoliu em seco e respirou fundo antes de girar a chave outra vez. Clique, clique... nenhuma resposta.

Gotas de suor começaram a brotar em sua testa, umedecendo a nuca também.

Mais uma vez. Aquele carro tinha que pegar. *Precisava*. Engolindo o nó amargo na garganta, apertou a chave com a mão trêmula. *Por favor, funciona.* Ela fechou os olhos e girou a chave.

Mais um clique e o motor roncou e ganhou vida.

Graças a Deus. Olivia deitou a cabeça no encosto e suspirou. Ela não tinha ideia do que teria feito se o carro não pegasse. Teria sido um pesadelo completo se logo hoj…

O motor emitiu um ruído acelerado de batidas antes de morrer de vez.

Olivia cobriu os olhos com as palmas das mãos.

Merda.

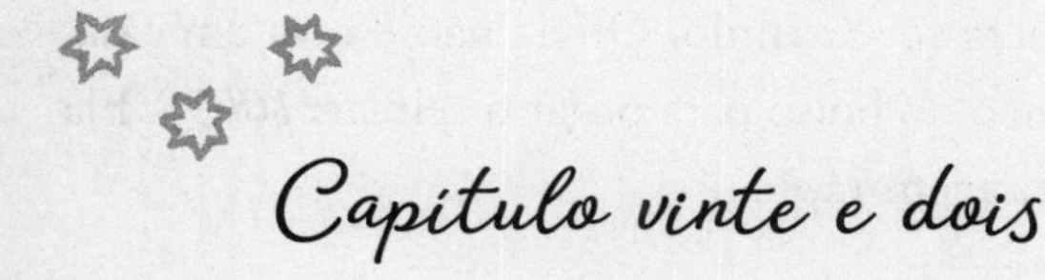

Capítulo vinte e dois

Ao entrar no apartamento, Margot foi recebida por um silêncio absoluto.

— Liv?

Ela largou a mochila na entrada e enfiou brevemente a cabeça pela porta da cozinha antes de sair mancando pelo apartamento, franzindo a testa. Nenhum som, exceto pelo zumbido suave da geladeira.

— Liv? Está em casa? — chamou de novo, avançando pelo corredor.

Seu pé não latejava tanto quanto no dia anterior, e quase todo o inchaço diminuíra durante a noite. Os conselhos de Luke — descanso, gelo, compressão e elevação — tinham sido certeiros, e o analgésico extraforte também não foi nada mal.

— Liv?

Como sempre, a porta do quarto de Olivia estava entreaberta. Margot espalmou a porta, empurrando-a, passando a cabeça por ela para…

Um borrão escuro passou voando pelo corredor. Margot apertou o peito, o coração subindo pela garganta. Quando ouviu o miado agudo vindo da sala, ela se encostou no batente da porta. *Cat.* Ufa. Ela riu e…

Parou, porque era só *ela* rindo. Olivia não estava em casa. Margot enfiou a mão no bolso para pegar o celular. *10h58*. Ela escreveu uma mensagem rápida.

MARGOT (10h58): Ei, cadê você? Acabei de chegar em casa e nem sinal seu.

Ela guardou o aparelho de volta no bolso para resistir à tentação de ficar olhando para a tela, esperando uma resposta, e entrou no seu quarto para tirar as calças de ioga e o moletom que usara na viagem.

O cronograma para o dia era simples: o grupo se reuniria no local da cerimônia uma hora da tarde para repassar os procedimentos e garantir que todos soubessem onde precisavam estar e a que horas. De lá, Annie e Brendon seguiriam para o aeroporto para buscar os pais dela. A preparação para o coquetel antes do jantar de ensaio estava marcada para começar às três, o coquetel em si seria às cinco e o jantar estava marcado para às seis e meia.

Levando o celular junto, Margot voltou para a sala de estar. Cat estava enroscada no sofá em uma bolinha tão apertada que era difícil distinguir onde ela começava e onde terminava. Com os olhos verdes, ela espiou Margot se sentar, com o maior cuidado. Então a gata fechou os olhos e começou a ronronar baixinho, fazendo Margot sorrir.

11h12. Ela tinha mais de uma hora para matar antes de sair, e mais tempo ainda antes do ensaio começar. Uma hora livre. Parecia uma quantidade absurda de tempo para gastar esperando, de bobeira, mas Olivia estava perto de se atrasar. *Perigosamente* perto. Margot suspirou, ganhando um olhar sério de Cat, e pegou o controle remoto.

Ainda estava no canal de clássicos que ela e Olivia assistiram aninhadas no sofá. Os apresentadores do intervalo estilo coquetel estavam tomando champanhe enquanto debatiam. Margot aumentou o volume. *Bonequinha de luxo* era o filme do dia.

O favorito de Olivia.

Quando o intervalo terminou, o filme recomeçou na cena em que Holly Golightly e Paul Varjak passam o dia juntos. Margot olhou para o relógio na parede, sempre torto, por mais que o endireitasse. *11h20.*

Deixando o filme em segundo plano, Margot pegou o celular e abriu o navegador, selecionando aleatoriamente uma das muitas abas abertas. Cento e treze mil palavras de fanfic com as tags *romance slow burn, hurt/comfort* e *hate sex* com certeza devorariam o tempo até a hora de sair.

Só que, por mais que tentasse, ela não conseguia mergulhar na história, não conseguia se perder na distração como precisava. Ficava o tempo todo olhando para o canto da tela, desesperada para ver quanto tempo havia passado. Ela abriu suas mensagens, releu a última que enviara para Olivia, e clicou em *ligar*.

A cada toque, maior se tornava sua apreensão e mais rápido batia seu coração, até cair na caixa postal.

Oi, é a Olivia! Não posso atender agora, mas deixe seu nome, número e recado que entrarei em contato assim que possível. Obrigada!

A gravação apitou, mas, quando Margot abriu a boca, não saiu nada.

O que dizer? *Cadê você?* Ela já havia mandado mensagem. Deixar um recado de voz repetindo o que já havia escrito era exagero. *Carência.* Então, Margot encerrou a ligação, rezando para não ter respirado alto demais durante os breves três ou quatro segundos em chamada antes de desligar.

11h31. Com um gemidinho lamentável escapando dos lábios, ela atirou a cabeça para trás, apoiando-a no sofá. Não conseguiria fazer isso. Ficar mais uma hora sentada sem agir, esperando e se preocupando, a enlouqueceria.

Ela precisava fazer *alguma coisa*. Ir *a algum lugar*. Margot desligou a TV e se levantou. Cat abriu um dos olhos.

— Volto mais tarde, tá? Comporte-se.

Cat piscou e... Margot soube que definitivamente precisava sair de casa.

Após mancar pelo corredor, pegou a bolsa da cama e verificou se estava com a carteira e o celular enquanto se dirigia para a porta. Ela pegou as chaves no aparador da entrada e voltou para a cozinha, parando em frente ao quadro branco na geladeira. Olivia rabiscara uma carinha sorridente nele alguns dias antes e Margot não a apagara. E ainda não conseguia apagar porque... ela nem queria pensar que talvez pudesse ser o último recadinho que Olivia deixou para ela.

Então, em vez disso, ela escreveu ao lado: *Fui para a casa da Elle. Te encontro no local da cerimônia às 13h.*

Ela acrescentou um coração ao lado da mensagem e inclinou a cabeça. Estava um pouco torto graças às suas mãos trêmulas, mas dava para o gasto.

Dezessete minutos depois, Margot bateu na porta de Elle. Uma sombra passou do outro lado do olho mágico logo antes de a fechadura virar e Elle abrir a porta. Um de seus olhos estava delineado e o outro não, e ela usava o roupão de seda de bolinhas que Margot lhe dera de Natal quatro anos antes.

— Oi, pensei que nos encontraríamos às... — O sorriso de Elle sumiu. Ela estendeu a mão, puxando Margot para dentro. — O que houve?

Nada. Tudo. Margot afastou a franja dos olhos.

— Não consigo falar com a Liv. Liguei, mandei mensagem e… nada. — Ela se encolheu. — Desculpe. Eu devia ter ligado antes de aparecer aqui.

Elle apertou seu pulso com mais força, interrompendo seu pedido de desculpas e sua circulação. *Nossa.*

— Nem começa, Mar. Está tudo bem. — Elle a conduziu até o sofá. — Ela deve estar dirigindo, só isso. Ou talvez a bateria tenha acabado e ela esteja sem o carregador?

Olivia tinha Bluetooth no carro e era organizada demais para esquecer o carregador. Mesmo abalada como estava no dia anterior, ela não teria deixado de levá-lo. Além disso, Margot dera uma rápida verificada no quarto de Olivia de manhã, antes do check-out, só para garantir que ela não havia esquecido nada.

— Talvez.

Ao ver Margot tremer o queixo, Elle franziu a testa.

— Ei, nada disso. — Elle pegou sua mão. — Você não está bem. O que foi?

Margot respirou fundo e prendeu o ar até os pulmões queimarem, depois soltou lentamente.

— Nós brigamos ontem à noite. Antes de ela ir embora. Antes de eu descer para jantar. Foi… — Ela deu uma risada e subiu e desceu as sobrancelhas. — Não foi legal.

Elle apertou seus dedos e ofereceu um sorriso pequeno e torto.

— Brigar com você nunca é. Você tem sempre bons argumentos e é uma droga quando está certa. E, além da briga em si, a parte de ficar sem se falar é péssima e…

Margot se jogou sobre a almofada e passou os braços em volta de Elle, enterrando o rosto em seu ombro e fechando os olhos com força. O cabelo de Elle fez cócegas em seu nariz, aumentando a queimação que ela já sentia no rosto. Margot fungou com força e tentou se recostar, mas Elle não deixou, a apertando com mais força.

— Por que você não disse nada? — perguntou Elle, inclinando-se sem soltá-la, apertando seus braços. — Ontem à noite ou hoje de manhã, no carro? Você só disse que Olivia teve que ir. Não mencionou nada sobre uma briga.

Margot coçou a ponta do nariz e deu de ombros.

— Eu não queria estragar a viagem. Hoje. O fim de semana. Eu não *queria* tocar no assunto.

Elle esfregou seu braço.

— Ajudaria tocar no assunto?

Bem que Margot gostaria de saber. Ela preferia que não houvesse assunto em primeiro lugar, preferia não sentir que precisava tirar algo do peito, aquele peso, aquele… *aperto* no coração.

— Vamos — incentivou Elle. — Fala comigo.

Margot respirou fundo e começou:

— A Olivia… Ela é generosa, sabe, sempre colocando todo mundo em primeiro lugar e… e eu adoro isso nela. Mas eu acho que precisa existir um ponto em que ela se coloque como prioridade, caso contrário ela vai viver dando e dando até não ter mais nada para dar. Eu basicamente disse isso a ela. Só que eu também disse que ela estava sendo exagerada. Assim que as palavras saíram, percebi que falei merda, e agora estou com medo de que isso possa ter enfraquecido meu argumento. Não sei. Eu só não entendi por que ela tinha que ir *naquela hora*, aí ela me disse que eu tenho medo de abandono, o que…

— Por que ela diria isso?

Margot deu uma risada estranha.

— Porque eu meio que tenho?

Elle continuava parecendo confusa, o vinco entre as sobrancelhas se aprofundando.

— *Você?* Com medo de alguma coisa? Desculpa, Mar. Só estou com um pouco de dificuldade para processar porque, tipo, você é a pessoa mais corajosa que conheço. Pelo que sei, nada te assusta. Você é quem mergulha de cabeça. — Elle sorriu torto. — Você sempre matava as aranhas, eu que era medrosa demais.

Aranhas não eram nada comparadas a se abrir, permitir-se ser vulnerável.

Margot riu.

— É, mas eu também tenho medos. Eu só não sou muito fã de falar sobre eles, em especial *deste*. E não tive exatamente motivo ou necessidade para falar sobre isso. Mas acho que muitos sentimentos e medos antigos que eu não sabia que ainda tinha, meio que… emergiram. Medos sobre como passei os últimos onze anos acreditando que Olivia escolheu Brad em vez de mim e jogou fora todos os nossos planos quando, aparentemente, havia mais detalhes que eu não sabia. — Margot abaixou a cabeça e fungou. — É só que… Tudo está mudando. Brendon e Annie vão se casar amanhã e você e Darcy estão noivas e todo mundo vai fazer ioga para casais e… Estou feliz por vocês, nem imaginam como. Mas parte minha tem medo de que, já que vocês têm uns aos outros, acabem não precisando mais de mim. — Assim como Olivia não precisara mais dela porque tinha Brad. — Medo de que, aos poucos, vocês se esqueçam de mim e sigam com suas vidas porque eu sou só eu e…

— O que foi que você me disse uma vez? "Só a Elle" já é muito bom? — Elle juntou as mãos de Margot nas suas. — Bem, "só a Margot" já é incrível. Você é minha pessoa favorita.

Margot mordeu a ponta da língua para não chorar.

— *Darcy* é a sua pessoa favorita. Ela é a sua *pessoa*. Sua pessoa perfeita.

— Você também me disse que podemos ter muitas pessoas perfeitas. Que *eu* era uma das suas pessoas perfeitas. E você é uma das minhas, Mar. — Elle se aproximou até os joelhos das duas se tocarem. — Você se preocupa comigo e se preocupa com Olivia. Eu nunca te perguntaria com quem se importa mais porque você gosta de cada uma de um jeito diferente e acredito que o amor é uma daquelas coisas que não tem limite.

Uma das qualidades que Margot mais gostava em Olivia era sua infinita capacidade de se importar.

— Não vou a lugar nenhum, Margot. Nenhum de nós vai, ouviu? Mudanças são inevitáveis, eu sei que você sabe disso, mas não necessariamente ruins. Ok, talvez a gente não se veja mais todos os dias, mas me sinto confiante em falar por todos nós quando digo que não saberíamos o que fazer sem você. Você é a *Margot*. Você nunca estará sobrando. Se o seu medo é achar que não vamos mais querer passar tempo com você, esquece isso. Não precisamos que você mude quem é ou que seja um raio de sol o tempo todo. Você é como uma cola.

Margot soltou uma risada fraca.

— Uma cola?

Elle apertou os lábios, o retrato pintado da sinceridade, exceto pelo atrevimento nos olhos.

— Tipo a Super Bonder. E não se esqueça disso.

Ser chamada de *cola* não era algo que Margot esqueceria tão cedo, tampouco o sentimento por trás disso. Na próxima vez que tivesse aqueles medos irracionais de que seus amigos a abandonassem por estarem em um novo capítulo em suas vidas, ela se lembraria de que eram apenas isso: medos irracionais. Ela era Margot Cooper, caramba, uma em um milhão. *A* cola.

— Valeu, Elle.

Elle a cutucou com o joelho.

— Mas você continua preocupada com a Olivia, não?

Margot respirou fundo e baixou o queixo.

— E se fui longe demais com o que eu disse? Eu disse o que disse porque me importo e porque não queria perdê-la, mas… e se eu a afastei?

— Se ela disse que vai estar aqui, acho que você precisa confiar. Consegue fazer isso?

Que outra escolha Margot tinha?

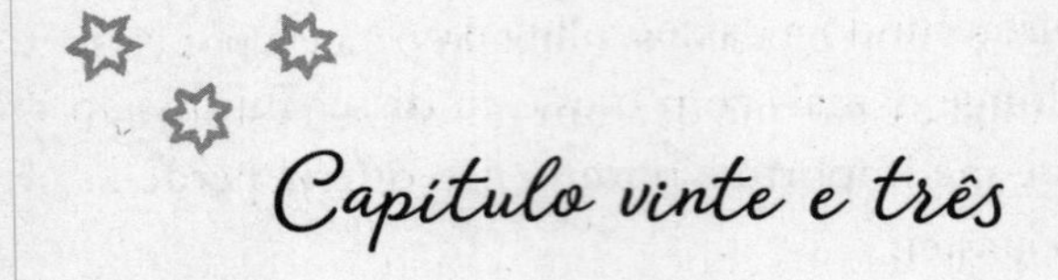

Capítulo vinte e três

— Pode ser o sensor de fluxo de ar.

Olivia torceu as mãos e olhou por cima do ombro do sr. Miller enquanto ele fuçava sob o capô aberto do carro. O sr. Miller era vizinho do pai de Olivia e técnico recém-aposentado — não era mecânico, mas seu irmão aparentemente era dono de uma oficina e... Olivia não sabia a quem mais recorrer naquele momento.

— Isso é ruim?

Ele bufou.

— Bom não é.

Que balde de água fria.

— Ah.

— Mas também pode ser um problema na bomba de combustível. Um vazamento.

Olivia se aproximou. Tirando saber onde verificar o óleo e onde ficava a bateria, caso precisasse de uma chupeta, as entranhas do carro eram um mistério. Tudo sob o capô parecia confuso, cheio de bobinas, fios e metais cobertos por uma camada de graxa. O sr. Miller poderia ter dito qualquer coisa e teria feito tanto sentido quanto *sensor de fluxo de ar* e *bomba de combustível.*

— E *isso* é ruim?

Miller grunhiu e virou o pescoço, olhando para ela por cima do ombro com uma careta que deu um nó em seu estômago.

— Pior ainda.

— Merda. — Ela tapou a boca com a mão. — Desculpe, sr. Miller. Eu só... Seja lá o que for, o senhor acha que consegue dar um jeito?

Ou ela precisaria ligar para alguém que conseguisse?

— Pela minha experiência de vida... — Ele voltou para debaixo do capô, fez *algo* que ela não conseguiu ver, e a "barriga" do carro emitiu um gemido baixo, Olivia estremeceu ainda mais. —... praticamente qualquer coisa tem jeito.

Olivia engoliu em seco. Devia haver uma metáfora valiosa em algum lugar ali, uma lição sobre o poder do pensamento positivo, do trabalho duro, da resiliência ou *alguma outra coisa*, mas ela *realmente* só queria que o carro funcionasse para poder consertar seus *outros* problemas.

— O senhor tem horas?

O sr. Miller apontou para o outro lado da entrada, onde estava seu baú de ferramentas, aberto. O celular dele estava sobre um pano coberto de graxa. Olivia se sentiu um pouco estranha ao mexer no celular de alguém, mas ei, ele ofereceu. Ela apertou o botão. 11h08. Pouco menos de duas horas para estar no local do casamento. A viagem durava quarenta e cinco minutos — uma hora, para garantir.

Olivia voltou para o carro e encostou o quadril no para-choque dianteiro, roendo a unha do polegar.

— Preciso estar em Seattle à uma da tarde para um ensaio de casamento. — O sr. Miller disse que conseguia consertar qualquer coisa, mas será que conseguiria em menos de uma hora? — O senhor acha que consegue resolver até o meio-dia?

Ele apertou a borda interna do carro, deu um suspiro pesado, levantou a cabeça e a encarou, erguendo uma das espessas sobrancelhas brancas.

— Olivia, não vou conseguir consertar nada se você ficar aqui fiscalizando.

Merda. Ele estava certo. Ela estava fiscalizando, e da pior maneira possível, parada bem atrás dele, despejando a própria ansiedade para todo lado. Suas axilas estavam começando a suar, e ainda era março, pelo amor de Deus. Março em Washington. Como, em nome de Deus, ela podia estar suando *tanto*?

Ela ofereceu um sorriso arrependido e se afastou do veículo, apontando a cabeça para o lado oposto da entrada da garagem.

— Desculpe. Eu vou... Vou ficar por ali e te deixar trabalhar em paz.

E rápido, ela esperava, porque não havia muito tempo, embora tivesse uma leve suspeita de que, se mencionasse sua pressa mais uma vez, o homem jogaria a toalha coberta de graxa e diria que encontrasse outra pessoa para consertar o carro, e Olivia... não tinha ninguém.

Seu celular tornara-se um pedaço de plástico encharcado, *inútil.* Por que ela ainda o segurava, apertando-o como se tivesse uma chance de ressuscitá-lo, estava além de sua compreensão. O pai já tinha partido havia muito tempo e, àquela altura, já estava a meio caminho do pesqueiro. Será que ela conseguiria um Uber para levá-la dali até Seattle?

Olivia caminhou até o final da entrada da garagem, tomando cuidado para não torcer o tornozelo onde a calçada estava rachada e afundava abruptamente, um buraco que seu pai nunca se preocupara em consertar porque ficava no lado oposto da caixa de correspondência. Se machucar, além de todo o resto, era a *última* coisa que ela precisava.

Mas a situação era típica, não era? Olivia nunca quis tanto alguma coisa na vida quanto que aquele maldito carro pegasse para ela voltar para Seattle, para o ensaio, para *Margot*.

Ela fechou os olhos.

— Descobri o problema.

Olivia correu para o carro, parando atrás do sr. Miller, perto o suficiente para ouvi-lo explicar, mas não tão perto a ponto de atrapalhá-lo.

— Estou ouvindo.

Ele pegou a toalha enfiada no bolso da frente da calça jeans e limpou as mãos.

— As velas de ignição não estão só corroídas; elas começaram a erodir. — Ele apontou para o topo do motor. — Está vendo aquele verde no metal? Também está com uma oxidação severa. Suas velas estão queimadas, provavelmente causando um problema de sincronização na ignição. Não notou que o carro anda mal em marcha lenta?

— Talvez? Na verdade, não dirigi muito nos últimos meses. Vou a pé para a maioria dos lugares, então ele fica na garagem quase o tempo todo.

O sr. Miller grunhiu, sinalizando que a ouvira.

— Então é uma corrosão, desculpe, *erosão* nas velas de ignição. É *muito* sério?

— Aham.

— Mas o senhor consegue consertar.

Olivia prendeu a respiração, cruzando os dedos das mãos e dos pés.

— Consigo.

Sua respiração escapou de uma só vez e, com ela, uma risada de alívio ao dobrar o corpo para apoiar as mãos nos joelhos. Graças a Deus.

— Assim que eu conseguir a peça de reposição.

Seu estômago despencou e seu coração falhou, lembrando o estúpido motor do carro.

— Suponho que não tenha nenhuma na sua garagem, certo?

Ele torceu os lábios.

Olivia sentiu, então, que engolir foi um esforço. Foram necessárias duas tentativas antes que conseguisse forçar as palavras em meio ao nó na garganta.

— Arrisco supor que vá demorar um pouco?

O sr. Miller fez uma careta e baixou o queixo.

— Posso ligar para a Auto-Zone e ver se eles têm em estoque, mas...

Eram quinze minutos de carro da casa do pai até o outro lado da cidade, onde ficava a loja, totalizando meia hora de ida e volta. Considerando o tempo que levaria para realmente comprar as peças e instalá-las, levaria mais de uma hora só para consertar o carro, isso era certo.

Ela forçou um sorriso.

— Está bem. Mas muito obrigada por tentar. Eu agradeço.

O nó na garganta cresceu, o fundo dos olhos ardia. E agora?

— Desculpe, Olivia — disse o vizinho, com um pesar genuíno na voz. — Eu adoraria que fosse algo mais simples.

Igualmente. Ela esfregou o rosto e expirou com força, sem acreditar no que estava prestes a perguntar.

— O senhor não poderia me dar uma carona até Seattle, né? Eu ficaria feliz em pagar e...

O sr. Miller levantou a mão, interrompendo-a.

— Eu faria de bom grado, nada de pagamento, mas Mae e eu só temos um carro.

Ele apontou com o polegar por cima do ombro. Chovera durante a noite e um trecho seco de concreto do tamanho de um carro que não estava mais ali se destacava na entrada escura e encharcada.

— Certo. — Ela engoliu em seco e abriu mais um sorriso fraco. — De qualquer modo, muito obrigada.

Ele desceu o capô e se abaixou para pegar suas ferramentas.

— Precisa que eu ligue para alguém? O seguro? Seu pai?

Ela balançou a cabeça. Não havia necessidade de interromper a viagem do pai, visto que ele levaria mais de uma hora para voltar. Era inútil incomodá-lo com algo sobre o qual ele não podia fazer nada.

A menos que as velas de ignição de reposição caíssem do céu com um passe de mágica, não havia nada que ela ou qualquer outra pessoa pudesse fazer para resolver. Seu celular estava morto, o carro estava morto e... Margot estava certa.

Se Olivia tivesse simplesmente esperado, não estaria nessa situação, mas não deu ouvidos e agora estava presa, a uma hora da cidade, sem ter como voltar. Não só perderia o ensaio, uma mancada grave para alguém que estava *organizando* o casamento, mas o que Margot pensaria? Olivia não tinha nem como ligar para avisá-la. *Deus*, ela sabia de cor o número antigo de Margot, mas o novo? Não havia motivo para decorá-lo com tudo gravado na agenda do celular.

Apenas esteja presente.

Olivia tinha *uma* tarefa, um meio de provar para Margot que ela estava dentro, que topava aquele *tudo ou nada*, mas estragara tudo. É claro que ela poderia pedir desculpas, mas será que Margot aceitaria?

— Por acaso você tem o número dos Cooper? Se não, posso ditar para você.

Talvez ela pudesse pedir ao pai de Margot o número atual da filha.

O sr. Miller percorreu seus contatos e assentiu.

— Aí vai.

Olivia aceitou o celular, clicou em *ligar* e o levou ao ouvido. Tocou quatro vezes antes de cair na caixa postal. Ela devolveu o aparelho e balançou a cabeça.

— Ninguém atende.

— Eu, er, posso ligar para o menino dos Taylor... Brad, não é?

Brad. Deus, não, Brad era a última pessoa na Terra que ela queria... *bem.*

Pedir um favor ao ex era a coisa menos atraente que ela poderia imaginar, mas não tão terrível quanto perder o ensaio. Não aparecer. Decepcionar Margot.

Se ela teria que fazer isso, não havia tempo para ficar debatendo. Era preciso fazer *agora.*

— Está tudo bem, sr. Miller. — Ela contornou o carro, abriu a porta e pegou a mochila no banco de trás. — Mas, de novo, muito obrigada.

Ele franziu a testa e insistiu:

— Tem certeza?

Ela assentiu, já descendo a saída da garagem, e acenou.

— Tenho. Eu realmente preciso ir. Dê minhas lembranças à sra. Miller!

A casa de Brad, antiga casa *dela*, ficava a duas ruas de distância. Dez minutos de caminhada em ritmo acelerado. Olivia apertou o passo, andando o mais rápido possível com a saia lápis que a impedia de abrir totalmente as pernas. Sua calcinha estava começando a subir, a renda roçando na parte interna das coxas enquanto as panturrilhas queimavam com aquele híbrido de caminhada acelerada e corrida. Mesmo com a temperatura a menos de quinze graus, o suor umedecia sua testa e o espaço entre os seios, deixando-a pegajosa e nojenta. Ela chegou à casa de Brad sem fôlego e com o cabelo grudado no pescoço e na testa, mas chegou.

Passou correndo pela horrível caixa de correspondência em formato de baixo, que *definitivamente* era uma nova adição, e foi direto até a porta, onde bateu com a lateral do punho.

— *Brad.*

Seu coração batia forte, o peito subindo e descendo agitado a cada respiração rápida, queimando a garganta. Ela esperou menos de trinta segundos e bateu na madeira de novo, prosseguindo com um aperto forte e demorado na campainha.

Por um instante, poderia jurar que ouviu passos se aproximando, descendo as escadas até a porta da frente, mas era apenas o sangue pulsando dentro da própria cabeça.

Olivia choramingou e apoiou a testa na porta. Burra. Era meio-dia de uma sexta-feira. É óbvio que Brad não atenderia — ele estava no trabalho. Ela fechou os olhos com força. Assim como ela precisava estar no dela em *uma hora.*

Por um segundo, ela acreditou de verdade que poderia ter tudo o que quisesse. Como se querer muito pudesse magicamente se traduzir em ter.

Olivia esfregou os olhos, estragando a maquiagem; não que isso importasse. Ninguém veria mesmo, visto que ela não chegaria em Seattle a tempo. Chegar atrasada era melhor do que não aparecer, mas o que Brendon e Annie pensariam? E *Lori?* Adeus promoção, adeus aumento. E Margot?

Seu coração apertou.

Olivia não queria terminar assim.

Ela prometera uma coisa simples: estar presente. E nem isso estava conseguindo fazer. Do jeito como ela foi embora e deixou as coisas entre as duas, Margot poderia pensar que Olivia não *quis* aparecer, quando não era nada disso.

Era irônico como, logo quando ela havia decidido parar de se sabotar, a vida tinha resolvido lançar todos aqueles obstáculos no caminho. Não era *justo*!

Olivia se afastou da porta e, pelo canto do olho, viu o reflexo do sol no metal. Ela fungou, se virou e... quase caiu para trás.

A picape Ford F-650 vermelha de seis portas, que ela não havia conseguido convencer Brad de que seria desnecessária, já que ele já tinha uma Ford F-150 em perfeito estado que planejava manter, estava estacionada no gramado ao lado da casa. Com quase dois metros de altura e rodas mais altas do que seu quadril, a caminhonete a intimidava a tal ponto que ela nem sequer *sonhara* em um dia estar ao seu volante. Por que fazer isso quando tinha seu eficiente, tranquilo e confiável Subaru para levá-la a qualquer lugar que precisasse?

Olivia contraiu os lábios e olhou uma última vez por cima do ombro para a porta da frente antes de atravessar o gramado. Suas sapatilhas afundavam na grama, as folhas molhadas fazendo cócegas em seus tornozelos. Ela parou ao lado da caminhonete e prendeu a respiração ao *levantar o braço* para alcançar a maçaneta do motorista. Era só para ver se estava destrancada e...

Quando a porta abriu, seu coração foi na garganta.

Puta merda.

Ela lambeu os lábios e olhou para os lados. A rua estava silenciosa, nenhum vizinho intrometido vagando pelo quintal se perguntando o que Olivia estava fazendo, invadindo a caminhonete do ex-marido. Não era tecnicamente invadir se ele a deixara aberta, era? Brad nunca se preocupou em trancar o carro quando estava estacionado em casa, algo compreensível em uma cidadezinha como Enumclaw.

Ele também tinha o péssimo hábito de deixar as chaves sob o quebra-sol — afinal, quem teria coragem de roubar uma caminhonete *daquelas*?

Seu coração batia forte na garganta. Ela jogou a mochila no chão, puxou a porta com uma das mãos e apoiou a outra no assento de couro. Firmando um pé no apoio, Olivia subiu.

O ar era diferente lá em cima. Ela bufou e, tremendo, abriu o quebra-sol.

As chaves de Brad bateram no painel, brilhando à luz do sol que atravessava o para-brisa. Ela as pegou e desceu, pousando na grama com uma batida suave, a lama chapinhando sob as solas e subindo pelas laterais das sapatilhas. Sentiu o metal frio e afiado quando passou devagar a ponta do polegar sobre os dentes da chave. Abrir a caminhonete era uma coisa; dirigi-la era outra totalmente diferente.

Você não precisa da permissão de ninguém para ser feliz.

Todos esses anos *aceitando tudo*, guardando livros debaixo da cama, dando, dando, dando, atendendo todas as ligações mesmo depois do divórcio, tanto tempo perdido tentando, em vão, agradar Brad às custas da própria felicidade.

Como é que diziam, mesmo? Melhor pedir perdão do que permissão?

Ela enfiou a mão na bolsa e procurou uma caneta e um pedaço de papel.

Brad lhe devia uma.

Capítulo vinte e quatro

12h49

Oi, é a Olivia! Não posso atender…

Margot encerrou a ligação.

Elle se retraiu e perguntou:

— Nada ainda?

Margot balançou a cabeça. Nada, assim como nas últimas cinco tentativas. Quatro toques seguidos pela mensagem de voz, e a cada vez a pressão no peito de Margot aumentava um pouco mais, devorando seu coração até tornar o ato de respirar doloroso.

— Calma, ainda dá tempo — afirmou Elle.

Certo. Onze — *não*, dez minutos para o início do ensaio.

Elle tinha razão. Olivia estava em cima da hora, mas ainda poderia chegar a tempo.

A menos que não estivesse vindo.

Margot pousou a mão trêmula na base do pescoço. Sua pulsação estava descontrolada, o coração desgovernado. Ela não podia pensar aquilo. Não podia se *permitir* pensar aquilo. Olivia viria. Ela *tinha* que vir. Havia muita coisa em jogo neste casamento, era importante demais para ela simplesmente largar tudo.

A menos que… a menos que Margot estivesse enganada. A menos que Olivia tivesse mudado de ideia. Chegado em casa, conversado com o pai e decidido fazer o que Margot temia que ela fizesse: deixar o que queria de lado para cuidar de questões acontecendo em Enumclaw, sobre as quais ela sequer contara para Margot.

Margot nunca se sentira tão perdida na vida, querendo desesperadamente acreditar que Olivia apareceria, mas sem saber se isso era verdade. Sem saber onde Olivia estava, o que acontecera na noite anterior com o pai dela, com a casa e a saúde dele, se ela estava a caminho. Um milhão de hipóteses horríveis passavam por sua cabeça. Talvez o pai de Olivia não estivesse bem. Talvez Olivia ainda estivesse em Enumclaw, precisando de Margot, mas com medo de dizer isso depois da briga. Talvez ela não estivesse atendendo não por causa da bateria, como Elle sugerira, mas simplesmente porque não *queria*. Ou pior, talvez não pudesse.

A pressão no peito se agigantou, cada respiração mais superficial que a anterior.

E havia a possibilidade de Olivia ter ido até a casa do pai, pensado em tudo o que Margot dissera e levado tudo a sério. Mas, em vez de decidir que se colocar em primeiro lugar pela primeira vez significava entrar no carro e voltar para Seattle, percebera que isso tudo — a cidade, sua carreira, essa vida — não era o que ela queria. Que *Margot* não era o que ela queria.

Margot travou a mandíbula.

Não, de forma alguma. Olivia se importava demais com as coisas para simplesmente abandonar o casamento. Ela iria, no mínimo, aparecer para fazer o fim de semana acontecer. E depois…

Só o tempo e uma conversa entre as duas diriam o que viria depois. O que o futuro reservaria para elas.

Oito minutos.

— Ela vai chegar — afirmou Margot, mostrando muito mais confiança do que sentia.

Elle sorriu e estendeu a mão para apertar a de Margot em uma breve demonstração de apoio que aliviou um pouquinho aquele aperto no peito.

— Está começando a chover — murmurou Elle.

Margot olhou para o céu.

Ela nem havia percebido, mas uma leve chuva, mais pesada que uma névoa, embora mais leve que uma garoa, descia. Ela deu de ombros e subiu o capuz para cobrir a cabeça.

Darcy passara a cabeça pela porta do espaço do ensaio.

— Gente? Vocês podem esperar aqui dentro, sabiam?

— Darcy tem razão. Podemos esperar lá dentro, perto da janela. Você pode ficar de olho aqui fora sem se molhar. E quando Olivia aparecer você não vai estar parecendo um rato encharcado. — Ela sorriu timidamente. — Embora eu saiba que você seria um rato encharcado adorável, Mar.

Margot bufou.

— Não. Pode ir. Vou esperar aqui.

Algo sobre entrar e até mesmo esperar na janela carregava um ar de finitude para o qual ela não estava preparada. Como se passar por aquela porta, sem Olivia ao lado, significasse aceitar que ela não apareceria. Que o que havia entre elas chegara ao fim. Um fim praticamente antes de ter a chance de começar.

Talvez fosse bobo e simbólico, mas Margot queria esperar ali mesmo, na calçada. O lugar onde ela estava oferecia uma visão perfeitamente desimpedida da rua em todas as direções. Mesmo que as nuvens acima se abrissem e despejassem uma chuva torrencial, os pés de Margot estavam colados à calçada. Nada, exceto a chegada de Olivia, a convenceria a entrar antes que fosse absolutamente necessário. Até que ela não tivesse escolha.

— Te encontro lá dentro? — perguntou Elle, com um último aperto na mão de Margot antes de soltá-la.

— Estarei lá em alguns minutos.

Elle correu e, um segundo depois, a pesada porta atrás de Margot fechou-se com um *estrondo* que a fez perder o equilíbrio, com os nervos à flor da pele pela falta de sono e aflição de um dia todo.

Apesar de ser uma tarde de sexta-feira, a rua estava quieta. Aquela parte da cidade ficava longe o suficiente do mercado central para atrair menos turistas, mas, em geral, havia um pouco mais de movimento. Alguns carros passavam voando pela rua e, do outro lado, um grupo de amigos entrou em uma cafeteria, rindo.

A porta se abriu um minuto depois. Margot fechou os olhos.

— Eu disse que já vou entrar, Elle.

Quando alguém pigarreou, Margot virou o pescoço para olhar para trás. Com uma das mãos apoiadas na porta, Brendon franziu a testa para o céu por um segundo antes de baixar os olhos e encarar Margot. Os lábios dele se curvaram para baixo e... ela sentiu um frio na barriga. Ela conhecia aquele olhar. O que significava.

Ele passou os dedos pelo cabelo.

— Mar, er... É uma da tarde. O juiz já está aqui e o gerente do espaço... — Ele estremeceu. — Ele nos lembrou *educadamente* que precisamos sair no máximo às duas para começarem a preparar o evento para mais tarde.

Certo. *O show tem que continuar*. Margot cerrou os dentes de trás e sorriu.

— Já vou.

Brendon olhou para ela por mais um instante antes de balançar a cabeça e terminar de abrir a porta. Ele saiu, aparentemente nem aí para a chuva, e a envolveu em um abraço tão apertado que algo no peito de Margot se abriu e ela se sentiu afundar. Ela enterrou o nariz na camisa dele, sentindo o cheiro da loção pós-barba e o leve perfume de Annie impregnado no colarinho.

Margot pressionou os ombros do amigo e abaixou o queixo, fungando forte e encarando o chão.

— Só me dê um minuto, Bren. Só... um minuto, por favor?

Brendon levantou o queixo dela. Quando ela ergueu os olhos, ele abriu um sorriso torto.

— Eu vou enrolar para você, ok? Posso fazer um monte de perguntas sobre... sei lá, como vamos soltar a pomba ou algo assim.

Ela deu um tapa no braço dele.

— Você *não* faria isso.

Ele riu e balançou a cabeça.

— Não. Nada de pombas. Mas aposto que se eu perguntar, consigo te dar *pelo menos* alguns minutos. O que me diz?

Ela coçou a ponta do nariz e assentiu.

— Obrigada, Brendon.

— Melhores amigos são pra isso. — Ele apertou o ombro dela antes de recuar em direção à porta. — Leve o tempo que precisar.

Assim que Brendon entrou, Margot se abraçou. O tempo que precisar? Não *havia* tempo algum.

Mas ela precisava confiar que Olivia apareceria. E se não aparecesse, teria que confiar que havia um motivo.

Ela relaxou o aperto mortal em seu celular e olhou para a tela.

13h01.

Mais quatro minutos. Margot daria quatro minutos antes de aceitar que Olivia não viria.

Os segundos avançavam pouco a pouco. Uma buzina soou a vários quarteirões de distância e, do outro lado da rua, o grupo que entrara na cafeteria estava de volta à calçada, fechando os zíperes das jaquetas e se escondendo sob os capuzes, a chuva caindo mais forte do que antes.

13h04.

Com um braço ainda em volta da barriga, Margot apertou a palma da outra mão contra o peito. Hora de aceitar que, sabe-se lá por qual motivo, Olivia não...

Um motor rugiu uma fração de segundo antes de uma monstruosa caminhonete vermelha e lustrosa fazer a curva, os pneus — todos os seis — cantando. Margot ficou olhando, perplexa. Em Seattle, ela estava acostumada a ver Prius, Subarus e Hyundais, carros pequenos e ideais para se espremer em vagas apertadas, considerando que estacionar na rua era um caos. Até as vagas nas garagens eram estreitas, o que praticamente encorajava as pessoas a optarem por veículos menores e mais eficientes em termos de consumo do que uma máquina de gastar gasolina que queimava borracha enquanto devorava a calçada, subindo a colina na direção dela.

Puta merda. Margot pulou para trás quando o pneu dianteiro direito da picape saltou pelo meio-fio, os freios cantando com um guincho desagradável, chamando a atenção de todos os pedestres em um raio de dois quarteirões.

Quem era o idiota e como, em nome de Deus, tirara carteira de motorista?

Com o coração disparado, agora por um motivo totalmente diferente do anterior, Margot se aproximou um pouco mais da porta do edifício, ainda focada na caminhonete. Ela cobriu os ouvidos quando a porta do motorista se abriu, as dobradiças rangendo como pregos arranhando um quadro-negro. Quando a porta bateu, Margot congelou.

Com uma das mãos apoiadas no farol, o peito arfando, o cabelo loiro-escuro com um halo de fios arrepiados ao redor do rosto, estava Olivia.

Havia lama nas laterais de suas panturrilhas, emplastrando seus pés, e um rasgo na lateral da saia, ao longo da costura, irregular demais para ser uma fenda. Mesmo imunda, toda desgrenhada e parada ao lado da caminhonete, Olivia nunca estivera tão deslumbrante, porque ela estava *ali*.

Margot abriu a boca e gesticulou para o monstrengo parcialmente estacionado no meio-fio.

— Uma caminhonete? — Ela bufou e tentou de novo. — Desde quando você dirige isso?

Era permitido andar com aquela coisa nas ruas, para início de conversa? Mas foda-se, Margot não dava a mínima. Olivia estava ali, olhando-a como se nunca tivesse se sentido tão feliz em ver alguém. Ela estava *ali*.

Olivia começou a se aproximar com as pernas trêmulas e, quando riu, foi de um jeito frenético que fez o coração de Margot apertar. Ela tropeçou no meio-fio e Margot correu em sua direção, segurando-a com as duas mãos pela cintura, firmando-a. Olivia se derreteu contra Margot, o corpo todo tremendo como se uma corrente elétrica a atravessasse — na certa era adrenalina e sabe-se lá o que mais.

— Eu roubei.

Margot recuou e seu queixo caiu.

— Você roubou esse *trambolho*? *Olivia!*

Ela não sabia se devia ficar escandalizada ou orgulhosa, um pouco excitada ou aterrorizada, ou uma combinação desnorteante de todas as opções.

Olivia soltou outra risada e baixou o queixo.

— Eu roubei esse trambolho.

Aquilo era... Margot não tinha palavras. Ou tinha, mas queria ouvir a história primeiro. Precisava ouvir.

— Comece do início. Por favor.

Olivia lambeu o lábio inferior.

— Meu pai está bem. Você estava certa, cem por cento certa. Ele está vendendo a casa, mas está bem e esclarecemos tudo. Estamos bem. Aí hoje de manhã deixei o celular cair na privada enquanto me arrumava e ele virou um pedaço de lixo encharcado, depois meu carro não pegava de jeito nenhum por causa das faíscas da vela ou *sei lá o que*, e meu vizinho tentou consertar o carro, mas não conseguiu, e eu não podia ligar para você porque não sei seu novo número de cabeça e meu pai já tinha saído para pescar e... e...

— Ei.

Margot estendeu a mão, ajeitando uma mecha de cabelo atrás da orelha de Olivia.

— Respira.

Olivia assentiu e respirou fundo.

— Meu carro não pegava. Eu não sabia o que fazer. Eu ia pedir ao Brad o carro dele emprestado, o que não me agradou muito... — Ela abriu um sorriso irônico. — Mas cheguei à conclusão de que ele me devia uma.

Ele devia várias a Olivia, mas Margot se conteve.

— Ele não estava em casa. Eu não tinha ideia de como chegar aqui e não consegui entrar em contato com ninguém, aí vi a caminhonete dele no quintal e ele deixou as chaves dentro e eu... pensei no que você disse. Sobre não precisar pedir permissão a ninguém para ser feliz, então... não pedi. Simplesmente peguei o carro e vim.

A pressão no peito de Margot não desapareceu, mas foi substituída por uma risada que cresceu até não poder mais ser contida. Uma risada que explodiu de seus lábios.

— Você roubou a caminhonete do Brad.

Olivia riu.

— Eu roubei a caminhonete do Brad!

Alguém pigarreou atrás das duas — Brendon, parado na porta, sorrindo torto.

— Olha, estou muito feliz por vocês, mas talvez possam conversar sobre o roubo de carro *um pouquinho* mais baixo.

— Sinto muito pelo atraso — disse Olivia, morrendo de vergonha.

Brendon dispensou o pedido de desculpas.

— Sem problemas. Temos um tempinho.

— Entramos em um minuto — prometeu Margot.

Ele piscou, fechando ambos os olhos em vez de apenas um, e entrou.

As bochechas de Margot doíam de tanto sorrir.

— Isso é meio sexy, sabe.

— Eu roubar uma caminhonete?

— Você roubar a caminhonete do *Brad*.

Olivia passou os dedos pelo pulso de Margot, arrepiando seus braços. Seu lábio inferior tremeu levemente.

— Eu devia ter ouvido você, Mar. Fui teimosa e, por isso, quase não consegui chegar e… não sei. — Ela abaixou o queixo. — Eu estava lá na varanda do Brad e me dei conta do quanto eu quero *tudo isso*. Estar aqui. Toda a minha vida está nessa cidade, eu adoro estar aqui, adoro o que faço e eu… trabalhei muito nesse último ano para simplesmente desistir de tudo, jogar tudo para o alto. Quando eu estava lá e percebi que talvez não conseguisse chegar a tempo, percebi o quanto queria tudo pelo que batalhei e até onde estava disposta a ir para ter tudo isso. — Ela entrelaçou os dedos nos de Margot e apertou. — Até onde eu estava disposta a ir para manter tudo isso.

Isso. O coração de Margot disparou.

— Isso, hein?

Olivia riu, deslizando a mão que estava livre pela cintura de Margot e envolvendo-a, a palma da mão descansando nas costas dela. Ela desfez o sorriso e ficou séria.

— Sinto muito, Margot. Pelo que eu disse. Você estava pensando no meu bem e eu reagi mal. Quando você disse que eu estava exagerando, pareceu estar menosprezando meus sentimentos, então eu ataquei. Mas sei que isso não é desculpa.

Margot engoliu em seco e passou o polegar pela maçã do rosto de Olivia. Havia uma mancha misteriosa que talvez fosse graxa, ou talvez lama, mas Margot não se importou.

— Sinto muito também, Liv. O que falei sobre sua reação foi uma merda, mas o resto? Você entende que tudo o que eu disse foi porque me importo com você? Sabe disso, não sabe?

Olivia fungou baixinho e assentiu.

— Não é nem um pouco fácil deixar alguém se importar comigo.

— Bem, você vai ter muito tempo para praticar — brincou Margot, aproximando-se até os joelhos das duas se tocarem. — Porque não vou deixar de me importar com você tão cedo. Definitivamente não depois de uma briga. É muito mais difícil se livrar de mim.

Olivia deu uma risada chorosa por trás do sorriso radiante. A mão apoiada nas costas de Margot subiu um pouco mais, enroscando-se nas pontas de seu cabelo.

— Idem. Não vou a lugar nenhum.

Um calor subiu pela mandíbula de Margot e os cantos internos de seus olhos arderam.

— Eu sei.

— O que você estava fazendo aqui fora? — perguntou Olivia.

Margot apoiou a mão na lateral do pescoço de Olivia, acariciando seu maxilar com o polegar.

— O pessoal já entrou. Mas eu estava te esperando.

Olivia sorriu e puxou Margot para si, baixou o queixo e deslizou o nariz junto ao dela, seu hálito quente na boca de Margot. Olivia passou os lábios sobre os dela, um sussurro, uma provocação de um beijo. Seu cabelo cheirava a xampu e chuva e seu hálito a pasta de dente, e como Margot a *desejava*. Ela sorriu e buscou os lábios de Olivia com os seus, puxando-a pela gola da blusa, aproximando-a de seu peito e unindo suas bocas.

— Tenho certeza de que parte minha ficou esperando você por onze anos. Assim como tenho certeza, não importa o que aconteça, que sempre serei pelo menos um pouco apaixonada por você, Liv. Esperar mais alguns minutos não ia me matar.

Uma gota caiu na ponta do nariz de Margot. Um pouco de chuva também não.

Olivia entreabriu os lábios, arregalando os olhos castanhos.

— Jura? — sussurrou.

O coração de Margot estava disparado com a confissão, com a proximidade de Olivia, com o calor de sua mão na sua nuca. Com o polegar da outra mão, Olivia fazia círculos suaves na parte interna de seu pulso, onde na certa dava para sentir o sangue correndo freneticamente.

— Juro.

— Sempre? — sussurrou Olivia contra a boca de Margot, pelo visto tão relutante em interromper aquele beijo quanto ela.

— Sempre.

Epílogo

Cerca de dois anos depois

— *Margot.* Você consegue: *Margot.*

— *Bô!*

Caroline Lowell estalou os lábios. Uma bolha de saliva escorria pelo canto de sua boca e ela balbuciava incoerentemente, fitando Margot com seus grandes olhos castanhos.

Margot balançou o bebê no colo e bufou.

— Meu nome não é *bô*, mas tenho fé em você, ursinha. É fácil: *Mar-got.* Margot.

Caroline Lowell bateu palmas e riu.

— *Bô!*

— Vou te dar uma folga porque você não tem nem um ano. Ou… — Ela revirou os olhos… — Desculpe, nem doze meses. Por que pais fazem isso? Eu não saio por aí dizendo que tenho… — Ela fez as contas. — Trezentos e setenta e dois meses, saio? Não, porque seria ridículo.

Caroline riu e chutou, saltitando sobre as coxas de Margot. Por baixo do vestido — um modelito prateado com uma saia de crinolina cheia de glitter multicolorido —, ela usava uma legging azul-escura. Na cabeça, sua coroa de ramos verdes e eucaliptos estava torta. Um minúsculo tufo de cabelo estava preso no rabo de cavalo mais desolado do mundo, no meio da cabeça praticamente careca. O laço prateado destinado a mantê-lo no lugar não parava de escorregar do cabelo loiro acobreado fino demais, ralo demais.

— Você é ótima para minha autoestima, garota. Espero que continue rindo de todas as minhas piadas quando puder entendê-las.

— Bô!

Caroline apontou para a garrafa de cerveja pela metade de Margot. Não qualquer cerveja, mas a recém-lançada Áries, da Cervejaria Bell & Blanchard, em parceria com o Ah Meus Céus. Era uma IPA turva, com um toque apimentado que combinava lindamente com o sabor frutado dos lúpulos Galaxy e Simcoe. Rentável *e* deliciosa. Para Margot, era a melhor parceria comercial que ela e Elle já haviam feito.

Ela olhou para a pista de dança. *Segunda* melhor parceria.

— Sim, é cerveja — disse Margot, voltando-se para Caroline. — Mas você não pode tomar até ter pelo menos… — Ela torceu o nariz. — Falaremos sobre isso quando estiver um pouco mais velha, tá?

Caroline gorgolejou e cambaleou para a frente, batendo na bochecha de Margot com os dedos úmidos. *Por que* aquela criança tinha dedos tão pegajosos?

— *Bô bô BÔ!*

Margot assentiu.

— Se você diz.

Caroline sorriu com suas covinhas e, quando pressionou a outra mão na bochecha de Margot, seus dedos não estavam apenas um pouco úmidos, estavam cobertos de alguma coisa. Algo que ela espalhou por toda a bochecha de Margot com uma alegria indisfarçável, balbuciando entusiasmadamente, aproximando os dedos da borda da boca de Margot.

— Que porr... porcaria é essa na minha cara? — murmurou, com tanto medo de descobrir quanto de deixar para lá e ignorar. — Acho bom que não tenha saído da sua fralda.

Com relutância, ela pegou o guardanapo e limpou a bochecha. Caroline soprava bolhas de saliva e observava com os olhos arregalados. Margot fungou e suspirou de alívio.

Glacê. Era a cobertura de limão do bolo de casamento. Margot não queria exatamente aquela coisa no rosto, mas poderia ter sido pior. Poderia ter sido *bem* pior.

— Como foi que você pôs as mãos no bolo, ursinha?

Caroline mordeu o punho e mais glacê escorreu pelas covinhas dos nós de seus dedos.

— Ok.

Margot jogou o guardanapo sobre a mesa e se levantou, embalando Caroline no peito, tomando cuidado para evitar que ela tocasse novamente em seu rosto.

— Acho que está na hora de levar você de volta para seus pais.

A melhor parte de ser tia honorária? No final do dia, Margot podia devolver Caroline.

— Toma.

Brendon estava olhando para o nada, as pálpebras pesadas como se estivesse prestes a desmaiar a qualquer momento, quando Margot o cutucou. Ele piscou para ela, depois sorriu para Caroline.

— Não sei como, mas ela enfiou a mão no glacê.

Ele riu baixinho e pegou a filha pelos braços.

— Minha ursinha curiosa.

— Sua ursinha *pegajosa* — corrigiu Margot.

Caroline arrulhou e Brendon tocou em sua fralda, se encolhendo de horror.

— E *encharcada*.

Caroline enterrou o rosto no peito dele, esfregando a saliva na camisa.

— *Bô.*

Brendon pareceu primeiro enojado, depois resignado, mas seu rosto logo adquiriu uma expressão de pura adoração enquanto beijava com afeto o topo da cabeça quase careca de Caroline. A bebezinha tinha o cara na palma da mão. Para roubar a expressão favorita de Brendon, ele parecia totalmente apaixonado.

— *Bô* para você também. Agora vamos trocar essa fralda.

— Divirtam-se — zombou Margot.

Ela deixou Brendon, fazendo uma parada em sua mesa para terminar a cerveja e pegar a bolsa.

— Aí está você.

Margot se virou e sentiu o coração palpitar ao ver Olivia se aproximando com uma das mãos estendidas para ela, deslumbrante em um vestido verde-claro que realçava os risquinhos dourados em seus olhos.

— Aqui estou. — Margot a encontrou no meio do caminho, entrelaçando os dedos nos dela. — Eu estava prestes a te procurar. Você me deixou sozinha.

Aquilo era um exagero. Olivia só se afastara por alguns minutos para garantir que o transfer para o aeroporto estava chegando.

— Sou toda sua pelo resto da noite. — Os lábios de Olivia se contraíram como se ela estivesse tentando não rir. — Tem glacê no seu nariz.

— Caroline — explicou Margot, esfregando a mancha sem se importar muito.

A festa estava acabando e o DJ tocava músicas mais lentas. Metade dos convidados — não que fossem muitos — haviam ido para suas mesas e estavam conversando.

Olivia assentiu e apoiou o quadril na mesa, examinando o salão. Margot praticamente podia vê-la repassando sua lista mental de tarefas, certificando-se — mesmo no final da noite — de que tudo estava correndo conforme o planejado.

Depois do casamento de Brendon e Annie, a carreira de Olivia decolara. Sua chefe na Eventos Urbanos Esmeralda a promovera como prometido. O boca a boca se espalhou graças ao artigo na coluna de casamentos do *Seattle Times* e porque Brendon listara Olivia, especificamente, na página de fornecedores preferenciais do site do OTP, indicando seu serviço a todos os casais felizes que se conheceram pelo aplicativo.

Cada casamento que ela planejava recebia o tempo e a atenção devida, mas Olivia dedicara-se de corpo e alma para tornar este muito mais especial.

No meio da pista de dança, como se fossem as únicas pessoas ali, Elle e Darcy dançavam um pouco fora do ritmo, como se no compasso de uma música que só elas podiam ouvir. As duas estavam lindas — Elle com um vestido prateado sem alças e de corte evasê que combinava com o de Caroline, e Darcy com um vestido branco justo e aberto na barra. Ambas pareciam nas nuvens, mais felizes do que nunca.

Olivia sorriu e inclinou a cabeça, apoiando-a na de Margot.

— Última dança.

Assim que disse aquilo, a música terminou com alguns aplausos dispersos, e Elle e Darcy se separaram relutantemente, as mãos ainda entrelaçadas ao deixarem a pista. Annie seguiu atrás, segurando os buquês de ambas. O de Elle tinha ramos de eucalipto e pequenos raminhos de coentro, a planta do amor das noivas.

Quando o DJ anunciou alguma coisa sobre se despedir das noivas, a maioria dos convidados se levantou e seguiu Elle e

Darcy para fora do salão, atravessando o corredor até a calçada onde o carro preto que as levaria ao aeroporto esperava, com a porta para o banco de trás já aberta. Darcy sussurrou algo no ouvido de Elle, que congelou e depois soltou uma risada aguda antes de olhar para o céu. Flocos de neve começavam a cair. O ódio de Darcy pela neve não era segredo, mas ela não pareceu se importar naquele momento.

Elle riu e puxou Darcy pelo pulso para dentro do carro. Ela encontrou o olhar de Margot, abriu um sorriso e deu um aceno animado, e o motorista fechou a porta.

A visão de Margot ficou levemente turva. Ela deu a mão para Olivia, apoiando-se nela conforme o carro descia a rua, as lanternas traseiras desaparecendo ao dobrar a esquina.

Se as mudanças eram assim, talvez não fossem algo tão terrível, afinal.

— Ei, você está *chorando*?

— Estou tão feliz por elas — admitiu Margot, fungando.

Olivia estendeu a mão e encaixou uma mecha de cabelo de Margot atrás de sua orelha. Seus dedos estavam quentes.

— Chorona.

Talvez ela fosse.

— E você me ama mesmo assim.

— É. — Olivia sorriu. — Eu amo.

Eu amo. O coração de Margot disparou e ela se aproximou mais de Olivia.

— Você realmente se superou dessa vez.

Elle e Darcy haviam ganhado o final feliz que mereciam — era assim que Brendon chamava: final feliz. Margot, no entanto, tinha certeza de que era apenas o começo para todos eles.

Olivia sorriu, radiante.

— Foi um casamento lindo, não foi?

Margot passou o polegar pelos nós dos dedos de Olivia, demorando-se na discreta aliança de noivado com pavê de brilhantes no anelar. Depois, sussurrou em tom conspiratório:

— Foi, mas o nosso será ainda melhor.

Olivia se aproximou e tocou levemente os lábios nos de Margot, sorrindo durante o beijo.

— Eu também acho.

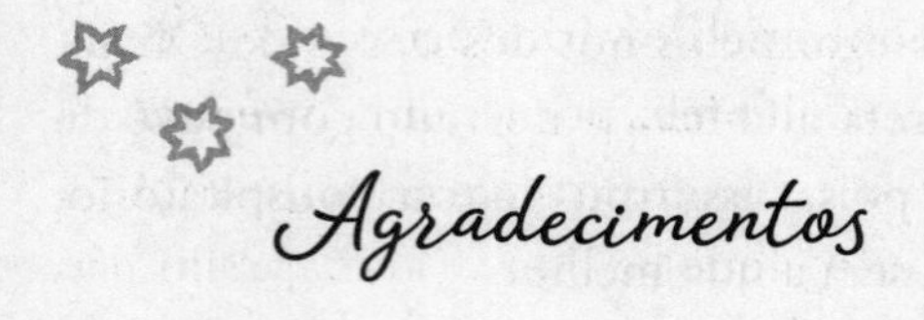

Agradecimentos

Para minha fantástica agente, Sarah Younger: obrigada por tudo que você faz. Você é a melhor e eu tenho *tanta* sorte em ter você ao meu lado.

À minha editora fabulosa, Nicole Fischer, obrigada, obrigada, obrigada! Agradeço sua visão, seu apoio e sua ajuda para transformar este livro no que ele é.

Obrigada a toda a equipe da Avon/HarperCollins. O trabalho que vocês fazem nos bastidores para dar vida a esses livros e colocá-los nas mãos dos leitores é simplesmente mágico. Um agradecimento especial à equipe de design, Ashley Caswell e Elizaveta Rusalskaya, por criarem capas tão espetaculares.

Por mais que meus livros sejam, obviamente, sobre amor e relacionamentos românticos, eles também tratam da importância das amizades e da família que a gente escolhe. Rompire — Anna, Amy, Em, Julia, Lana, Lisa e Megan — não posso agradecer o suficiente por seu apoio, sua torcida e sua amizade. Abraços! Para S., R., A., C., M., G., A. e J. — alguns de vocês estiveram em minha vida por uma estação, uma razão ou para uma vida inteira, mas todos me ensinaram o significado da amizade e me ajudaram a aprender um pouco (alguns de vocês, muito) sobre mim mesma. Estimarei vocês e essas lições pelo resto da vida.

Mãe, obrigada. Ao contrário de vários personagens desta série, eu tive a sorte e sou muito feliz por ter uma mãe incrível e acolhedora. Eu poderia escrever um livro inteiro sobre o quanto admiro você e tudo o que você faz e ainda assim não seria longo o suficiente. Eu te amo!

Para minha bebê de quatro patas, Samantha, fui muito abençoada por ter você em minha vida nos últimos vinte anos. Você pode ser um monstrinho, mas eu não mudaria nada em você.

Aos resenhistas, blogueiros de livros, bookstagrammers, booktokkers e livreiros: obrigada pelo trabalho incansável, e muitas vezes ingrato, que realizam por esta comunidade. O romance não seria o mesmo sem vocês.

Por último, mas não menos importante, quero agradecer aos meus leitores. É impossível colocar em palavras o quanto sou grata por cada um de vocês. Seus comentários, mensagens e e-mails significam muito para mim. Obrigada por escolherem ler meus livros e gastarem seu tempo com minhas palavras e personagens. É uma honra.

Este livro foi impresso pela Cruzado, em 2024,
para a Harlequin. O papel do miolo é pólen
natural 70g/m², e o da capa é cartão 250g/m².